증인

김유선 장편소설

시지시

여기 나무가 있다. 바람이 분다. 물이 흐른다. 저기 사람이 있다. 돈이 분다. 권력이 흐른다. 인간들이 자연으로 쳐들어간다. 탐욕이 분다. 거짓이 흐른다. 나무와 사람, 그 사이로 채운이 뜬다.

대통령 취임식 때 하늘은 그 채운을 통해 그에게 임무를 하달하였다.

지금 마귀들의 준동으로 자연의 기능은 마비 상태이다. 진리가 불지 않는다. 사랑이 흐르지 않는다.

나는 책 같은 걸, 소설 같은 걸 쓸 만큼의 역량을 갖추고 있거나 의지를 가진 사람이 아니다. 한 인간으로 태어나 여느 사람들이랑 다르지 않게 그럭저럭 살다가 죽으면 그만이라고 생각하였다. 이 세상이 그릇되게 흐르고 있다는 사실을 분명하게 의식하고는 있었지만, 내가 무슨 수로, 어떻게 할 수 있는 문제는 아니라고 생각했다. 그냥 케세라세라. 그렇지만 신의 생각은 그렇지 않았다. 신의 생각을 따르지 않는다는 것은 또다시 선악과를 따먹는 짓이었다. 아담 같은 짓을 또다시 되풀이할 수는 없었다.

아무것도 모르는, 다만 나쁜 사람과 좋은 사람을 구분할 줄 아는 그거 하나만 갖고 시작하였다. 그렇지만 어디서 무엇부터 어떻게 시작해야 할지 몰라 헤매고 있으니까 신께서 크리스마스 선물로 '흐르는 강물처럼'이라는 소설책을 주셨다.

시를 지으며 살겠다고 마음먹고 살아왔지만, 제대로 된 시 한 편 짓지 못하고 살아가는 판에 소설이라니, 난감하였다. 시나, 공부나, 먹고 사는 데 한 번도 매달려 본 적이 없었지만, 매달려보면 무슨 수가 생기지 않을까 싶어서 무턱대고 시간에 매달려보기로 했다. 소설작법에 대해서도 무지한 상태로 시작하다가 보니 쪽수는 늘어나는데 중구난방이었다. 어디로 들어갔다가 어디로 빠져나가야 할지 몰라 정신 못 차리고 있었다. 글이 소설 속에서 미아가 되어 길을 찾느라 시간을 허비하고 있었다. 설계 없이, 도면 없이 집을 짓는 것보다 더 무모한 짓이 또 있을까. 진작 끝낼 수 있었던 것이었는데 2년이란 세월이, 앞으로 또 얼마나 더 지체될지 모를 상황이었다.

　비상사태였다. 그런데 비상계엄령이 내려졌다. 정신이 번쩍 들었다. 글을 쓰는 것이 중요한 것이 아니었다. 책을 내는 것이 중요한 일이었다. 탈고도 제대로 하지 못한 채 성급하게 이 책을 펴내게 되었다. 말도 안 되는 말도 바로잡지 못한 채 오류투성이인 내용도 그대로인 점들을 감안해 준다면 이 책에 대한 비판과 비난의 무게를 조금이라도 덜어낼 수 있지 않을까 싶다.

이 책을 지으며 새삼 느끼는 바이지만, 이 세상은 마귀들을 체험하는 장소였다. 신께서 나에게 유독 체험할 기회를 많이 주셨겠지만, 신의 눈이 아니라 나의 눈으로도 이 세상을 이대로 둔다면 진리가 질식하고 말 것이다.

그 어디에서도 진정한 사랑을 찾을 길 없을 것이다.

이 책은 진행형이다. 인류가 유지되는 한 글자들이, 문장들이 변신에 변신을 거듭하며 앞으로 나아갈 것이다. 끝내는 생명과를 따먹는 인간들을 노래할 것이다. 엄두가 나지 않았는데도 어찌하였거나 함량 미달이나마 숙제를 할 수 있어서 행복하다.

이 책은 분명히 소설이다. 책의 내용은 모두 픽션이다. 모두 나의 개인 생각이다. 나는 내 생각을 쓰지 않을 수 없었다. 신께서 나를 선택한 이유이기 때문이다. 모자라고 부족한 나 같은 사람이 어떻게든 한 권의 책을 펴낼 수 있었던 건 오로지 신의 독려와 은총이었다.

신께 감사기도 드릴 수 있어서 기쁜…….

2024년 크리스마스가 다가오는 날

김유선

■ 차례

적막강산은 시작이다

 간밤에 쏟아진 장대비가 물소리와 더불어 자갈밭으로 쳐들어왔다. 어제와 오늘의 형세가 다르다는 사실을 증명하느라 계곡이 분주하다. 한껏 짙푸른 하늘이 산등성이 위로 솟아오르는 한 무리의 뭉게구름과 담수 속에서 대치하느라 일렁인다. 그 파장에 밀리고 밀려 담수 밖으로 한 조각 한 조각씩 떠내려간다. 갈라지고 부서지며 계곡을 타고 소란스럽게 떠내려가더니 계절을 넘고 넘어 저 시원으로 정처 없이 스며든다.

 그 기척에 화들짝 깨어난 햇살이 시간을 하나하나 솎아내며, 나뭇잎 한 장 한 장 헤집어가며 내 살갗 속으로 후다닥 날아든다. 지난 시대부터 숙성 중이던 내 생각 속으로 파고들어 그리움을 찾아 헤맨다. 그 바람에 역사와도 같고 물리와도 같이 깊고 깊은 그곳이 환하게 드러난다. 의식이 또 다른 의식을 캐느라 끊임없이 꼼지락거리는 모습이 파노라마처럼 펼쳐진다. 모르고 있었던 나와 알게 된 나 사이에서 생긴 블랙홀에 햇살이 시원에서 가져온 씨를 뿌린다. 여름 속에서 봄이 아지랑이처럼 일렁이자 싹이 튼다. 소담계곡 언저리 한 바위 위로 의식이 새로 피어오른다. 처음 보는 물이 그 의식으로 스며든다. 계곡을 스캔하듯이 포착한다. 보면 볼수록 그 물은 실존주의가 아니고 그 계곡은 구조주의가 아니다. 그렇지 않아도 거칠게 굴던 저 아랫동네 물살이 그 부정을 거칠게 부정하니까 여름 한 귀퉁이에 금이 간다. 그 틈바구니로 가을이 얼비친다.

점심 공양 후 다시 그 안즐바위로 가서 물이 불어난 만큼 거칠어진 물살을 한없이 바라보던 나를 어저께 그 물살이 빼꼼히 내다본다. 포옹이라도 하고 싶은 심성이었으나 나도 그저 빼꼼히 들여다보았다. 이 계곡이 다시 그 계곡으로 변해가는 차안을 한없이 바라보았다. 한없이, 그 어느 지점이었을까. 어느 시점이었을까. 차안이 피안으로 변하였다.

　더할 필요도 덜할 필요도 없는 나를 누리느라 나도 모르게 눈을 끔뻑거린 사이, 그 사이로 피안이 사라졌다. 물결이 그걸 빙자 삼아 물살로 변해갔다. 그 형색을 보아하니 무슨 의도를 품은 듯, 무슨 작정이라도 한 듯하였다. 저의가 너무 의심스럽고 심상치 않으니까 내 속에 들어와 있던 햇살이 물살의 발목을 잡아당기자 물거품을 일으키고 물방울을 튀겨가면서 사납게 뿌리친다. 안 되겠다 싶었던지 파란 하늘과 하얀 구름 위에다가 고흐의 붓질로 수정을 그려 넣으니 잠시 후 중력을 이기지 못한 수정 덩어리들이 계곡으로 우르르 떨어진다. 조약돌보다도 많은 수정으로 댐을 쌓았는데도 물살은 꿈쩍도 하지 않았지만, 아직도 익지 못하고 있던 버찌가 그 수정에서 뿜어져 나오는 빛을 받아 검푸르게 익어갔다. 물살의 속내야 어찌 되었건 간에 그 버찌는 아무리 늦더라도 결국엔 익고 만다는 사실을, 시간은 이 물살을 어저께 그 물결로 반듯이 되돌려 놓으리라는 사실을 알고 그제야 고개를 드니 저 멀리 에덴동산이 펼쳐졌다. 선악과가 탐스럽게 익어가고 있었다.

　시간을 켜켜이 쌓기만 하며 여기, 이대로 주저앉아 있어야 하는 건가! 아니다. 이때이다. 아담과 이브를 꼬드기는 저 뱀을 쫓아내고 선악과를 따먹지 못하도록 뜯어말려야 한다. 조급하게 길 떠날 채비를 하는 그 길목에 개망초가 떼거리로 피어있다. 계곡에서 뿜어져 나오는 저 육방주상의 빛을 받아서 하얗게, 아련하게 타오른다. 여기가 에덴동산인가. 그럴 리 없을 텐데, 생각과 생각의 틈으로 꽃들이 흔들거린다.

흔들림과 흐름이 인식에서 정지하는 순간 한 폭의 풍경화가 된다. 그 풍경화를 리셋시키니까 이리저리 얽히고설킨 심상으로 흐름과 흔들림을 대비시켜가며 추상화를 그린다. 풍경화가 그린 추상화, 그 그림에 순간이라고 하는 시간을 대입시키자 산채 한 자락이 움찔거린다. 그와 동시에 개망초 하얀 그 속살에서 소리가 돋아난다. 재잘거리는가 싶었는데 어느 틈엔가 웅성거린다. 무성하게 자라나는 소리가 개망초에서 뿜어져 나오는 빛줄기를 형형색색으로 물들인다. 그 색깔 하나하나가 사람으로 변신하더니 이쪽으로 몰려든다. 무슨 일이 일어날 징조가 분명해지자 계곡이 물길을 갑자기 절간으로 틀어버린다. 적막강산에 홍수가 난다.

'소담시인학교' 첫 회가 열리는 날이었다.

길을 떠나니 고립무원이 앞장선다

어디나 사색에 잠기게 하는 곳이었는데 절간 구석구석 홍수 피해가 이만저만이 아니었다. 내 숙소만은 온전한 상태 그대로 유지되고 있었다. 이참에 참선이나 해볼 요량으로 방석에 몸을 가다듬고 벽을 마주하고 앉아 눈을 감으니 만법이 까맣게 변한다. 시간에 시동을 거니 나를 실은 시간이 까만 공간 속으로 달린다. 앞이 보이지 않아도 아무리 달려도 사고 날 염려가 없어서 마음껏 달렸다. 광속을 넘어 사유의 속도로 달렸다. 얼마나 달린 걸까. 어디로 달려가는 걸까. 우주의 끝에 다다른 듯한 지점과 교차하는 시점에서 빛이 나타나 첫 하늘을, 첫 땅을 연다. 그 사이로 달리고 있는 나를 내가 의식하려고 몸부림치고 있을 무렵 신발 끌며 지나가는 여자들의 속닥거리는 소리에 아득한, 우주의 끝에서 선방으로 순식간에 돌아오고 말았다. 광막한 그곳에 있던 나와 여기 우두커니 앉아 있는 내가 면벽으로 이어져 있다. 나는 하나가 아니고 둘이었다. 첫 하늘 첫 땅에 있는 나와 이 하늘 이 땅에 있는 나로 엄연하게 구분되었다. 면벽 수도 안쪽에 있는 내가 본질이고 면벽 수도 바깥쪽에 있는 내가 현상이다. 이제는 속닥이는 소리뿐만 아니라 지껄이는 소리, 폭풍이 휘몰아치듯이 터져 나오는 웃음소리들이 나를 현상의 구렁텅이 속으로 더 깊이깊이 몰아넣었다. 현상 속에서 탈출하기 위해 눈을 있는 힘껏 감고 소리를 한 올 한 올 솎아내기 시작하자마자 일순간에 소리가 뚝 끊어졌다. 밖에서 누가 나를 도와주기라도 한 것 같아서 두더지 모양 문을 열고 바깥을 빼꼼히 들여다보니 휑하다. 바람만 새의 깃털하고 이리저리 장난치며 놀고 있다. 현상이 제거된 현실, 속도감으로 쫙 가라앉은 심정을 그대로 유지한 채 다시 밖으로 기어 나왔다. 사람들이 깡그리

사라졌건만 수마가 할퀸 흔적들이 나를 외면하였다. 나를 포근히 감싸안고 다독여주는 곳들이 모두 나를 피했다. 내가 파하는 것인지도 모르겠지만, 다시 안즐바위로 갔다. 이럴 수가! 그곳에 내가 이미 앉아 있었다. 우주에 갇힌 채 생각에 잠겨있다. 아, 이것이 유체이탈이란 말인가!

"이 물은 물입니까?"

목소리를 들어보니 내가 아니었다. 그곳에 나 말고 앉아 있을 사람이 있다니, 놀라웠다. 흐르지 않을 것처럼 고여 있는 물을 뚫어지게 바라보면서 좌측 뒤쪽에 가깝지 않은 거리인데 어떻게 알아차린 걸까. 부동의 자세로 깊은 사념에 잠겨있는 모습이 금동미륵반가사유상을 떠올리게 하였다. 그 사이 물의 기세가 줄어든 만큼 자갈밭의 면적이 늘어나 있었다. 풀빛이 돌던 물도 다시 투명해지기 시작하였다. 나도 그 자리에 우뚝 붙박인 채로 과도하리만큼 그를 바라보았다. 시간이 자기 질문을 무시한다고 여기자 물속으로 사라지려고 하는 그의 형상을 엉겁결에 붙잡으며 말하였다. 지난밤 꿈에서 봤던 그 사람이 분명하였다.

"강의 중일 텐데 땡땡이치시나 봐요?"

"저기는 고급반이라 저랑 맞지 않아서 여기에서 수업 중입니다."

"수강생이 한 명밖에 없네요? 저급반이어서 그런가요?"

"자유반입니다. 강사는 수십 명이나 됩니다."

"저기하곤 완전 반대네요. 그런데 강사들이 다 어디 가셨나 봐요. 쉬는 시간인가요?"

"여기 계시잖습니까. 돌, 물, 나무, 새, 물고기, 바람, 꽃, 온갖 풀벌레들……. 지금은 본질에 관해서 수업하는 중인데 '물은 물이냐?'라고 물어본 지가 한참 되었는데도 아직 답을 못하고 있습니다."

"강사가 성철 스님이신가 봐요, 아니면 청원유신 선사?"

"물입니다. '자신이 뭐냐?'고 물어보는데 '물이다.'라고 하면 놀린다고 하실 것 같고, H2O도 아닌 것 같고……."

"물이니까 물 자체 아니겠어요. 아니면 물이 아닌 것을 모두 제거한 것이 물이지 않을까요."

"'모르는 것 빼고 다 안다.' 그런 식으로 말하지 못할 사람 어디 있겠습니까. 그럼 물이 아닌 것은 무엇입니까?"

"생각 아닐까요?"

"생각?"

"금동미륵보살이 개울 속으로 들어가니 신라 시대가 되고 바위에 나와 앉으니 생각이 된다."

"……?"

"누가 시인학교 개설 기념으로 여기에다가 금동미륵반가사유상을 전시해 놓은 줄 알았어요."

"제가요? 그 아름다운 국보를 디스하시다니……."

그가 로댕의 '생각하는 사람' 포즈를 취한다.

"어떻습니까. '생각하는 사람'하고 더 비슷하지 않습니까. 굳이 헐뜯으시려면 이걸로 하십시오."

"그럼 국제 문제로 비화하지 않을까요. 바위까지 감안해 보니 그럴 거 같지만, 예술적인 느낌보다는 종교적인 느낌이 더 강하네요.
순도 구십 프로의 물은 '생각하는 사람'이고, 순도 백 프로의 물은 '금
동미륵반가사유상'이라고 여겨지네요."

"물에서 생각을 없애기 위해 만뢰에서 인뢰까지 모두 로그아웃시
켰는데 그 순간 시간이 접속되어 물을 사람으로 만들어버렸습니다.
물이 사람이 되니까 계곡은 시대가 되었습니다."

"그럼 물은 영원히 물일 수 없겠군요."

"시간이 없는 곳에 가면 물은 물이 되지 않겠습니까."

"시간이 없는 곳은 어디 아프리카에 있나요. 북극에 있나요."

"저 위에……."

"하늘! 다른 차원? 그럼, 여기에선 물이 뭔지 그런 거 고민할 필요
없겠군요."

"이리 구르다 처박히고, 저리 구르다 처박히고 아무리 구르고 구
르다가, 아무리 처박히고 처박혀도 소용이 없었는데 여기에 처박히
고 나니까 알겠습니다."

"……?"

"햄릿이 아무리 구르고 굴러봤자 작품 속이듯이, 우리가 아무리
구르고 굴러봤자 우주 안에서 벗어날 수 없다는 사실을 알았습니다.
햄릿이 마시는 물은 픽션이고 셰익스피어가 마시는 물은 논픽션이
지 않습니다. 우리가 마시는 물은 현상이고 신께서 마시는 물이 본질
아니겠습니까. 하늘은 하늘이고 땅은 땅이라는 사실을, 나는 셰익스
피어가 아니고 햄릿이라는 사실을 아는 것이 중요한 것이지 나도 모

르면서 물이 뭔지 알려고 덤벼든 것 자체가 신이 되겠다고 선악과 따먹는 행위이지 않겠습니까. 햄릿이 무슨 수로 셰익스피어가 될 수 있겠습니다."

"물이, 물이 되지 못하고 사람이 되어버렸군요. 그럼, 여기 물은 어느 시대 사람인가요?"

"상류인데다가 물이 고인 채로 흐르고 있으니 통일신라 아니겠습니까. 저 아래쪽은 폭포이니 후삼국 시대, 이 계곡이 마치 한국사 연표 같습니다."

"자연이 역사이고 역사가 자연이란 증거 아니겠어요. 어쩌면 이렇게도 맑고 잔잔한지, 맑아서 잔잔한 건지 잔잔해서 맑은 건지 저런 시대라면 굳이 극락이 아니어도 좋을 듯하네요."

"한여름 개울물 같은 나라, 바캉스 온 듯한 시대 아니겠습니까. 가고 싶으시다면 제가 밀어드리겠습니다."

편한 자리를 찾아 앉다가 보니 그의 옆에 너무 다가가 있었다. 나를 떨쳐내고 싶어서 그런 것인지 그가 나를 개울물 속으로 떠밀어 넣을 기세였다.

"아까부터 들어가고 싶긴 했지만, 같이 들어가겠다면 몰라도, 그럴 용의 있나요?"

"전 싫습니다. 여기에서 남북통일 하면 굳이 옷 젖어가면서까지 통일신라 시대까지 갈 필요 없지 않겠습니다. 이 시대에 붙어살면서 해야 할 일도 있고, 갈아입을 옷도 마땅찮고⋯⋯."

"무슨 일, 목표가 있으신가 보네요?"

"어떤 사람이 말했던 것처럼 일제보다 더 암울하다고 하는 이런 혼탁하고 지저분한 세상에 태어난 김에 저 독립투사들처럼, 저 김유신 장군처럼 저렇게 잔잔하고, 저렇게 맑고, 저렇게 깨끗한 세상 한번 만들어봐야 하지 않겠습니까. 신의 의지가 구석구석 모든 곳에 온전하게 반영된 세상, 현상을 본질로 짜놓은 세상, 껍데기를 알곡으로 한번 만들어봐야 하지 않겠습니까."

"셰익스피어의 의중이 햄릿에게 완벽하게 반영된, 신의 의중이 인간에게 완전히 반영된 세상을 이르는 말씀이겠지요."

"지금은 사탄·마귀들이 물 만난 물고기처럼 준동하는 세상 아닙니까. 말도 안 되는 행태가 일상인 듯이 벌어지고 있는 최악의 시대이지 않습니까. 때가 때인 만큼 어찌 가만있을 수만 있겠습니까. 신을 위해서도, 인류를 위해서도 가만있을 수 있겠습니까. 가만히 있는 것 자체가 범죄입니다."

그가 나를 향해 손을 뻗었다. 내 손이 나도 모르게 그의 손으로 가서 달라붙었다. 그 손, 마주 잡은 그 손바닥으로 그의 정보가 내게로 넘어오고 있었다. 내 정보가 그에게로 넘어가고 있었다. 너무 넘어가고 넘어오는 거 아닌가 싶어 손을 떼려고 하니 떨어지지 않았다. 놀라서 뿌리치고 말았다. 그가 몹시 당황하는 기세였다.

"아! 죄송합니다. 손이 지남철인가 봐요."

"아예, 기가 좀 센 편이긴 하지만……."

"우리가 할 수 있는 일이라는 건 기도 말고 뭐 있겠어요."

"기도 말고도 무궁무진합니다. 길거리에서 휴지 하나 줍는 것에서부터 전쟁을 끝내게 하고 막아서는 일까지, 종국에는 두 짐승을 잡아 천길만길 불구덩이에 처넣는 일까지 저 혼자서 할 수 있는 일이 아닙니다."

"저 하나 보탠다고 될 일이겠어요."

"됩니다. 된다고 그랬습니다."

"누가요?"

"저 위에 계시는……."

나는 하늘을 올려다보며 가만히 신을 떠올려보았다. 순간 태양과 나 사이를 가리고 있던 나뭇잎 하나가 떨어져 나가자 내 눈으로 쏟아져 들어오는 햇빛이 신의 형상으로 바뀌었다. 눈이 부셔 눈을 끔뻑거리는 나에게 고개를 끄덕이신다. 작열하는 태양, 그 이글거림으로 만들어진 산곡풍이 가슴속으로 휘몰아친다. 숲은 숲대로, 계곡은 계곡대로 여름에 대적하느라고 바람을 일으킨다. 살갗을 통해 내 정신으로 스며드는 시원한 그 바람이 나의 과거와 미래를 기러기처럼 넘나든다.

"태산만큼 먹어도, 평생 먹어도 질리지 않을 맛이네요."

"무슨 맛이기에?"

"바람 맛! '산 위에서 부는 바람 시원한 바람'이라고 하는 동요 있잖아요. 그 고마운 바람, 시중에서 사 먹을 수 없다니 애석하네요."

"호텔에 가면 그런 거 얼마든지 맛볼 수 있습니다."

"돈 주고 그런 맛을! 어느 호텔인가요?"

"지금은 말고, 새 세상이 만들어지고 나면 얼마든지……."

"뭐부터 어떻게 하면 될까요. 우리 기필코 만들어냅시다."

"우선 모른다는 인식을 사람들에게 무료로 나눠주도록 합시다."

"'무지의 지' 말씀인가요. 소크라테스가 나눠주고 있는 그거?"

"기원전부터 그랬으면서도 여태 구 프로밖에 되지 않잖습니까. 우리가 나서면 한 때 두 때 반 때 만에 백 프로 달성할 수 있습니다. 부재한 인식으로 인식하려고 드니 인식되겠습니까. 얼마나 멍청했으면 TV만 갖고 TV를 보고 있겠습니까. 평생 그 지지직거리는 화면만 보고 살다니 어떻게 보면 참 대단하기도 하지만, 너무 불쌍하지 않습니까. 플라톤의 그 동굴 속 인간들처럼 가련해서 어떻게 그냥 두고만 볼 수 있겠습니까. 셋톱박스나 안테나가 있어야 채널하고 연결되어 영화를 보든, 뉴스를 보든 할 게 아닙니까. 셋톱박스가 동굴 속에 있는 그들을 동굴 밖으로 안내하는 길잡이가 될 것입니다. 이미 동굴 밖으로 나간 사람들은 필요 없을 테니 구십일 프로의 사람들에게 한 대씩 설치해줍시다."

"햄릿한테 셰익스피어를 인식할 수 있게 해주자는 얘기로군요. 하지만 우리에게 무슨 돈이 있어서 그만한걸, 설치는 무료로 해주더라도 한 일이만씩 원 받아야 하지 않을까요. 그래도 다 사실 것 같은데요."

"제조원가가 0원인데 어떻게 돈을 받겠습니까."

"교회도 절도 잘만 받잖아요."

"우리는 건물도 관리비도 필요 없잖습니까. 제조원가도 0원, 설치비도 무료인데 돈이 어디에 필요하겠습니까. 돈을 때려잡기 위한 프

21

로젝트인데 돈을 받으면 사기꾼이나 사이비로 의심 사게 됩니다.”

“돈을 때려잡아도 세상이 돌아갈까요.”

“이게 돌아가는 걸로 보이십니까. 너무 삐거덕거리고 시끄러워서 잠도 못 잘 지경인데, 잠이라도 좀 편하게 자야 할 거 아닙니까.”

“돈 보다가도 권력이 더 문제 아닐까요.”

“한쪽만 때려잡으면 다른 쪽은 저절로 잡히게 되어 있습니다. 돈과 권력은 서로 공생하는 두 짐승 아니겠습니까. ”

“일거양득이겠군요. 플라톤의 철인정치가 그 답일까요?”

“수정철인정치라고도 볼 수도 있겠으나 정치를 체제로 변경하고 철인을 신으로 대체하면 더 비슷하지 않겠습니까.”

“신의 체제? 신정정치겠는데요.”

“정치란 두 짐승을 부리는, 돈과 권력을 부리는 666입니다. 신정정치니, 뭐니 하는 것들을 때려잡기 위해 셋톱박스 설치 작업을 펼치자는 것입니다. 인간들에게 연결되어 있는 돈과 권력을 차단하기만 해도 쉽게 잡히겠지만, 거기에 셋톱박스를 통해 하늘에 새로운 랜선을 깔아주면 666은 봄빛에 눈 녹듯이 사르르 녹아서 사라지게 될 것입니다.”

“햄릿에게 셰익스피어와 통하는 랜선을 깔아주면 그렇지 않아도 명작인데 명작 중의 명작이 되겠군요.”

“차안이 피안으로 변하게 됩니다. 우리를 고해에서 벗어나지 못하게 차안에 붙들어 잡는 것이 정치입니다. 정치란 우리의 인생에 끼어든 불순물입니다. ”

"의사들이 돈 잘 버는 이유가 정치 때문이겠군요. 그 불순물이 너무 오래되어서 불순물인지 아닌지도 모를 정도로 심하게 굳어져 버렸는데 구분해서 분리하기 쉽지 않겠는데요."

"요즘 광고 보니까 오래된 녹도 한 번 치익 뿌리기만 하면 바로 새것처럼 되던데 우리에게도 그런 제품 여러 가지 있습니다."

"와! 우리나라 기업에서 만든 건가요?"

"우리나라 것도 있지만, 대기업에서 만든 이스라엘제, 인도제를 비롯해서 여러 나라에서 소상공인들이 생산한 것들도 많습니다. 심지어 아메리카 원주민제도 있습니다. 다 신께서 밑도급하신 제품입니다."

"아! 그래서 된다고 하셨군요. 그런데 정치를 잡으면, 없애면 국가는 그럼 어떻게 운영하나요?"

"정치란 가라지에게는 필요하겠지만, 알곡한테 필요할 리 있겠습니까. 군자, 신선한테 여당이 야당이 가당치나 하겠어요."

"이익을 추구하는 군자라, 신선이라, 가짜 군자이고 가짜 신선이겠지요. 진짜 군자와 신선에 대한 모독이겠군요. 정당 정치 같은 이따위들을 새삼 생각해보니 참 웃기는 제도네요. 그런데 왜 아무도 웃지 않는 거죠? 저만 영구인가 봐요?"

"자기들 당이 집권하기만을 축원하고 있는 자들인데, 돈까지 내고 경기장에 들어가서 승패에 골몰하고 있는 자들인데, 웃음거리가 되는 자들이 어떻게 웃을 수 있겠습니까. 셋톱박스가 설치되면 자신들의 지난 모습들을 떠올리며 그제야 허탈하게 웃지 않겠습니까."

햄릿은 셰익스피어가 될 수 없다

"철학 하는 사람들도 그렇고, 신학 하는 사람들도 그렇고 신의 존재를 확신할 수가 없어서 자기가 신을 믿는 것인지 믿지 않은 것인지도 모르고 죽어가는 사람들이 대부분이잖아요. 심지어 테레사 수녀도 죽기 전에 신을 직접 느낄 수가 없어서 안타까워했다더군요. 하다 하다 안 되니까 '신은 죽었다.'라고 떠들어대다 죽은 자도 있잖아요. 신을 확실하게 입증해낸 사람은 예수님 이래로는 누가 있을까요."

"순교해서 성인이 되신 분들도 계시잖습니까."

"자기 스스로는 확신했겠지만, 남들에게 입증할 수 있었더라면 죽임을 당하지 않았겠지요."

"요한계시록을 쓴 요한을 비롯해 신으로부터 직접 계시를 받은 예언가들도 많잖습니까."

"예수를 다 알면서도, 예언해 놓은 것들도 다 알면서도, 그런 것들은 믿으면서도 신은 실체를 확신하지 못하는 이유가 대체 무엇인지 모르겠어요. 골방에 틀어박혀 평생 공부만 하고 수도만 한 사람들도 자연이 신이라느니, 마음이 신이라느니, 최고로 생각해냈다고 하는 것이 신이 있기를 요청하거나 믿기로 결단하는 것이 고작이잖아요. 철학자들의 흐름도 보니까 이제는 일제 말기에 자포자기하고 변절하는 인사들이 속출하였듯이 대체로 신의 존재를 부정하는 쪽으로 기울어지고 있는 듯하더군요. 종교인들도 대부분 믿고 있는 듯하지만, 그럼에도 신께 맞춰서 살지 않고 자기한테 맞춰서 사는 성직자나 신앙인들이 태반이지 않습니까. 그런데 신의 존재를 확신하는 것 같은데, 어디서 그런 확신이 나온 것인지 놀랍습니다."

"사춘기 때에는 나에게 있어서 나 말고 다른 어떠한 것도 나를 침범하거나 침해할 수 없다고 생각했습니다. 유아독존이었습니다. 내가 곧 세계이고 내가 곧 우주였습니다. 중3이던 어느 때에는 정말이지 이 세상과 이 우주가 한눈에 좌악 들어왔습니다. 수학 공식, 영어 단어 같은 건 모르지만, 내가 모르는 게 뭐가 있겠는가 싶었습니다. 나를 건드린다는 건 절대자를 건드리는 것이나 다름없다고 생각했는데 학교라는 것이, 사회제도라는 것이 나를 마음대로 갖고 놀지 뭡니까. 절대자의 체면이 떡이 되어버렸기에 절대자 자리에서 자진 하야할 수박에 없었습니다. 막돼먹은 이런 세상에 굴복하지 않을 수 없었습니다. 수치스럽고 치욕스러운 만큼, 자존심이 바닥을 치는 순간 나는 가짜 절대자라고 하는 사실을 알게 되었습니다. 희망이었습니다. 절망 그 너머에 있는 생명이었습니다. 진짜 절대자에게 굴복할 수 있는 영광스러운 기회를 얻게 되었습니다. 그때부터 미아가 되어 우주를 떠돌아다녔습니다. 어느 지인이 구원받게 해주겠다고 해서 구원이 무슨 떡 같은 건가 싶기도 하였지만, 혹시나 해서 따라나섰더니 신의 자리에 목사가 똬리를 틀고 떡하니 앉아 있지 뭡니까. 사회에 굴종하며 사는 것보다 더 비참하였습니다. 나중에 보니 '내가 바로 신이다.'라고 하는 프로에 나오는 그놈이었지 뭡니까. 내가 그 지인을 되레 구원해주었지 뭡니까. 나는 우주 공간에 나를 미아처럼 그냥 내버려 두었습니다. 날아오는 운석에 부딪히기도 하면서 둥둥 떠다니고 있다가 꿈속으로 들어와서 기도하고 있었습니다. 그때 손바닥 사이에서 빛이 폭발하였습니다."

"다치셨겠네요?"

"그 빛에는 온도가 없었습니다."

연중 가장 뜨겁고 무더울 때인데도 전혀 뜨겁지도 전혀 무덥지도 않았다. 산 때문만도, 계곡 때문만도 아니었다.

"제가 신을 찾은 것이 아니라 신께서 찾아주셨습니다. 신은 제가 태어나기 전부터 제 곁에 계셨는데 저는 신 곁에 있지 못했습니다."

"지금도 우리 곁에 계시겠군요."

"효에 대해 취재하려 박태성 정려비와 묘를 찾아 원고 마감이 임박해서야 북한산으로 찾아갔습니다. 갑자기 비가 내리더니 어두컴컴해져서 어디가 어딘지 분간하지 못하고 헤매고 있었는데 하늘에서 빛이 내려와 그 묘지를 서치라이트처럼 비춰주었습니다. 박태성을 태우고 다녔던 그 호랑이가 그리한 줄 알았습니다. 한번은 양손에 무거운 짐을 들고 카드나 비밀번호가 있어야 열리는 현관으로 가는데 문이 저절로 스르륵 열렸습니다."

"신께서 열어주신 것이로군요."

"문이 닫혔는데 잠시 후 다시 열렸습니다. 저는 오른손에 든 짐을 내려놓고 문 바깥쪽을 향해 거수경례를 하였습니다. 저를 따라 들어오셨다가 나가시는 모습을 느낄 수 있었습니다."

"바로 곁에, 그것도 언제나 늘 함께한다는 증거겠군요."

"유리든 벽이든 통과하시지 못하겠습니까. 그런데도 그리하신 걸 보면 제게 자신의 존재를 확인시켜주기 위해서 그리하신 것으로 보였습니다. 성령이자 수호천사였습니다."

"수호천사와 신은 어떤 관계일까요?"

"우리가 아담과 연결되어 있듯이 신과 그렇게 연결된 실체이지 않을까요. 신의 생각과 신의 마음이 발현하는 실체라고 보입니다."

"셰익스피어의 생각이 햄릿을 나았듯이 신의 생각이 인간을 나은 것이니 천사란 신의 생각 자체라고 보이네요. 셰익스피어와 신은 본질이고 햄릿과 인간은 그 현상이니 이 우주는 그렇게 이원적으로 구성되어 있겠군요."

"일원론자들은 우주의 반체제자들입니다. 사람도 육체와 영혼으로 이원이고, 컴퓨터도 하드웨어와 소프트웨어로 이원 아닙니까. 일원론이라면 인간에게 영혼이 없다는 말과 같지 않습니까. 자기들은 좀비라는 뜻이 아니겠습니까. 아리스토텔레스, 헤겔, 이이 같은 사람들은 모두 좀비였습니다. 부부도 맞지 않으면 이혼하듯이 우주도 도생하기 위해서 좀비하고는 결별해야 하지 않겠습니까. 알곡은 추수하고 가라지들은 불살라질 수밖에 없는 이유이지 않겠습니까."

"우주에서 태풍이 인다. 사람의 기슭에서 놀고 있던 아리스토텔레스가 낙엽처럼 날아간다. 신의 기슭에서 유유히 거니는 플라톤의 옷자락을 스치며……."

"생각이 강물로 흐르니 지혜가 생기고, 강물이 생각으로 흐르니

강퍅해지는구나. 마음이 산으로 깊어지니 자비가 생기고 산이 마음으로 깊어지니 에고가 쌓이는구나. 만고강산에 신의 의지가 깃드니 어디 닭 우는 소리 들렸으랴."

"지자요수 인자요산 이런 말씀입니까?"

"옛날 선비들 풍류가 그리워 한번 읊조려봤습니다."

그가 갑자기 두 손을 가슴 앞에 모으더니 눈을 지그시 감고 기도하였다.

"하나님 아버지. 이 세상에서 권력을 제거하여주시옵소서. 파당을 지어 싸우는 저 인간들을 물리쳐주시옵소서. 한시도 조용할 날 없이 시끄럽게 떠들어대는 저 얼간이들, 저 일곱 머리 열 뿔 짐승을 이 세상에서 제거해주시옵소서. 어느 시인이 뿌려놓은 가난한 노래의 씨를 백마 타고 오는 초인이 그곳에서 목놓아 부르게 하여주시옵소서. 예수 그리스도의 이름으로 기도드리옵나이다. 아멘."

순간 건너편에 서 있던 소나무 가지 하나가 아래위로 흔들거렸다. 그 옆 가지에서 자고 있던 소쩍새 한 마리가 놀라서 푸드덕 날아오르더니 무슨 소린가 싶어 다시 내려왔다가 물을 타듯이 수면 위로 날아간다.

"보셨어요. 저 소나무 가지!"

"왜요?"

"기도가 끝나자마자 저기 굵은 나뭇가지 하나가 움찔거렸어요. 신께서 '알겠노라.'라고 응답하신 것 같았어요."

"지난번에는 채운이 뜨더니, 이번에도 들어주실 모양입니다."

그가 마음을 가슴에 모으고 다시 눈을 감자 햇살이 나뭇잎을 연주한다. 물결을 타고 반짝이며 푸르러지는 엽록소들의 음악. 소쩍새가 날아간 자리로 어디에선가로부터 나비 두 마리가 날아와 그 리듬에 맞춰 춤을 춘다. 돌아갔다가 다시 돌아오며 아무리 꺾고 아무리 틀어도 아이돌 가수처럼 간격을 일정하게 유지하며 나풀나풀. 리듬은 물결 따라 나비는 리듬 따라 윤슬을 받으며 추는 저 안무, 그가 드리는 감사기도가 저렇게 나비의 날갯짓으로 나타나고 있는 듯하였다.

"주무세요?"

시간이 공간을 침범하려 드는 순간에 맞혀 그의 정적 속으로 끼어들었다. 눈을 번쩍 뜨더니 깊은 잠에서 깨어난 듯 끔뻑거린다. 멍하니 있다가 다시 한번 눈을 크게 끔뻑거린다.

"잠이 든 건 아니었는데 꿈을 꿨습니다. 빛을 발하고 있는 꽃들이 만발한 들녘에서 아리따운 아가씨랑 뛰어다니며 놀고 있는, 아! 나의 화양연화 같았습니다."

나에 대해 벗어나고 있는 예의를 막으려다가 내가 예의에서 벗어났다.

"제가 방해하고 말았군요. 그런데 어! 사라졌네. 나비 한 쌍이 저기에서 그렇게 날아다니며 놀고 있었어요. 그 꿈이 그 나비로 형상화되어 나타났었나 봐요. 나비의 춤이 현상이고 그 화양연화가 본질이었던 것 같아요."

"꿈을 그 상태와 그 내용으로 분리해서 상태를 현상으로, 내용을 본질로 볼 수 있을 것 같습니다. 물이 아닌 것, 그것이 꿈의 상태라고 여겨집니다."

"물의 현상은 인간의 생각이고 물의 본질은 신의 생각이겠군요. 랜선을 깔고 나면 모든 것이 확연해지겠지요."

"신께서 인간들과 같은 감정을 갖고 계시지는 않겠지만 자기 생각만, 자기 말만 주야장천 해대며 살아가는 인간들을 보고 얼마나 참담하시겠습니까. 신을 위해서라도, 신의 생각을 조금이라도 헤아려보기 위해서라도, 현상과 본질의 괴리를 조금이라도 좁히기 위해서라도, 우리의 삶을 참된 계도 위에 조금이라도 올려놓기 위해서라도 더 깨우치며 더 회개하며 살아가야 할 터인데 더 긁어모으고 더 높이 올라가려고 발악하는 인간들의 굴레가 참으로 안타깝습니까."

니체는 니체를 낳지 못한다

"로미오의 사랑과 로미오의 죽음이 로미오의 산물이겠습니까. 셰익스피어의 산물입니다. 우리도 우리의 모든 것은 신의 산물이지 않습니까. 로미오가 자기의 사랑과 자기의 죽음을 니체처럼 자기 멋대로, '권력 의지'라는 것으로 밀어붙인다면 셰익스피어는 뭐가 되겠습니까."

"뒷방 늙은이!"

"작가의 의지를 소멸시킨 작품이, 희곡을 한 편도 써보지 못한 로미오의 의지로 쓴 작품이 명작이 될 리 있겠습니까. 명작은커녕 작품

30

으로 탄생할 수 있겠습니까. 미국의 저명한 윌리엄 제임스가 니체를 보고 왜 역겹다고 했는지 이해가 되고도 남지 않습니까. 신을 뒷방 노인네 취급하고 자기가 떡하니 그 자리를 차지하고 앉아서 잘난체하고 있으니 이건 역겨울 정도로 넘어갈 문제가 아닙니다. 이 세상 사람들이 모두 무신론자라고 해보십시오. 니체 같은 족속들만 살아간다고 해보십시오. 칸트가 염려하고 퇴계가 염려했듯이 이 세상이 어떻게 되겠습니까. 사는 것 자체가 곧 전쟁이지 않겠습니까. '사랑과 전쟁'도 그칠 날이 없을 겁니다. 그래서 남편하고 사는 여자 집 마당에까지 가서 살았던 거 아닙니까."

"누가요?"

"그거 하나 내려놓지 못한 주제에 '유럽의 붓다'라느니, 차라리 그 여자의 남편이 붓다면 붓다였지 참으로 뻔뻔하기 그지없는 놈이지 않습니까. 남자 망신을 역사적으로 시키고 돌아다닌 자가 아니겠습니까."

"부부관계 않기로 하고 결혼했다고 하는 그 루 살로메 말씀인 거죠? 릴케 아니던가요."

"아, 그렇습니까. 어디서 들은 말인데 잘못 들었나 봅니다."

"릴케와 니체, 그러고 보니 발음상 헷갈릴 수도 있었겠네요. 열 몇 살이나 연하였던 릴케였다면 안방보다 마당이 더 잘 어울렸을 법도 하군요."

"연인과 매일매일 캠핑하는 기분이었을 것 같습니다."

"사람 차별이 너무 심하신 거 아닌가요."

"차별이 아니라 차이입니다. 철학자의 지성과 시인의 감성이 같을 수 있겠습니까. 지성으로 그런 짓을 했다면 흑심으로 그런 것이니 쌍놈이겠지만, 감성으로 그랬다면 그것은 새로운 가치와 극기복례를 추구하는 군자이지 않겠습니까. 조건에 따라서 같은 값이면 좋아하는 사람 집에서 자취하든지, 세 들어 살든지 하는 것이 더 낫지 않겠습니까. 자기의 마음을 주어진 상황에 어떻게 적용하며 사는 것이 최선인지를 알고 그것을 주저 없이 실행하며 산 사람이라 여겨집니다. 니체식으로 말하자면 노예와 초인과 같은 차이입니다. 더 나은 걸 추구하는 것이 니체의 초인 개념이지 않습니까. 그런데도 니체 선생한테 사과하고 싶은 생각은 들지 않습니다."

"청혼을 무슨 사춘기 청소년 연애편지도 아닌데 친구한테 부탁하다니, 그런 걸로 보면 릴케처럼 하고 싶어도 못 했을 것 같네요. 청소년 같은 그 배포 덕택에 오히려 쌍놈, 그 노예 신분을 면할 수 있었던 것이겠군요."

"루 살로메가 대단한 여자라고 하더니만, 그러고 보니 정말 대단하긴 대단했던 모양입니다. 요즘에 보면 니체한테 빠져든 사람들이 많다던데, 그런 니체를 걷어찬 걸로 보면 요즘 사람들하고는 그 수준이 비교할 수 없을 정도였으리라고 짐작됩니다. 사람 보는 눈은 그 사람의 수준과 비례합니다. 그 남편을 보면, 그 친구를 보면 그 사람의 수준이 바로 드러납니다. 다른 여자에게 걷어차인 남자가 좋다고, 그것도 매달리기까지 하는 걸 보면 이건 무슨 변태 아니고서야 싶은 생각도 듭니다. 아니면 눈높이가 거세당한 자들이거나, 어떻든 서글픈 현실입니다."

"범죄자일지라도 권력만 있으면 지지하는 자들이니 오죽하겠어요. 물질은 고도로 진보하고 있는 반면에 정신은 거기에 반해 고도로 퇴행하고 있다는 방증이지 싶네요."

"예수나 붓다는 정신을 진보시켰지만, 니체는 물질을, 물질이 아니라 물질을 추구하는 정신을 진보시킨 자입니다. 인간의 정신을 말아먹으려고 했던 자라고 해도 과언이 아닙니다. 너무 그럴듯하게 말하는 걸 보면 이건 빼도 박을 수도 없는 사탄입니다. 왜 그렇게 그럴듯하게 말하려고 애썼겠습니까. 사람들한테 우쭐거리기 위해서지 않겠습니까. 그런 속물이지만, 예언가로서는 탁월한 데가 있는 사람이었습니다. 그 시대 사람들한테 외면당하니까 백 년 후에는 자기 책이 엄청나게 팔릴 거라고 했다지 않습니까. 백 년 후의 인간들이 그 시대 인간들보다 형편없을 거라는 사실을 어떻게 그리도 잘 알아맞혔는지 그거 하나만큼은 인정하지 않을 수 없습니다."

"사탄이라면 그 정도 예언은 식은 죽 먹기였겠지요."

"자기가 진정으로 사랑하던 사람으로부터 거절당한 그 분풀이로 덜떨어진, 사랑할 가치가 없는 사람들을 모조리 낚아버리겠다고 작정한 사람 같아 보입니다. 한마디 한마디 해놓은 걸 보면 그런 사람들은 물지 않고 배기기 힘든 미끼들이지 않습니까. 이 세상은 그따위 허접한 실연자에게 낚여버린 시대가 되어버렸습니다. 신의 망태기는 텅텅 비었는데 니체의 망태기는 주체할 수 없을 정도로 철철 흘러넘칩니다."

"역사란 진보하는 것이 아니군요."

"역사란 선악과를 따먹은 인간들이 만들어가는 것이다 보니 잘 나가다가도 요소요소에서 니체 같은 걸림돌에 걸려 나자빠지기 일쑤입니다. 앞으로 나아가기는커녕 뒤로 줄행랑치고 있으니 난감하기가 이를 데 없습니다. 오직 자기 자신으로만 똘똘 뭉친 자들이 난리부르스 치는 통에 세상이 이 모양 이 꼴이지 않습니까. 히틀러나 좌파들이 왜 생겨났겠습니까. 니체의 그 음흉스러운 습기를 자양분으로 우후죽순처럼 자라나 이 세상을 이 지경으로 만들어버리지 않았습니까. 가슴을 치고 통탄해도 분이 가라앉지 않는 걸 보면 수양이 모자라도 한참 모자라는 사람인 듯합니다."

"그런 건 수양이 높을수록 더 분통 터질 일이 아니던가요. 대중들이, 민중들이 루 살로메 반의반만 되었더라도 니체나 히틀러 같은 작자들이 발붙이지 못했을 텐데 안타깝네요. 안타까워한들 소용없으니 천불이 나지 않고 어찌 견딜 수 있겠어요."

"인간들은 이미 구제 불능의 단계에 접어들었습니다. 물질을 맘껏 추구하고 싶어도 신이 거슬려서 이러지도 저러지도 못하고 있었는데 '신은 죽었다.'라고 하니 이거야말로 신이 나서 죽을 지경이었을 겁니다. 이런 시대를 일컬어 어이 상실의 시대라고 합니다. 동의하지 않겠습니까."

"셰익스피어가 없다면 햄릿도 있을 수 없듯이 신이 없다면 우리가 어떻게 존재하겠어요. 신이 없는데도 우리는 존재한다고 믿는, 심지어 자기가 신이라고 떠벌리는 자들이 천지 아닙니까. 자기가 자기를 낳을 수 있다고 믿는 등신들이 무신론자 아닐까요."

"니체의 그 미사여구나, 히틀러의 그 명연설이나, 우리나라의 그 청문회 스타나 다 같은 맥락에서 일어난 현상입니다. 등신 주제에 얼마나 집요하게 매달렸으면 명연설을 할 수 있었겠습니까. 이리 봐도 저리 봐도 한참 모자라는 사람인데 얼마나 집요하게 파고들었으면 청문회 스타가 다 될 수 있었겠습니까. 니체도 마찬가지 아니었겠습니까."

"우리나라 신춘문예 같은 경우겠네요. 다 그런 건 아니겠지만, 등단해 놓고 사라진 사람들, 형편없어도 얼마나 지독하게 매달리냐에 따라 당선할 수 있는 것과 같겠네요."

"니체는 자기가 근사한 철학자니까 근사한 이론서를 집필하려고 대단한 집념으로 덤벼들었는데 한 줄도 못 쓰고 포기했다고 합니다. 대단한 철학자가 이론서 하나 못쓰다니 이거 엉터리 아닙니까. 칸트의 반의반에 반도 못 되는 주제에 자기 책이 존재하는 최고의 책이라고 하질 않나, 심지어 미래의 성서라고까지 했다니 그 시대 사람들도 어이없어했다고 하지 않습니까. 위버멘쉬, 초인이라고 하는 이거 동양에서는 고래 적부터 써오던 군자랑 같은 개념 아닙니까. 그리고 '영원회귀' 이거 자기 멋대로 머리 굴려서 자기 멋대로 만들어 놓은 말이지 않습니까. 그러니 이론서가 나올 리 있겠습니까. 그래도 철학자인데 잔머리 굴리며 정치하는 놈들과 같은 짓거리를 했다니 이 무슨 개망신입니까. 망신 하나만큼은 정말 철학적인 듯합니다."

"개망신을 당하면서 쓴 걸로 보면 제5복음서가 아니라 사탄의 복음서겠군요. '권력 의지'를 추구하는 자이다 보니 정치가보다 더했으면 더했지, 덜하지 않은 자임이 분명하네요. 권력의 그 달콤한 맛을 추구하기 위해 신을 죽이지 않을 수 없었겠네요. 온갖 더럽고 추악한 것들이 꼬이고 달라붙은 정치 같은 것이 그런 자들 입맛에는 달콤한가 보네요."

"자기가 좋아하는 여자한테도 걷어차인 주제에 자기가 최고라고 뻐기는 그런 유형으로만 봐도 신 근처는 고사하고 소크라테스한테 가기도 전에 박살 나고 말 존재이니 갈 데라곤 물질밖에 없었을 듯합니다. 니체의 모습에서 최신형 카메라로 찍은 듯이 사탄의 형상이 너무도 선명하게 드러나 보입니다."

"'무지의 지'도 모르는 자가 철학을 입에 담는 것 자체만 봐도 영락없이 사탄의 속성을 지닌 자가 분명하네요. 그 콧수염이 철학의 모순과 오류의 상징이겠군요."

"그 모순과 오류에 민중들이 하나같이 걸려든 것입니다. 정당한 사람이 대중들로부터 환호를 받으면 그에 따른 부가적으로 긍정적인 일이 발생하겠지만, 어중이떠중이가 환호를 받으면 히틀러처럼 큰일이 터지고 맙니다. 어중이떠중이들은 로또에 당첨된 사람처럼 미쳐버립니다. 정말 위험천만한 존재들인데 그런 자들에게 표를 몰아주는 걸 보면 이제 이 세상은 갈 데까지 다 갔다고 봅니다. 집착이 무지렁이들과 만나 신의 세상을 말아먹고 있습니다. 사회적인 문제가 될 만큼 사교육비를 써가면서까지 왜 그렇게 공부시키고 공부하겠습니까. 진리를 탐구하기 위해서, 이 무슨 개소리입니까. 운동경기도 그렇고, 게임도 그렇고 왜 그렇게 집요하게도 집착하겠습니까. 돈 아닙니까. 다 물질을 거머잡으려는 저 지독한 정신머리들이야말로 마귀가 아니라고 누가 나서서 소리칠 수 있겠습니까.”

"그러고 보니 그런 자들이 다 해 먹는 세상이네요. 마귀들이 다 해 먹는 세상! 이 세상은 악의 구렁텅이네요. 우리도 가슴이 찢어지는데 신께선 오죽하셨을까요.”

"누구 때문이겠습니까. 적그리스도 때문이지 않겠습니까.”

"니체가 적그리스도란 말인가요?”

"그럼 누구겠습니까. 유대인을 누가 그렇게 죽였겠습니까. 니체의 하수인이, 그리고 그의 여동생까지 가세해서 그러지 않았습니까. 그리고 지금 니체, 저 적그리스도를 따르는 저 무리를 보십시오. 줄서 있는 저 유물론자들, 좌파들 한번 보십시오. 끝도 없지 않습니까.”

"적그리스도에 니체만큼 딱 들어맞는 자도 없겠군요. 예수를 인간으로 분석하는 자이니 말해 뭐 하겠어요. 그리고 인간 안에 신성이 내재하고 있다고 하는 걸 보면 저 에덴동산의 뱀이 틀림없을 것 같네요. 그 시대 사람들은 취급도 하지 않은 니체를 이 시대 사람들이 집요하게 매달리는 것만 봐도 적그리스도, 틀림없겠군요.”

"'권력 의지'를 캐치프레이즈로 돈과 권력에 눈이 뒤집힌 이 시대의 쪼다들을 모조리 낚아채고 있습니다. 신의 자식들까지 걸려들까 두렵습니다.”

"서둘러야겠지요. 조사해보지 않아도 누가 적그리스도를 추종하는 자인지 뻔하니 하나하나 골라내기만 하면 될 것 같네요.”

"그걸 하나하나 어느 세월에, 자동화 시스템으로 아니면 AI로 무신론자들을 뽑아내면 한 방에 끝날 일입니다."

"무신론자라고 해서 다 그렇다고 볼 수는 없지 않을까요."

"다 그렇습니다. 그들에게 신이 없다면 뭐가 있겠습니까. 에고밖에 더 있겠습니까. 짐승의 등가물에 지나지 않습니다. 다만, 아무것도 모르지만, 그냥 살아가는데 그것이 신의 의지와 맞아떨어지는 사람들, 선한 사람들, 그들이야 그리 많지 않을 테니 그거야말로 수작업으로 불량품 골라내듯이, 아니 쏟아져나오는 불량품 속에서 정품을 하나하나 골라내면 될 일입니다."

"교회나 절에 다니는 사람 중에서 특히 성당 다니는 사람 중에 좌파들이 많다던데요."

"다 무신론자들입니다. 겉으로는 성경을, 불경을 공부하는 척하면서 속으론 '자라투스트라는 이렇게 말했다'를 복음서처럼 끼고 다니며 자기 계발을 한다네 어쩐다네 하면서 사는 사람들입니다. 그들이야말로 알짜배기 마귀들이 아니겠습니까."

"그래도 유식한 마귀들이겠네요. 철학이라고 하면 도망치는 사람들이 많을 텐데……."

"사람에 따라 구조가 어떠한지에 따라, 그 사람이 어떻게 태어났느냐에 따라 신을 알고, 모를 수밖에 없지 않을까 싶습니다. 신이 죽었는데, 아니 죽었으면 소원이 없겠다고 하는 자들에게 '신은 죽었다.'라고 하니 얼마나 좋겠습니까. 모조리 달라붙어 버리지 않습니까. '조중동'하니까 조중동 아닌 것들이 다 달라붙어 버리듯이, 세상 사람들이 그런 술책이나 잔머리에 넘어가거나 편들고 나서는 것은 타고나서 그렇다고밖에 볼 수 없을 것 같습니다."

"넘어가는 거와 편드는 거는 다르겠네요."

"넘어가는 것은 몰라서 그런 것이고 편드는 것은 알면서도 그런 것이지 않겠습니까. 진보 계열 문인들 단톡방에서 보니까 한번은 어떤 사람이 진보 정치인 행태를 비판한 신문 칼럼을 올렸기에 읽어보니 정말 좋은 글이었습니다. 그런데 누가 댓글로 '조중동 꺼져라.'라고 올리더군요. 그들에겐 공감 여부 따위는 아무런 문제가 되지 않는 듯하였습니다. 잠시 후에 글을 읽어봤던지 '죄송합니다.'라고 다시 올렸는데 다른 사람이 '조중동 꺼져야 합니다.'라고 정색을 하고 올라온 걸 보고 추잡스러운 자들이 이 세상에 그득하다고 생각하니 새 옷인데도 불결한 옷을 입고 있는 것 같아 갈아입었지 뭡니까."

"요즘에 보니까 조중동도 다 그쪽으로 넘어간 듯하던데 왜 그런다지요. 보수 언론까지 장악할 정도로 뻗어나가는 마수의 위력은 상상을 초월하는 듯하더군요. 전자 경우가 넘어간 사람이고 후자 경우가 편드는 사람이겠네요. 넘어간 사람은 그렇다 치더라도 편드는 사람이 확실히 사악한 데가 있어 보이데요. 서울 시내 여기저기 구석구석 끼리끼리 모여 시위하는 걸 보니 이것이 바로 펴느는 사람들의 실체이겠구나, 종말 때의 그 모습이겠구나 싶더군요."

"다 그놈의 '권력 의지'라는 것 때문이지 않겠습니까. 니체가 만들었지만, 니체를 누가 만들었겠습니까. 햄릿의 숙부 클로디어스가 있어야 '햄릿'이라고 하는 명작이 탄생할 수 있듯이 신의 창조에도 구원을 받을 수 있는 인간을 찾아내기 위해 적그리스도가, 가라지들이 필요한 인물들이지 않겠습니까.”

“니체의 하수인 격인 사람이 ‘실존은 본질에 앞선다.’라고 떠들고 다닌 것도 보면 신의 창조에 있어서 중요한 대목이겠네요.”

“그것이 바로 클로디어스가 햄릿의 아버지를 죽이는 대목입니다. 클로디어스는 그래도 숨기려고 애를 썼지만, 이건 대놓고 살인을 저질렀다고 뻔뻔스럽게 자랑하며 돌아다니는 꼴입니다. 인간이 신에 우선한다. 햄릿이 셰익스피어에 우선한다. 말이 됩니까. 이런 말도 안 되는 소리를 지껄이는 자들이 니체한테서 권력 의지를 얻어와서 기고만장하니 이 세상이 고해로 굴러떨어지지 않고 배기겠습니까. 이제 예수님 말씀도, 부처님 말씀도 통하지 않으니 할 수 없습니다. 이 세상을 고해로부터 건져내려면, 작중인물들이 작가 노릇 하려고 드는, 자기가 신이라고 여기는 자들을 모조리 솎아내는 방법밖엔 다른 수가 달리 있을 것 같지 않습니다.”

“세상을 온전하게 보존하기 위해선 피치 못 할 노릇이겠네요. 하지만 우리가 할 수 있는 일은 아니지 않나요. 작가가, 신이 알아서 하시겠지요.”

“이 세상이 하나의 중심으로 돌아가지 않고 사람들 수만큼의 중심으로 돌아간다면 이 세상이 어찌 되겠습니까.”

가라지는 마귀를 낳고 마귀는 가라지를 낳는다

"지금 그렇게 돌아가고 있지만, 겉보기에는 멀쩡해 보이네요."

"지역별로 모여 신앙생활을 하고 있던 곳에 가본 적이 있는데 오로지 돈과 권력, 성공과 출세였습니다. 그들의 간증은 신의 존재를 증언하는 것이 아니라 성공과 출세를 자랑하는 것이었습니다. 그 신앙생활 하는 것만으로도 그 사람들은 돈과 권력, 성공과 출세를 이미 거머쥔 듯하였습니다. 지금은 아니지만, 곧 간증하는 사람처럼 그렇게 될 것을 확신하고 있었습니다. 몸과 마음을 다 바쳐 그 종교에 매달리기만 하면 자기도 따놓은 단상이라고 여기는 그 사람들의 눈동자는 사팔뜨기가 아니었는데도 하나같이 지구 자전축만큼이나 돌아가 있었습니다. 그들의 신은 그 교주도 아니고 오로지 돈과 권력이었습니다. 그 교주는 인간들의 그런 심리를 기발하게 이용하고, 그 신도들은 완벽한 꼭두각시였습니다."

"사이비종교일수록 북한의 전 인민의 간부화처럼 직책이 엄청나게 많더군요."

"다른 사람들 위에 군림하는 것이 가라지들이 꿈에 그리던 소망인데 돈만 갖다 바치면 무슨 무슨 부장이고 구역장이라고 하니 교주와 신도가 찰떡궁합인데 그 교세가 뻗어나가지 않을 수 있겠습니다."

"거짓 선지자들과 가라지들이 놀아 제치는 한마당, 꼭두각시와 좀비들의 안무가 아이돌 가수 저리 가라네요."

"그들의 과도한 친절, 그 이면에 숨겨진 자리 따먹기 놀음, DMA까지도 좀비들과 일치하는 것으로 보입니다."

"낚시에 걸려든 물고기를 갈매기가 날아와서 낚아채 가듯이 두 짐 승에 걸려든 사람들을 사이비종교가 낚아채 가는 형국이군요. 서로 서로 낚이고 엮이는 형세가 느와르 영화 같네요. 자기가 그 물고기인 줄도 모르고, 느와르 영화의 주인공인 줄도 모르고 살아가는 사람들 이 그걸 알아차리고 화들짝 놀라는 저 표정, 육천 년이라는 시간으로 만들어진 표정, 우주 속에서 클로즈업되고 있는 저 한 사람의 저 표 정, 그 어떤 명배우라 할지라도 저런 표정을 연기할 수 없을 듯싶네 요. 인류 역사상 단연 최고의 명장면이라고 보이네요."

"그런 장면이 사이비종교에만 나타나겠습니까. 세상 곳곳에 특히 정치판에는 널리고 널린 것이 그런 장면일 테니 최고니, 뭐니 하기에 는 이릅니다."

"이러나저러나 어쩌다가 이런 장면이 최고의 장면이 되어야 하는 지경에 이르게 되었는지 인간의 실체, 그 멍에가 가슴을 쥐어짜는군 요."

"'신데렐라' 모르는 사람 없을 텐데, 우리나라에는 '콩쥐팥쥐'가 있듯이 세계적으로 유사한 이야기가 천 편이나 된다고 합니다. 한 여 자가 한 남자 만나서 결혼하는 거 그게 뭐 그리 대단합니까. 그걸 가 지고 사람들이 왜 그리 난리들인지 웃기지 않습니까. 권력이면, 돈이 면, 로또면 다라고 여기는 인간군상들이야말로 동화보다 더 동화 같 지 않습니까."

"누구나 더 좋은 작품을 읽고 싶어 할 텐데 자기들이 더 좋은 작품 인 줄도 모르고 저 난리라니 채플린 영화를 보는 듯하네요."

"결혼이라고 하는 것에 권력과 돈이 개입되면, 사랑이라고 하는 것에 권력과 돈이 개입되면 작품도 아닌 것을 명작으로 둔갑시켜버리는 독자들, 시청자들, 그들이야말로 작품 아니겠습니까. 재벌이, 재벌 2세가 왔다갔다거리면 드라마도, 영화도, 웃기는 짬뽕도 그걸 명작으로 다 둔갑시켜버리는 인간들의 몰골이야말로 진짜 명작이지 않습니까. 어렵게 사는 것이 나쁩니까? 호화롭게 사는 것이 좋습니까? 면벽 수도하는 사람들이 바보입니까? 신데렐라가 명성황후처럼 시아버지하고 머리끄덩이 잡고 싸워대다 나라 말아먹을 여자일지 어떻게 알고 부러워하냐 이 말입니다. 그 왕자가 세조 같은 놈일지, 연산군 같은 놈일지 어찌 알고 시집 잘 갔다고 부러워서 환장하느냐 이 말입니다."

"신데렐라 속편이 나오면 알 수 있겠지요. 속편이 더 히트칠 수도 있겠는데요. 동화 '왕자와 거지'에서는 그래도 왕자가 거지도 되고, 거지가 왕자도 되잖아요. 붓다도 부처가 되기 위해 왕자에서 거지가 되었다고 하던데 거지가 되었으므로 부처가 될 수 있었으니 거지가 되는 것이야말로 신데렐라라고 해야 온당하지 않을까요."

"수도하는 사람들에게야 먹힐 수 있는 말일지 모르나 그저 돈이라고 하면, 권력이라고 하면 사족을 못 쓰는 좀비들에게 그랬다간 욕 얻어먹기에 십상입니다. 자기들 우상인 신데렐라를 욕되게 했다고 덤벼들면 어쩔 참입니까."

"뭐, 그런 좀비쯤이야 수도하는 사람들과 막아내면 그만이겠지만, 정경유착이라는 말이 있잖습니까. 돈과 권력이 붙어서 세상을 좌지우지하고 있으니 이건 불감당이겠어요."

"권력도 돈도 다 질량보존의 법칙, 에너지보존의 법칙에 해당하지 않겠습니까. 정경유착이란 로또처럼 수많은 사람의 돈과 권력을 자기들이 한꺼번에 싹쓸이하겠다는 짓이지 않습니까. 신데렐라도 한꺼번에 돈과 권력을 장악한 로또, 정경유착과 같은 현상이지 않겠습니까."

"돈은 권력을 낳고 권력은 돈을 낳는 세상 아니겠어요. 남들이 누리지 못하는 부귀영화를 자기만 누리겠다고 복권판매소에 줄 서 있는 사람들, 종일 주식시세 전광판만 쳐다보는 저 신데렐라 증후군, 민망스러워서 바라볼 수가 없을 지경인데 저들은 어찌하여 저리도 태연자약한지, 아무래도 철면피라고 하는 종자는 따로 있는가 보네요."

순수이성비판은 고려청자이다

"'부자가 천국에 들어가기란 낙타가 바늘귀로 들어가기보다 어렵다.'라고 하는 말이 있듯이 어느 예언가는 '부자는 백 명 중에서 한 명이, 가난한 자는 열 중에서 한 명이 구원받는다.'라고 했는데 그 말이야말로 진리인 것 같습니다. 자기만 잘 먹고 잘살려고 머리 싸매고 그렇게들 공부해서 판검사나 의사 같은 자리 다 차지하고 있으니 아무런 욕심 없이 그것도 순수하게 살아가는 사람들이 무슨 수로 비집고 들어갈 수 있겠습니까. 욕심꾸러기, 소인배들만 요직이란 요직을 다 차지하고 다 해 먹으니 대인들이 어찌 가난하지 않을 수 있겠습니까. 자기 자신만 잘 먹고 잘사는 놈들은 그것이 하나도 중요하지 않다는 사실을 뼈저리게 느끼게 될 날이 있을 것입니다."

"그런데 부모도 그렇고 학교도 열심히 공부해서 잘 먹고 잘살아야 한다고 해서 열심히 공부하며 살아온 죄밖에 없을 텐데, 그런 사람들은 억울하지 않을까요."

"자기 주체성도 없이 살아가는 자들이거나 그런 말에 공감하고 동의하지 않고 그랬겠습니까. 인류공영을 위해, 홍익인간을 위해 그렇게 치열하게 공부했겠습니까. 요즘 의사들 하는 행태를 한번 보십시오. 고개 한번 들고 쓱 둘러보십시오. 사리사욕에 눈이 멀어 학원이니, 과외니 하면서 돌아다니는 자들이 천지사방을 메우고 있지 않습니까. 그들이 정녕 남을 위해, 세상을 위해 그런다고 보이십니까."

그의 목소리가 거칠어졌다.

"홍익이니 공영이니 떠나서 그래도 공부하지 않는 것보다야 공부하는 것이 더 낫겠다 싶었는데 꼭 그런 것만은 아닌 것 같더군요. 학교 다닐 때 정말 지독하게 공부만 해대던 동창 놈을 최근에 몇 번 만난 적이 있었는데 '뭐니 뭐니해도 머니가 최고야 그지.'라며 돈 한 푼 두 푼에 눈알이 핑핑 돌아가는 걸 보니 이건 완전 새로운 인종 같더군요. 선악과를 따먹으며 살아온 인간들의 형상이, 특히 후기산업사회의 부산물이 이런 인종이 아니겠는가 싶더군요. 지독하게 공부하던 그 모습과 어쩌면 그렇게도 일치하던지 너무 완벽해서 놀랄 노 자였어요. 어릴 때 나쁜 짓 하던 놈은 커서도 그 정신머리를 어데 가서 바꿔치기하지 않은 이상 나쁜 짓 하지 않고 살 수 없듯이 어쩌면 그렇게도 똑같은지 소름 끼치더군요. 공부하는 것이 나쁜 짓은 아니겠지만, 그런 자들이 공부하는 건 그런 자들을 만들어내는 과정이니 공부하는 그 자체를 나쁜 짓이 아니라고 할 수가 없더군요."

"갑자기 플라톤이 그립습니다. 공부도 해야 할 사람, 해서는 안 되는 사람으로 구분했어야 하는데 마르크스 같은 놈이 지독하게 공부한 대가가 무엇이었습니까. 율곡 이이가 지독하게 공부한 대가가 무엇이었습니까. 이 말이 무슨 말인지도 모른 사람들도 많을 것입니다."

"모르기만 할까요. 무슨 망발이라며 덤벼들 테지요."

"사실 마르크스나 율곡이 어떤 사람인지 잘은 모르지만, 그들의 영향력이 그들이 어떤 사람인지를 드러내 보이지 않습니까. 공산주의와 노론, 특히 우리나라가 얼마나 극심한 고통을 감내해야 했습니까. 지금도 그 좌파들로 인해 나라가 엉망진창이지 않습니까."

"이원론자들이 우파이고 일원론자들이 좌파겠군요."

"우리는 지금 이 지구상에서 수많은 짐승과 아무런 문제 없이 살고 있지 않습니까. 짐승은 짐승대로, 인간은 인간대로, 가라지는 가라지대로, 알곡은 알곡대로 살아간다면 이 세상은 아무런 문제 없이 돌아가겠지만, 호랑이와 사자가 숲이 아니라 도시로 내려와서 서로 대통령 되겠다고 길길이 날뛰고 있는데, 짐승이 인간의 자리를 차지하려고 별짓 다 뻗고 있는데 세상이 제대로 돌아갈 리 있겠습니까. 태어난 대로만 산다면 아무리 가라지들이 득실거린들 종말이, 심판이 굳이 필요할 리 있겠습니까."

"초등학교 때 문제아로 유명했던 놈이 잘 알지도 모르는데 친한 척하면서 전화가 왔기에 한번 만나봤더니 깨달은 사람처럼 도를 얘기하고 이치를 얘기하기에 놀랍더군요. 산전수전 다 겪으면서 사람이 이렇게 되어가는구나 싶어 대견스러웠어요. 그때는 피해 다녔지만, 지금은 친구로 지내고 싶을 정도였어요. 그런데 몇 번 만나보니 어디서 주워들은 얘기를 외워서 읊어댔더군요. 나한테 돈 빌리기 위한 술책이었어요. 마카오에서 살다시피 한다더니 돈을 다 잃고 돌아와 아는 사람마다 찾아다니면서 그 짓거리 하고 있었던 거였어요. 카지노의 신이라고 하면서 돈을 왜 다 잃었냐고 하니 꿀 먹은 벙어리더군요. 사람이 나이를 먹으며 살아왔으면 뭘 좀 더하든지, 빼든지 무슨 변화가 있을 법도 한데, 초등학교 이래로 처음 봤지만, 신기하게도 콩은 콩이고 팥은 팥이더군요. 신기하다고 생각하는 자체가 신기했어요. 나쁜 사람은 나쁜 사람일 수밖에 없고 좋은 사람은 좋은 사람일 수밖에 없다는 사실을 모르고 살았다는 사실을, 그렇게 간단한 진리도 모르고 살았다는 사실이 신기할 따름이었어요. 그에게 카지노가 아니고 사업을 붙여보면 재벌이 탁 나오거든요. 그에게 카지노가 아니고 정치를 붙여보면 대선 출마가 탁 나오거든요. 그가 일흔이 되든, 여든이 되든 그 모습이 다른 모습이겠어요. 어디든 돗자리 하나 깔아놓으면 점쟁이 노릇 충분히 할 수 있겠더군요. 이런 자들은 태어난 대로 살지 말라고 해도 태어난 대로 살 수밖에 없을 테니 종말은 피할 길이 없어 보이네요."

"그런 자들이야 그렇게 살다가 말면 자기 자신만 그만이면 되겠지만, 가라지가 알곡으로 위장하려고 하니 문제가 심각해집니다. 그런 가라지들과 그런 위장술에 넘어가서 맞장구치고 있는 자들로 인해 말세가 이 세상으로 쓰나미처럼 밀려오는 건 아니겠는가 싶습니다."

"그 친구가 카지노나 하며 산 것이야말로 천만다행이로군요. 만일 고시 공부했더라면, 카지노의 신이 권력까지 이용한다면 으윽, 상상만 해도 끔찍하군요. 옳고 그른 걸 구분하지 못하는 자들은, 위장술에 넘어간 사람들은 어쩔 수 없다고 치지만, 나쁘다는 것을 다 알면서도 아빠 오빠 하면서 따라다니는 자들, 세상이 갈 데까지 다 갔다는 확실한 증거겠군요. 자본을, 돈을 추구하자고 자본주의라는 슬로건까지 대놓고 부르짖고 있는 세상이니, 대놓고 떳떳하게 사탄을 추종하는 세상이니 갈 데를 이미 지나쳐도 한참 지나친 듯한데요. 그런데도 세상이 이만큼이나 굴러가는 걸 보면 신통방통하네요."

"굴러가는 걸로 보입니까. 왜 자전축이 기울어진 채로 돌아가겠습니까. 유물론자들한테 왕창 치우쳐진 채로 굴러가니 그리된 것이 아니겠습니까. 좌파들이 언론을 장악하듯이 사탄이 선악과를 이용해서 정치면 정치, 경제면 경제, 심지어 교육까지 철저하게 장악하고 있잖습니까. 퇴계를 따르는 주리론자들이 왜 권력에서 밀려났겠습니까. 이이를 따르는 주기론자들이 조선 후기를 어째서 장악할 수 있었겠습니까. 선악과를 따먹고 따먹지 않는 차이 아니겠습니까."

"따먹더라도 좀 작작 따먹지 배가 터지는지도 모르고 따먹다가 나라까지 잃어버린 수모를 당하다니, 남북분단도, 좌니, 우니 피 터지게 싸워대는 것도 다 그놈의 선악과 때문이겠군요. 그나마 예수님과 부처님이 계셨기에 망정이지 그분들마저 이 세상에 오시지 않으셨다면 으이구 상상하는 것조차 끔찍하네요. 북한은 전체 인민이 따먹을 선악과를 혼자서 다 따먹고 있는 셈이겠군요."

"왜 뚱뚱하겠습니까."

"그놈의 선악과를 못 따먹게 하려면 권력을 없애버리면 될 텐데 왜 그거 하나 없애지 못할까요."

"권력을 짐승이 움켜잡고 있는데 무슨 수로 없애겠습니까. 그것보다 짐승을 없애는 편이 훨씬 쉬울 것입니다."

"인간이란 선악과를 따먹어서 짐승이 되고, 짐승이 되어서 선악과를 따먹는 존재겠군요. 태어나면서부터 선악과 따먹는 방법만 주야장천 가르치고 공부하며 살아온 자들이었으니 쉽사리 없앨 수도, 없어지지도 않을 것 같은데 난감하군요."

"선악과를 따먹어서 짐승이 되었으면 그 짐승에서 벗어나 다시 인간이 되려고 노력해야 하지 않겠습니까. 그런데 피땀 흘려가면서까지 더 완벽한 짐승이 되려고 돈이면 돈, 권력이면 권력에 매몰되어 발버둥 쳐대는 현상은 도대체 어찌 된 영문인지 어안이 벙벙할 따름입니다. 인간 주제에 인간에게 서열을 매기려 들다니, 그렇게 평등, 평등 외쳐대면서도 어딜 가나 등수, 성적 타령이라니 구제가, 구원이 어려운 상태에서 불능 상태로 전환되어버린 느낌입니다. 짐승에서 벗어나려고 애쓰고 애써서 노예제도니, 신분제도니, 남녀 차별 같은 것도 없어진 판국에 어째서 인간을 차별한단 말입니까. 그러면서 평화 운운하다니, 지나가는 개가 왜 웃는지도 모르는 팔푼이들이지 않

49

습니까.”

“성적이라는 것이 결국 입시전쟁뿐만 아니라 국가 간의 전쟁까지 유발하게 되었다는 것이로군요. 개가 웃지 않을 수 없겠네요. 저는 최소한 팔푼이는 아니겠군요.”

“개들은 학교에 다니지 않잖습니까. 인간들은 그렇게 다녔으면서도 개만도 못하다니, 그런 학교를 두고 보고만 있어야겠습니까. 대원군이 서원을 철폐하듯이 그 서원보다 해악이 더 심각한 학교를 철폐해야 마땅하지 않겠습니까.”

“청춘! 이는 듣기만 해도 가슴 설렌다고 했는데 그런 존재를 학교에 가둬놓고 성적으로 차별해대다니, 천인공노할 짓이로군요. 그냥 두고 본다는 건 인간에 대한 기만이겠네요.”

“욕심 많은 자에게 상을 주고 욕심 없는 자에게 벌을 주다니, 교육 주체가 글러 먹었는데 올바른 공부가 이루어질 턱이 있겠습니까. 학교에서 자랑스럽게 배출한 그 욕심 많은 자들이 요직이란 요직을 다 차지하고 있으니 세상이 어떻게 되겠습니까.”

“요렇게 되지 않았나요. 말세가 되고 말았지 않나요.”

“저도 동창 중에 쉬는 시간에도 공부만 하던 놈이 있었는데 커서 봤더니 그 공부가 돈으로 바뀌어 아침부터 저녁까지 돈에만 밑줄 긋듯이 살아가고 있었습니다. 그놈의 얼굴을 눈살 찌푸리면서 쳐다봤더니 빰따귀에서 말세의 캐리커처가 피어나지 뭡니까.”

“말세의 캐리커처? ‘나는 잔머리’라고 떠들고 다니는 자가 말세의 화신 같던데 그런 모습이었나요.”

"그건 화신이 아니라 말세의 실체 아닙니까. 요즘에는 사람을 보면 사진보다 캐리커처가 막 떠오르던데, 특히 정치가들을 보니 그 캐릭터가 하나같이 종말에 핀이 맞혀져 있어서 예사롭지 않아 보였습니다."

"정치가뿐만 아니라 그런 정치가를 뽑아준 유권자들 이미지 또한 모두 종말에 초점이 맞혀져 있더군요. 이런 것들만 종합해 봐도 이 시대의 정답은 뻔할 뻔 자로군요. 어쩌다가 이런 정답을 도출하게 되었는지, 인류에게 무슨 문제가 있었던 건지, 한두 사람이 헛산 것이 아니라 인류 자체가 헛살았다고 생각하니 하늘도 놀라는 기색이 역력하네요."

"얼마나 놀랐으면 우담바라가 피었겠습니까. 너도나도 다 비진리에 장단 맞춰 춤까지 추며 놀아나고 있잖습니까. 수석 한 것이, 노벨상 탄 것이, 구도장원공이 된 것이 진리겠습니까. '나는 잔머리'를 탄생시킨 청문회 스타가, 히틀러의 연설에 감동하는 저 청중들이 진리겠습니까. 신춘문예 당선자 중에서 제대로 활동하는 사람이 몇 안 된다고 하던데 왜 그러겠습니까. 한 편 갖고 몇 년 동안 죽자 살자 물고 늘어지는데 누가 당해내겠습니까. 낙선한 자들보다 훨씬 못한 자를, 청문회 스타, 히틀러, 구도장원공 같은 이들이 전부 그런 자들이지 않습니까. 누가 그런 자들을 뽑아주었습니까. 자기보다도 덜떨어진 놈을 어마어마한 놈으로 착각하고 졸졸 따라다니며 추종하고 열광하며 지랄발광한 결과 어떻게 되었습니까. 역사가 생생하게 중계방송해주지 않았습니까. 비리로 자살할 사람을 그렇게 추종하다니, 아우슈비츠 악마에게 감동하다니, 알곡들만 골라서 천여 명이나 도륙을 낸 원흉을 지폐에다가 버젓이 모시고 다니다니, 인류를 이 지경으로 만든 범죄자들이지 않습니까."

"아무도 사탄을 추종하지 않는다면 교동도에 귀양 가 있는 연산군보다 못한 놈이겠지요. 사탄이나 연산군은 같은 놈인데 한쪽은 단 한 명도 추종하는 사람은 없는데 다른 쪽은 어째서 그렇게도 많은지 모르겠네요."

"추종하는 자들 자체가 마귀이고 가라지이니 그럴 수밖에 없겠지만, 똥인지 된장인지도 구분 못 하는 작자들도 있겠지만, 구분을 너무 잘하면서도 그러니 문제가 심각하지 않겠습니까. 연산군이 교동도에서 전 국민한테 이십오만 원을 주겠다고 떠들어댔더라면 임금 자리 되찾을 수도 있었을 텐데 요즘 정치꾼들에 비해 정치 감각이 한참 떨어지는 사람이었던 것 같습니다."

"'꼴찌에게 보내는 갈채'라고 하는 에세이처럼 그런 잡놈들보다 꼴찌에게 열광하든지 추종했더라면 세상이 그 지경까지 되지 않았겠지요."

"손가락질이나 하지 않으면 천만다행일 텐데 추종이라니, 서울 어느 뒷골목에서 비웃는 소리가 여기까지, 안 들립니까."

"물소리와 바람 소리가 불협화음으로 나는 소리잖아요. 서울에서, 그것도 비웃는 소리가 여기까지 들릴 리가 있겠어요. 말도 안 되는 소리네요."

"말도 안 되는 세상이라서 말도 안 되는 소리가 들린 것인데 말도 안 됩니까. 이 세상이 말도 안 된다는 증거 아니겠습니까."

"말도 안 되는 놈들이 말도 안 되게 욕심을 부려버리니까 말도 안 되는 세상이 되어버렸겠군요. 비단옷을 아무리 차려입었던들 그 심보가 비단결이 될 수 없다는 건 여섯 살 먹은 꼬마도 다 아는데, 그것도 모르는 자들이 국회의원 되겠다고, 대통령 되겠다고 설쳐대는 세상이니 이 세상은 갈 데까지 다 가버렸다. 굳이 증거까지 들이댈 필요도 없이 확실하네요."

"누구, 조카 이야깁니까."

"권율 장군 어머니가 비단옷을 지어서 입으라고 하였더니 여섯 살 권율이 '의복은 몸만 가리면 그만인데 뭐 하려고 남의 시선을 생각해서 비단옷을 입어야 하느냐.'라며 싫다고 했다더군요. 얼씨구 좋다고 뽐내는 자였더라도 나라를 구할 수 있었을까요. 이이처럼 과거에 욕심이 나서 공부만 했더라도 나라를 구할 수 있었을까요."

"방구석에 처박혀 종이 쪼가리만 쳐다보며 살아온 자와 대자연을 누비며 살아온 자가 같을 수는 없겠지요. 요즘 명품이니 뭐니 하며 눈에 불을 켜고 사는 인간들과 비교해보십시오. 나라를 구하기는커녕 나라를 팔아먹고도 남을 자들이지 않습니까."

"몇백만 원, 몇천만 원을 다른 나라에 넘겨주는 것이니 나라를 팔아먹는 거나 마찬가지겠군요. 어느 여류 인사가 우리나라 최고 엘리트들이 모여있다고 하는 일류대하고 대구에 있는 사립대에 가서 강의한 소회를 밝혔었는데요. 지방대 학생들은 질문하기를 꺼리는 편이라고 해서 강제로 질문하게 했더니 진지하면서도 정곡을 찌르는 순수한 질문들이 쏟아져나와서 그야말로 감동적이었다고 하더군요. 반면에 그 최고 엘리트들이라고 하는 자들은 가슴에서 우러나오는 질문을 유도했음에도 내용이 챗GPT 같았다고 하더군요. 조카가 재수해서라도 그 대학 가겠다고 하는 걸 몇 날 며칠이나 뜯어말리기를 참 잘했다 싶더군요. 저 대학 가나 이 대학 가나 사람만 같으면 다를 바 없겠지만, 번뜩이면서도 순수한 친구들하고 공부할 것인가, 욕심으로 똘똘 뭉쳐진 AI 같은 자들과 동창이고 친구가 될 것인가라는 문제 아니겠어요. 그 여류 인사가 강의 끝나고 나오면서 그 대학 담당 교수한테 실망스럽더라고 했더니 그 교수도 지방대에서 가르치던 적이 훨씬 더 좋았다고 했다더군요."

"그 지방대생들처럼 순수하면서도 정곡을 찌를 줄 아는, 권율 같은 사람이 국회의원이든 장관이든 해야 나라가 침탈되더라도 구할 수 있지 않겠습니까. 저런 지독한 이기주의자들, 배금주의자들이 나라를 다 차지하고 있으니 이러다가 제2의 임진왜란, 제2의 국권피탈이 언제 또다시 터지지나 않을까 난감합니다."

"학교가 이기주의자 양성소겠군요. 이타주의자들을 배척하는 사탄의 한 기관이라고 볼 수 있겠군요. 일류대에 가는 자들이 어떤 자들인지 확연하네요."

"무한한 가능성을 가진 아이들을 성적으로 옭아매 놓고 쥐어짜 대는데 어찌 제대로 자라고 천수를 누릴 수 있겠습니까. 신의 형상을 마음대로 비틀고 꼬아서 분재를 만들다니, 많이 비틀리고 많이 꼬일수록 비싼 것처럼 요직이나 잘 나가는 자리는 온통 꼬일 대로 꼬인,

비틀릴 대로 비틀린 자들이 다 꿰차고 있으니 이 세상이 비틀리고 꼬이지 않을 수 있겠습니까."

"신께서 창조하신 인간에게 함부로 손을 댄다는 것 자체만으로도 신성모독이겠군요."

"신을 모르는 자들, 무신론자들, 유물론자들이니 신성모독이 뭔지 알 턱이 있겠습니까. 히틀러는 인간을 총이나 가스로 죽였지만, 학교는 스트레스와 암으로 죽이고 있지 않습니까. 임사체험을 한 미국의 어느 여성분이 학교에 대한 두려움과 공포로 말미암아 암에 걸려 죽었다고 하지 않습니까. 그런데 왜 다시 살아났겠습니까. 인간들에게 학교의 실체를 드러내 보여주기 위한 신의 교육지책이지 않았겠나 싶습니까."

"학교 다니는 걸 좋아하는 사람도 있겠지만, 학교 다닌 내내 수용소에 출퇴근하는 기분이었어요. 아침부터 저녁 내내, 나무 의자에 쪼그리고 앉아 죄수가 석방날짜 기다리듯이 지냈던 기억이 생생하네요. 인간으로 태어난 것이 축복이 아니고 죄가 되어야 하는지, 왜 선악과를 따먹어야만 했는지 아담한테 가서 통곡하고 싶네요. 앞으론 졸업식 때 꽃다발 대신에 두부를 갖고 가야겠어요."

"제가 보기에는 학교가 감옥이라면 졸업생들이 교화되었어야 할 텐데 그럴 기미가 전혀 보이지 않으니 감옥이 아니라 무덤 아니겠는가 싶습니다. 졸업생들이야말로 무덤에서 나온 사람들, 좀비들이지 않겠습니까. 학교는 성적을 이용해서 사람을 좀비로 개조하는 공장입니다. 어째서 AI 식 질문밖에 튀어나올 수밖에 없는지 알만하지 않습니까."

"성적에 비례할수록 좀비이고 성적에 반비례할수록 인간이라고 볼 수도 있겠군요. 성적이 높을수록 가라지이고 성적이 낮을수록 알곡이겠군요. 아홉 번이나 장원한 이이는 가라지이고 사십오 세 때에 가서나 급제한 권율은 알곡이겠군요."

"골프니, 피겨, 축구 선수들 맨날 수업 빼먹는 사람들 아닙니까. 한 시간도 빼먹지 않은 사람들은 개털인데 그들은 돈이면 돈, 명예면 명예 야단도 아니잖습니까. 아무짝에도 쓸모없는 그런 스포츠 같은 건 수업을 빼주면서 정말 필요한 학문이나 기술 같은 건 왜 그렇게 하지 않는단 말입니까. 권율, 정주영, 빌 게이츠, 스티브 잡스를 보고도 왜 그러지 않는단 말입니까. 재주도 능력도 타고난 것도 별로 없는 사람인데 등하교 때마다 영어 단어 외우며 학교 교육에 매달린 결과 교장까지 된 친척 아주머니한테 한번 물어봤습니다. 말 한마디만 하면 일을 척척 해다가 받치니까 이 사회의 주인이라도 된 듯하더라 하였지만, 결국 먹고 살기 위해 사는 것에, 먹고 사는 것의 노예에 지나지 않았던 것 같더라고 했습니다. 그런 자신과 같은 사람을 길러내기 위해 이렇게 살아야 하는 건지, 회의가 들더라고 했습니다. 자기처럼 에프엠대로 사는 것이 미덕인 줄 알았는데 맨날 놀아 재치고 욕 얻어먹으며 자란 애들이, 인생 망치겠구나 싶었던 애들이 자기보다 몇 배나 더 보람있게 더 잘 살더라고 했습니다. 에프엠에 혼돈이 생겨 정체성을 확립할 수 없게 되었다며 인생을 회상하는 그녀의 눈망울에 회한이 잔뜩 서려 있었습니다. 마귀의 소굴에 갇혀 지내는 사람과 마귀의 소굴에서 벗어난 사람, 플라톤의 동굴에 갇혀 있는 사람과 동굴에서 벗어난 사람과의 차이가 그 눈망울을 통해 훤히 들여다보였습니다. 자유를 향유하는 자야말로 성취도 향유할 수 있지 않겠습니까. 한류가 어디에서 왔겠습니까. 군사독재가 지속되었던들 가능했겠습니까. 한류의 아버지가 누구겠습니까."

"학교와 군사독재는 같은 말이겠군요. 노예해방이 된 지가 언젠데 아직도 노예로 살고 있다니, '사람의 마음이 곧 부처.'라기도 하고 어느 철학자는 '영혼 상기설'을 부르짖고 있는 판국에 민주주의로 꼬드겨서 주인인 줄 착각하게 만들다니 참담하군요."

"군사독재 끝장내듯이 학교라는 것을 끝장내야 노예해방, 부처의 본성, 인간의 존엄성을 회복할 수 있겠군요."

"술 취한 것도 아니면서 인간이 이성적으로 어떻게 인간한테 권력과 돈을 갖고 싸움박질하게 만듭니까. 안중근처럼, 김재규처럼 그 이성에다가 총을 쏘고 싶은 심정입니다. 평생 도자기만 만들며 살 사람의 정신에다가 온통 영어 단어니, 수학 공식 같은 것을 가득 채워놓고 그걸로 등수를 매겨대는데 거기에서 어떻게 현란한 기술이, 기발한 창의성이 나올 수 있겠습니까. 고려청자를 어떻게 만들 수 있겠습니까. 뱃속에서부터 시작해도 모자랄 판인데 그것도 성인이 되어서 시작하게 만들다니, 운동선수들만 특기생이겠습니까. 인간들은 태어나면서부터 모두 특기생 아닙니까. 운동을 아무리 잘한들 홍익인간에 도움이 되겠습니까."

"모두 특기생으로 키우고 교육했더라면 모든 사람이 모든 분야에서 올림픽 금메달감이었을 텐데 아쉽군요."

"자기만 금메달 따야지, 모두 금메달 다면 모두 싫어할 겁니다. 인간들의 이기주의가 학교의 생명입니다. 그 이기주의를 이용해서 인간들을 패배자로 전락시키는 곳이 학교입니다. 학교란 인격을 길러주는 곳이 아니라 선악과를 따먹는 기술을 가르치는 곳입니다. 돈과 권력을 추종하는 자들을 양성하는 곳입니다. 돈이나 권력이나 밝히는 가장 하찮고 보잘것없는 놈들이 수석도 하고 합격도 하게 만드는 곳입니다. 인간의 능력을 왜곡시켜 버리는 곳입니다. 그러니 괴상망측한 놈들이 대통령까지 해쳐 먹지 않았습니까. 어느 교수도 보면 같이 놀아주는 친구가 없어서, 왕따여서 공부밖에 할 게 없었다지 뭡니까. 그런 자가 박사가 될 능력이 있어서 박사가 되고 교수가 될 자격이 있어서 교수가 되었겠습니까. 그러니 어떤 일이 벌어졌는지 우리는 다 보지 않았습니까. 능력도 되지 않는 자식을 기어코 판검사니, 뭐니 만들어 보려고 쥐어짜 데는 인간들이 또 얼마나 많습니까. 그렇게 해서 만들어진 인간들이 사회에 나와서 무슨 짓을 하는지, 얼마나 커다란 해악을 끼치고 있는지 우리는 맨날 보고 있지 않습니까. 능력이 없어도 수작만 잘 피우면 안 되는 게 없는 것이 세상이라고 하는 그런 쓸잘머리 없는 자들에게 길을 열어주고 길을 닦아준 자가 누구겠습니까. 학교라고 하는 교육이 아니겠습니까. 학교라고 하는 거대한 조직으로 그런 짐승 몇 마리를 위해 그 작당을 치고 있다니, 으으으 으……."

"어어! 왜, 왜요?"

58

"말문이 막혀 말이 안 나옵니다. 실어증에 걸렸습니다."

"말만 잘 나오는구먼요. 학교에다가 현상금을 부쳐놓으면 그 학교 출신들이 벌떼같이 덤벼들어 자기들끼리 모교를 작살내지 않을까요."

"자업자득이 되겠군요. 느와르 영화 한 장면 같습니다. 그런 비극은 애초부터 잉태되어 있었으니 피할 도리는 없겠지만, 그렇게 해서 학교가 사라진들 모교를 때려잡고 현상금을 타 먹은 배은망덕한 자들은 또 어쩌면 좋단 말입니까."

"그들이야말로 암흑가의 행동대원들이니까 마땅히 제거해야겠지요. 우리의 히어로가 나타나 주겠지요."

"그가 등장하여 학교나 그 학교 출신들을 뿌리째 뽑아버려야 합니다. 그리고 새로 심어야 합니다. 모두가 일등을 하든지, 모두가 꼴찌를 하는 그런 나무를 심어야 합니다. 그것이 진정으로 만인이 신 앞에, 법 앞에 평등한 것이지, 앞뒤 분간도 가리지 못하는 놈도, 심지어 나라가 아니라 자기 이익을 위해 표를 찍는 놈한테도 다 같이 한 표 주는 것이 어찌 평등이겠습니까. 일등에서 꼴등까지 철저하게 구분하면서 그게 무슨 평등이라고 십계명처럼, 진리처럼 가르친단 말입니까. 사회에 초점 맞추면 교육이 어긋나고, 교육에 초점 맞추면 사회가 어긋나니 인간들 정신머리가 온전할 리 있겠습니까. 남들보다 돈 더 많이 벌려고, 남들보다 더 높은 지위에 오르려고 지랄발광 치며 사는데 평등이라니, 어떻게 좀비가 되지 않을 수 있겠습니까. 그런 좀비들이 무슨 수로 고려청자를 만들 수 있겠습니까."

"학교란 것이 선악과나무였겠군요. 인간들이 왜 그렇게 일등을 따먹으려 드는지, 우승을 따먹으려 드는지, 심지어 신까지 따먹으려 드는지 다 그놈의 학교 때문이었겠군요. 선악과나무를 뽑아버리고 거기에다가 생명과나무를 심으면 간단할 것 같은데, 그런데 그렇게 할 수 있는 무슨 방도가 어디 없을까요?"

"우리의 히어로가 있잖습니까. 저는 그 히어로가 임마누엘 칸트라고 생각합니다. 칸트가 그 가로수를 지나는 순간 모든 시계가 오후 4시에 맞춰졌다고 하지 않습니까. 그렇게 정확한 만큼 그렇게 정확하게 매일 같이 신을 향해 뚜벅뚜벅 걸어갔었잖습니까. 거기에서 코페르니쿠스적 전환과 정언명령으로 우주에다가 자신을, 인간을 대입시키는 숭고한 작업이 이루어졌지 않겠습니까. 신의 존재를 증명할 수 없으니까 요청이라는 방편으로 결국 우리에게 신을 존재시켜주지 않았습니까. 돈을 생각하고 권력을 염두에 두었더라도, 명성에 대한 욕망이 조금이라도 있었더라도 그럴 수 있었겠습니까. 처자식을 거느리고 살았더라면 그럴 수 없었을 것입니다. 가장 순수하게, 가장 이성적으로 살았으므로 고려청자를 빚어낼 수 있었던 것이 아니겠습니까."

"칸트가 고려청자를요!"

"몰랐습니까. '순수이성비판'이 '고려청자' 잖습니까. 우주의 중심에다가 인간의 중심을 맞추니까 우주의 톱니에 인간의 톱니가 맞물려 얼마나 잘 돌아갑니까. 고려청자 아니라 뭘들 못 만들겠습니까. 순수이성비판의 완성도를 보십시오. 고려청자의 완성도를 보십시오. 니체나 마르크스 같은 자들을 보십시오. 자기중심에다가 우주를 맞추려 드니 돌아가겠습니까. 피조물 주제에 조물주 노릇 하려 드니 세상이 온전할 리 있겠습니까. 그런데도 마구잡이로 돌려버리니까 어떻게 되겠습니까. 어떻게 되었습니까. 온통 전쟁이니 범죄니 다 거기에서 나오지 않았습니까. 물질주의가 준동하고 로또니, 코인이니 황금만능주의가 세상을 뒤덮어버리지 않았습니까. 세상 곳곳에서 무너지고 깨지는 소리가 들리지 않습니까. 칸트 같은, 고려청자 같은 그런 아름다움이 너무 그리워 의식의 옷을 입고 지팡이 하나 짚고선 같은 경도와 같은 위도를 몇 년째 계속 뱅글뱅글 돌고 있습니다."

"무슨 주술 같은 행위인가요."

"그리울 때 나타나는 버릇입니다."

"계속 그렇게 돌고만 계실 참인가요?"

"학교에다가 시위하는 것입니다. '성적을 타파하라,' '모든 학생을 특기생으로 만들어라,' '모든 학생을 칸트로 만들어라.'"

"에고, 칸트처럼 모두 결혼하지 않으면 인류는 어쩝니까. 그렇지 않아도 출산율이 떨어져서 야단도 아니던데."

"구호를 변경하겠습니다. '모든 학생을 순수이성비판처럼 만들어라.'"

"운동선수처럼 모든 학생을 정규 수업 다 빼먹고 한길로 가게 했더라면 인류는 그 누구나 장인이고, 전문가이고, 달인이지 않았겠습니까."

"제가 청소년 교양 잡지사에 잠깐 근무할 무렵 어느 청소년으로부터 상담 전화를 받은 적이 있었어요. 자기 아버지가 맨날 술 퍼먹고 와선 걸핏하면 어머니와 자기 형제를 끔찍하게 두들겨 팼다고 하더군요. 심지어 자기 이모를 강간까지 했다더군요. 그런 집안에서 자라다 보니 자기도 소년원에 갔다 왔지만, 자기 동생도 지금 소년원에 있는데 자기와 자기 동생은 앞으로 어떻게 살아가면 좋겠냐고 하더군요. 지금부터 한 가지를 선택해서 죽을 때까지 오직 그것에 매달려 살라고 했어요. 아버지 같은 사람은 신도 버린 사람이니 죄의식 가질 필요 하나도 없으니 단호하게 내버리고 숙식이 가능한 일자리부터 찾아보라고 했어요. 그 친구가 어떻게 되었는지 알 수 없지만, 자동차정비업계에서 관련 책도 여러 권 낸 어느 사람이 TV에 나와서 하는 얘기를 들어보니 그 친구가 아니겠는가 싶더군요."

"도자기나 예술, 기술이나 학문, 이런 것들을 태어나서 죽을 때까지 했다면 이 세상은 지금보다 열 배나 더 발전했을 것입니다. 학교가 무슨 권한으로 그 열 배의 발전을 제지했단 말입니까. 금메달을 딸 수 있었는데 본선에도 못 올라가게 했냐 이 말입니다."

"대신 교양이나 상식은 많이 쌓지 않았겠어요."

"교양, 상식 같은 것은 개인적으로, 평생 쌓아가야 하는 거 아닙니까. 감각이 번뜩이는 그 중요한 시기를 그런 걸로 허비해서 되겠습니까. 태어나면서부터 빵만 만들었다면 고려청자 같은 빵을 만들지 않았겠습니까. 인삼보다도 몸에 더 좋은 빵을 만들었을 것입니다. 몽골이 세계를 정복할 수 있었던 건 바로 그 특기생 교육, 도제식 교육의 결과였습니다."

62

"칭기즈칸이 도제식 교육을 받았던가요?"

"어릴 때부터 말하고 붙어서 자란 사람들이 전쟁터에 나가면 무슨 일이 벌어지겠습니까. 마음먹기도 전에, 허벅지에 힘이 들어가기도 전에 말이 미리 알아차리고 달리고 멈추고 뛰니 누가 감당할 수 있겠습니까. 미사일 같은 존재가 아니었겠습니까. 그 시대에 이미 미사일을 가진 나라인데 세계를 정복하지 못했다면 그것이야말로 이상한 일이지 않겠습니까. 인간의 능력보다 수십, 수백 배 뛰어난 말에게 도제식 교육을 한 결과 세계정복이라는 성과를 일궈낼 수 있었던 것입니다. 그 기수는 칸트이고 그 말은 순수이성비판입니다. 칭기즈칸이 정복한 것도, 몽골인이 정복한 것도 아니고 순수이성비판이 세계를 정복한 것입니다. 인간으로부터 세계를 정복할 수 있는 능력을 박탈해 버린 것이 학교입니다. 그런 기회를 박탈한 것뿐만 아니라 성적에 함몰시켜서 평생 성적에 매달리게, 좀비로 살게 만들어버리지 않았겠습니까."

"올림픽이니 월드컵이니 서바이벌이니 하면 사람들이 왜 저리들 난리 치는가 싶었어요. 그 이유가 다 성적, 그 등수에 한이 맺힌 사람들 때문이었던 거군요. 아이들이, 그리고 그 아이들의 미래가 저 암울한 소굴에서 신음하고 있는데도 아무도 구해주려고 하지 않으니 참으로 무서운 세상이군요."

"학교 덕택에 권력을 갖게 된 사람들이 학교를 없애려고 하겠습니까. 초록은 동색이라고 한 패거리들인데 어디에다가 하소연할 수 있겠습니까."

"정의한테 가서 얘기 한번 해보면 어떨까요?"

"정의, 그런 건 아담 이전에 있었던 개념으로 알고 있는데 모르고 계셨습니까. 아담이 선악과를 따먹는 순간 정의는 멸종되었습니다. 신께서 다시 창조하지 않는 이상 정의를 만날 수는 없습니다."

"곧 만날 수 있겠군요."

"무슨 수로? 학교에서 만든 절정, 선악과 중의 선악과 그것이 상이지 않습니까. 상이야말로 악의 정점 아니겠습니까. 상을 주는 행위, 곧 다른 사람들에게 상대적 박탈감을 주는 행위를 서슴없이 자행하는데, 인간의 존엄성에 잣대를 들이대는 짓을 줄기차게 해대는, 심지어 유전무죄 무전유죄라고 하는 세상에서 정의를 어떻게 만날 수 있겠습니까. 무기 판매상이 인류 최고의 명예를 차지하고 있는 세상에서 정의라니, 서울이 아니라 육천 년 전에서 비웃고 있는 정의의 웃음소리가 들리지 않는다고 말하지는 못할 겁니다."

"무기 판매상이라고 하면?"

"다이너마이트 만들어 떼돈 번 놈 있잖습니까. 떼돈 벌었으면 됐지, 인류를 그렇게 죽이게 만든 놈이 자기 이름을 지워버리고 숨겨도 시원찮을 판에 명예까지 거머쥐려고 다이너마이트상을 만들어 학교가 하는 그 추악한 짓을 어른한테까지 해대고 있잖습니까."

"아, 북한에서 주는 그 평화상하고 문학상 말인가요?"

"북한이 평화상과 문학상을 떼갔습니까. 왠지 북한 냄새에다가 공작 냄새까지 지독하다 했습니다. 북한에서 주던, 주사파나 전교조가 주던 진실을 캐내는 사람한테 준다면야 누가 뭐라고 하겠습니까.

북한이니까 사실을 왜곡하고 조작해서 진실을 묻어버리려고 한 자에게, 남한 사람들의 돈으로 남한 사람들을 죽이는 무기를 만들게 한 자에게 주는 건 북한으로서는 너무나 당연해 보이지만, 가슴이 무너져내리는 이유는 도대체 뭐랍니까."

"학문이나 문학이라고 하는 순수한 정신에다가 인류 역사상 가장 불순하고 더러운 그 로또를 꽂아놓은 것이 그 상이라고 여겨지네요. 그 상이야말로 환경오염보다 더 심각한 물질로 정신을 오염시키는 범죄자겠군요."

"형부하고 그 짓 하는, 그것도 그 짓을 묘사하는 작품이 그래서 나왔고 그래서 수상할 수 있지 않았겠습니까."

"그런 면에서 보면 마광수의 '즐거운 사라'가 수상에 더 적합한 듯한데 아쉬운 거 같네요."

"선악과에 꽂힌 인간들의 정신구조를 인간들이 해결할 수 있는 문제는 아닌 듯합니다."

"신께서 정의를 곧 창조하시겠지요. 그 심판의 때가 지금이니 그런 문제들은 저절로 해결되지 않을까요."

"휴, 정의를 곧 만날 수 있다니 안도의 한숨이 나오네요. 육천일 년 전으로 돌아가야 하는 거 아닌가 했습니다. 진리와 비진리가 첨예하게 대립하고 있는 한국 정치 상황에까지 개입해서 그 판도를 진리면 몰라도 비진리로 몰아붙이는 저 뻔뻔스러운 다이너마이트상의 그 실체를 읽을 수 있어서 다행스럽습니다. 그 작품의 몰골과 일치하고 있는 점이 신기할 따름입니다."

"기존의 수상자들보다 월등하게 뛰어난 정말 대단한 시인 작가들이 우리나라에는 차고 넘치는데, 어느 시인이나 어느 평론가도 시 같지도 않게 얘기하는 시를 동네 문학상도 아니고 그런 상 후보라고 할 때부터 이상하고 수상쩍더군요. 모두 한쪽으로 완전히 치우쳐진 자들이고 보면 무슨 의도나 내막이 있지 않고서 이런 일이 일어날 수 있을까 싶은 의구심이 들었어요."

"그 상과 진보 좌파하고는 아마도 형제지간이라서 그랬던 것으로 보입니다."

권력과 돈을 차지하고 나니까, 이제 명예까지 차지하려고 설치는 모습이 눈에 어른거린다. 그 상을 만든 사람과 쌍둥이 같다는 생각에 웃음이 터질 뻔하였다. 인간들이란 동이나 서나, 창세기 때나 지금이나 어쩜 그렇게도 똑같을 수 있는지 신통하였다. 아담과 이브가 진보 좌파였다는 사실을 확인할 수 있는 대목이었다. 생각이 깊어질수록 생각에서 벗어나려고 바둥거리는 나를 아까 그 소쩍새가 끄집어내어 주었다. 물소리와 새소리가 생각 밖에서 끊어진다. 소리가 끊어지는 소리에 현상이 흔들린다. 그도 흔들리더니 다시 반가사유상으로 변하였다. 나의 참담한 표정과 알 듯 모를 듯한 그의 미소가 한여름 한 자락에 붙박인다.

언제나 같은 자리에 붙박여 칠판보다 창밖을 더 열심히 우두커니 바라보던 모습이 그 교실에서 여름 자락에 붙박여 있는 나의 표정으로 날아와 포개진다.

"엉덩이 배기지 않습니까? 여긴 발걸이도 그렇고 소파보다 더 편하니까 좀 바꿔 앉읍시다."

"여긴 등받이도 있는걸요. 밤새도록 앉아 있을 수도 있겠어요. 교육이 추구하는 그 정점이 부조리하다고 해서 교육을 접을 수도 없으니 교사보다 정원사한테 맡기면 어떨까요. 꽃 하나만큼은 잘 피워내지 않겠어요."

"정원사가 교사보다야 열 배 백 배 더 잘 학생들을 꽃피울 수는 있겠지만, 정원사보다 자연이 열 배 백 배 더 낫습니다. 들녘에, 산등성이에 핀 꽃들을 보십시오. 정원사가 아무리 한들 저처럼 피울 수 있겠습니까."

"자연으로부터 교육을 받는다는 것은 자신을 자연에 맞춰가는 일일 테니까 그렇게 되면 저절로 자연인이 되겠군요. 거기에서 자연을 마음껏 누릴 수 있으니 자유인이겠고, 또 욕심만 내려놓으면 얼마든지 독립인이 될 수 있으니 완성체로 거듭날 수 있겠군요. 거기에서 신께로 가는 길이 나타나게 되겠지요."

"중3 질녀가 수학이 젬병이라며 좀 가르쳐달라고 해서 나도 젬병이었지만, 서로 익혀가면서 같이 공부한 적이 있었습니다. 그랬더니 40점 받던 아이가 한 달 만에 월말고사에서 100점을 받아왔습니다. 그 아이의 지능과 심리를 헤아려가며 여러 번 반복하니까 아둔하고 젬병이었는 데도 되었습니다."

"그렇게 간단한 것을 교사니, 교장이니, 학교니, 교육청이니 하며 부산을 떨어가면서도 40점이라니…… 저도 학창 시절을 통틀어 고1 때 성적이 제일 좋았어요. 한동안 짝꿍하고 번갈아 가며 일일 선생,

일일 학생 하면서 같이 공부한 적이 있었는데 '니가 선생보다 몇 배 나 더 잘 가르친다.'라고, 나도 그랬지요. '니가 나보다 몇 배나 더 잘 가르친다.'라고……. 학교에 가지 말고 둘이서만 계속 그렇게 공부 했더라면 나란히 수석, 차석 차지하고도 남았을 텐데 그놈의 제도라 고 하는 틀에 갇혀 꼼짝달싹하지 못했지 뭡니까."

"학교 교육은 따라오든 말든 열차가 출발하듯이 인정사정 봐주지 않고 떠나버리지 않습니까. 기초가 필요한 과목 같은 건 진도를 한 번 놓치면 방법이 없잖습니까. 달리는 말에 매달려 끌려가는 서부영 화처럼 하루도 아니고 일 년 내내, 더 나가 삼 년 내내, 어떻게 보면 평생을 40점으로 질질 끌려다녀야 하지 않습니까. 배우들은 보호장 치라도 하고 끌려다니겠지만, 우리는 리얼이지 않습니까. 서부의 악 당 같은 이런 무자비한 학교 교육에 질질 끌려다녀야겠습니까. 모든 학생이 모두 백 점 받을 수 있는데도 그렇게 하지 않고 등수를 매기 고 상을 주는 저의가 궁금합니다. 도대체 누가 왜 이런 짓을 한단 말 입니까."

"누군 누구겠어요. 사탄이지, 모두 100점 맞으면 등수를 매기지 못하고 상을 주지 못하니까 그런 짓을 하겠지요. 특정한 몇 놈들을 이용해서 모조리 잡아들이려는 교묘한 술책이지 않겠어요. 올림픽 이니, 월드컵 한번 보세요. 전 세계가 일시에 사탄이 쳐놓은 그 그물 에 걸려들고 마잖아요."

"학교가 IOC와 FIFA의 일등 공신이겠습니다."

"IOC나 FIFA가 학교에다가 상을 줬다는 얘기를 들어보지 못했는데요. 상 좋아하는 사람들이 일등 공신인데 상도 주지 않다니!"

"아마도 IOC나 FIFA는 학교에 다니지 않아서 상이 뭔지 모를 것입니다. 상과 등수라고 하는 그 그물에 걸려든 채로 자라난 학생들이 졸업해서 사회에 나가서도 그 그물을 떨쳐버리지 못하고 그 그물에 걸려든 채 아우성치며 살아가는 인간들의 몰골이 비참하기가 이를 데 없습니다."

"완벽하게 세뇌되어서 그런 것이겠지요. 그 참상이 북한 동포하고 일치하는군요."

"신께서 북한을 여태 내버려 둔 이유가 거기에 있었던 것으로 보입니다. 북한 동포를 통해 인간들의 실태를 보여주기 위해서인 듯합니다."

"진즉 되고도 남았을 통일인데, 신께서 좌파 정권을 이용해서 통일을 미룰 수밖에 없었던 이유였겠군요. 좌파 정권과 북한 정권, 인간들의 실상을 한꺼번에 보여주기 위해서였겠군요. 이기려고 하는 심리는 권력이고, 상을 받으려고 하는 욕구는 돈이겠지요. 사탄의 그 두 짐승에게 완벽하게 걸려든 인간들의 실체가 잠복해 있던 바이러스가 발현하듯이 생생하게 드러나는군요. 인간군상을 돈과 권력으로 완벽하게 엮어놓은 사탄과 학교의 대단한 이 걸작을 보고 감탄해야 할지, 탄식해야 할지……"

"거의 완벽해 보이기는 하지만, 작품의 축이 삐뚤어져 있지 않습니까. 축이 삐뚤어졌으니 어디에다가 쓰겠습니까."

"와! 정말 감탄스럽군요."

"감탄이라니요?"

"신께서 좌파 정권으로 하여금 북한 정권을 유지시켜 주었듯이 사탄으로 하여금 인간군상을 만들어내게 하셨겠지요. 사탄의 속성을 삐뚤어진 축으로 표현해 놓으신 장면이 지구적인 규모로 펼쳐지는 드론 쇼를 보는 듯하잖아요. 인류 역사가 삐뚤어진 각도에 정확하게 포개지는 저 장대한 장면! 심정을 감당할 수 없을 지경이지 않나요."

"한 인간으로서 신 앞에 숙연해집니다. 사탄과 학교와 놀아나고 있는 저 군상들. 신 앞에서 숙연해지기는커녕 서로서로 더 높은 자리 차지하려고, 서로서로 더 많이 긁어모으려고 광분하다가 터져 나오는 비명들이 뉴스 시간을 도배질해대는 인간군상들. 음모에다가, 조작에다가, 배신에다가, 사기에다가 뉴스라는 것이 왜 그렇게 끔찍할 수밖에 없는지, 뉴스조차도 조작에다가 거짓이 횡행할 수밖에 없는지 몰랐습니다. 그 뒤에 학교가, 학교 뒤에 사탄이 똬리를 틀고 앉아 있는 줄 몰랐습니다."

"얼마나 일 등, 일등, 금메달, 금메달했으면 남이 공 찬 걸 갖고, 남이 공 친 걸 갖고 저렇게 길길이 날뛰며 좋아한 것인지, 사탄에 걸려든 자들은 배알도 없어지고 자존심도 없어지나 보네요."

"하루 이틀이 아니라 육 년, 십이 년, 십육 년이나 오직 남을 이기기 위해 살아온 존재들, 이기려고 하는 그 심정 하나만큼은 그 누구나 달인의 경지에 다다르지 않았겠습니까. 월드컵이나 올림픽 경기장에서 뛰는 선수들보다 관중들에게 눈길이 더 가던 이유가 선수들보다 관중들이 더 달인이어서 그랬던가 봅니다. 이기는 것이 얼마나 간절했으면 저 관중석에 앉아서 저러고 있을까 싶으니까 눈물이 나오려고 하네요."

"경기장뿐이라면 오죽 좋겠습니까. 정치판도 그렇지만, 요즘 의사들 행태를 보면 성적과 돈의 관계가 어떤 것인지 여실히 드러나지 않습니까. 울고 싶을 때 울어야 속이 시원하지 않겠습니까. 우세요."

"울고 싶을 정도는 아니고요."

자동차정비기사가 의사이다

"우시면 저도 다라 울려고 했더니, 우리는 누구 말마따나 이데아의 세계에서 현상계로 들어와 사는 존재 아닙니까. 그런 과정에서 그 본질을 잃어버리고 신으로부터 미아가 되어 떠도는 신세 아니겠습니까. 미아에게 시급한 건 집을 찾는 것이지 않겠습니까. 신을 찾아가야 하지 않겠습니까. 신을 찾으려고 하지 않고 학교에 가서 물질을 찾아 헤매다가 어두컴컴해서야 퇴교하는 아이들 어깨 위로 미아의 애달픔이 짓누르고 있는 듯합니다. 물질과 얽인 공부가 공부겠습니까. 도박 아니겠습니까. 학생들에게 여태 투기와 도박을 가르치고 조장하였습니다. 의사들이나 판검사들뿐만 아니라 출세하기 위해서, 돈 벌기 위해서 공부했다면 그것을 어떻게 공부라고 할 수 있겠습니까. 그들의 그런 공부는 자기들 호의호식하는 데 도움이 될지는 모르겠지만, 홍익인간에 도움이 되겠습니까. 의사들이 파업을, 태업을 하다니요. 히포크라테스 선서에 그런 내용이 없다면 그들은 모조리 의사가 아니니 병원에서 추방해야 합니다. 그런 자들이 의료행위를 한다면 불법 영업입니다. 공권력은 그런데 써먹으려고 만들어 놓은 거 아니겠습니까. 의사가 많아지면 자기들 일손도 덜어지고 의료 발전에도 도움이 될 터인데, 쌍수를 들어 환영해도 모자랄 판에 자기 배만 채우려고 하는 저런 마귀들에게 우리 몸을 어떻게 믿고 맡길 수 있겠습니까. 생각만 해도 아찔합니다. 마귀가 되려고 그렇게 공부했 다는 사실이 만천하에 발각되고만, 희대의 사건 아니겠습니까."

"홍익인간은커녕 자기들 이익을 위해 의료를 권력으로 휘둘러대 는 저런 자들이야말로 학교의 실체가 무엇인지 뚜렷하게 보여주는 듯하네요."

"일본이 쳐들어온 것도, 나라가 두 쪽 난 것도, 예수님이 십자가에 못 박힌 것도 신께서 왜 그냥 내버려 뒀겠습니까. 사탄·마귀들이 무 슨 짓을 하는지 봐야 심판할 수 있지 않겠습니까. 의사가 돈 잘 버는 직업이 아니었어도 그들이 학창 시절 그렇게 빡세게 공부했겠습니 까. 그 누구보다도 돈과 권력을, 사탄을 더 강력하게 추종해 온 당사 자들이지 않습니까. 이 또한 신께서 인간들의 실체를 우리에게 드러 내 보여주기 위해서일 테니 그들이 그러는 것은 필수불가결한 일인 걸로 여겨집니다."

"슈바이처와 그들을 비교해보니 딱 천사와 악마네요. 천사까지 바라지는 않지만, 악마가 아닌 의사가 이 시대에는 진정 없단 말인가 요."

"슈바이처가 있었듯이 슈바이처 같은 사람이 왜 없겠습니까. 선악과를 따먹는 사람들이 있었듯이 생명과를 따먹는 사람들이 왜 없겠습니까. '똥은 쌓아두면 구린내가 나지만, 흩어버리면 거름이 되어 꽃도 피우고 열매도 맺는다.'라며 번 돈을 흐르는 물처럼 쓰면서 사시는 의사도 있지 않습니까."

"진주에서 한약방 하신 분 말씀이시지요. 그런데 한약사 아니던가요."

"의사나 약사나 병 고치는 건 매일반 아닙니까. 어떤 의사가 그분보다 병을 더 많이 고쳐줬겠습니까. 누군가는 병원에 가니 없는 병도 생기더라고 그랬습니다. 있는 병을 검진으로 확인하게 된다는 말이 아니었습니다. 메마른 논에 물 대기 위한 것도 아니고 거름으로 쓸 것도 아니면서 왜 그 구린내 나는 똥을 긁어모으는지 알다가도 모를 일입니다. 그런 놈들이라면 한 번 찾아온 환자들이 또 찾아오게 하려고 무슨 짓인들 못 하겠습니까. 환자는 알 수 없고 자기만 알고 있는 것을 무기로 갖은 술책을 다 부려 기어코 또 오게 하려고 하지 않겠습니까. 식당에서는 맛으로 또 오고, 또 오게 한다지만, 병원에서는 병으로 또 오고, 또 오게 할 수밖에 없지 않겠습니까. 평생 돈 때문에 그렇게 공부하고 돈 때문에 그 짓 하는 사람이라면 무슨 짓인들 못하겠습니까. 당달봉사와도 마찬가지인 환자를 앉혀놓고 그 알량한 지식으로 어떻게 하면 얼마가 자기 주머니에 더 떨어지는지 그거 계산하고 있을 의사 양반 생각하니 비단 장수 왕서방이 떠오릅니다. '우리 사람 돈 좋아해.'"

"환자들은 분통이 터져 나자빠질 지경일 텐데 농담이 나옵니까."

"저, 저것 보십시오. '감사합니다.' 하며 넙죽 인사하고 있지 않습니까. 그런데도 웃음이 안 터지겠습니까."

"'눈 뜨고 있어도 코 베 가는 세상'이라더니 딱 그 짝이겠네요. 실제로 그랬다면 범죄 아닌가요."

"아무 데나 대놓고 그러겠습니까. 케바케라고 걸려들기 좋은 케이스가 나타나면 마파람에 게 눈 감추듯이 낚아채 버립니다. 그 솜씨가, 그 감각이 영락없는 짐승의 수준이었습니다. 가친께서 당뇨가 심해진 건 순전히 의사 때문이라고 하셨습니다. 운동과 식이요법으로 조절이 충분한 상태였는데도 그것으로 되지 않을 때 먹는 약을 처방해줘서 당뇨로부터 벗어날 수 없게 되었다며 분개하신 적이 있었습니다. 맞는 말인지 틀린 말인지 모르겠지만, 나이도 한참 어린 의사가 운동이나 약을 좀 개을리해서 당이 좀 올라갔기로서니 잡아 처먹을 듯이 눈을 부라리며 소리 지르는데 얼굴이 화끈거려 혼났다고 했습니다. 환자를 자기 졸개로 여기는 듯하더라고 했습니다. 알고 보니 그런 약을 처방하기 위해 벌인 쇼였다고 하셨습니다. 의사가 아니고 연기자가 되거나 사기꾼 노릇 했다면 대성공했을 거라며 혀를 차시던 모습이 가슴을 방망이로 쳐대는 듯합니다. 종합병원에서 일반병원으로 옮겼더니 그곳에서도 한다는 말이 아직 데이터가 나오기도 전인데 '처방이 아주 훌륭하다.'라고 하면서 그 약은 빼 달라고 했는데도 기어코 처방하더랍니다. 이 나라 환자들 어쩌면 좋냐고 눈시울까지 적시는 걸 보았습니다."

"제가 보기에도 고자세에다가 안하무인 격인 의사들이 너무 많아 보이더군요. 아버님께서 지금은 조절이 잘되고 계시는지요. 아 참, 작년에 돌아가셨다고 하셨지요."

"한번은 귓속이 덜그럭거리기에 귀지가 떨어져서 그러는 줄도 모르고 동네병원에 간 적이 있었는데 그런 건 무료 서비스이거나 진료비만 받아야 하는 거 아닙니까. 귀 청소해달라고 한 적도 없는데 에어를 고막에다 직접적으로 쏴쏴 쏴대고 나서 상처가 났을지도 모른다며 연고까지 처방해줬는데 간호사는 영수증도 끊어주지 않더군요. 귀지 하나 때문에 병원에 갔다가 이만 몇천 원을 눈뜬 채로 뜯기고 말았지 뭡니까. 의사도 간호사도 병원이 아니라 범죄 소굴이었습니다."

"진짜 병 주고 약 줬구면요."

"마귀가 발동하는 현장을 생생하게 체험할 수 있어서 스릴 하나는 끝내줬습니다."

"귀 청소하는 마귀, 마귀들이 발현되는 그 실체가 요지경 속처럼 훤하게 보이네요. 아이고 저런, 그 옆에 치과에서는 멀쩡한 이도 갈아버리고 마구 뽑아버리네요. 와! 정말 무서운 동네네요."

"멀쩡한 자동차 파이프를 칼로 찢어놓은 자동차정비기사하고 그런 의사들하고 동족인 것 같습니다. 자동차정비소와 병원이 같은 업종인 줄 여태 몰랐습니다."

"그런 일도 있었나요."

"기름에 신경 쓸 틈도 없이 차를 몰고 다니다가 차가 서버리지 뭡니까. 출동서비스를 불러서 그냥 '시동이 갑자기 꺼졌다.'라고만 말했더니 차를 이리저리 살펴보더니 정비소로 차를 견인해 가야 한다더군요. 기름을 넣어봐도 안 되기에 포기하려던 순간 시동이 걸렸습니다. 앵꼬 한 번 나면 차 성능이 엉망이 된다고 하더니만, 진짜로 상태가 엉망이어서 보닛을 열어보니 고무파이프를 칼로 찢어놓았지 뭡니까. 보험회사에 신고했더니 알아보고 연락해주겠다고 하더니만, 아무리 기다려도 연락도 없고, 아무리 연락해 봐도 담당자가 계속 피하지 뭡니까. 그런 자들과 말을 섞는 것조차 치욕스러워서 지정 서비스센터로 가서 내 돈으로 수리를 맡겼습니다. 그런데 이만 원짜리를 팔만 원짜리 파이프로 교체했다고 사기를 치지 뭡니까. 보험사에 신고하려고 찍어놓은 사진을 들이대니까 그제야 직원들이 나와서 야단이라도 난 것처럼 법석을 떨었지만, 뭐 어떻게 하는가 싶어 가만히 두고 봤더니만, 아무 일도 없었다는 듯이 은근슬쩍 넘어가 버리데요. 의사도 그렇고, 보험회사도 그렇고, 그 기사뿐만 아니라 그 자동차서비스센터 자체도, 세상 자체가 조직폭력배였습니다. 어쩌다 이 지경이 되었는지 이런 세상에 존재한다는 것 자체가 수치스러워 피하려고 했더니 아무리 피하려고 해도 이 세상이니 저세상으로 가지 않고서는 피할 방도가 없었습니다. 그들과는 같은 세상, 같은 하늘 아래 같이 존재할 수 없음은 명약관화하였습니다."

"그런들 같이 살지 않고 무슨 수가 있겠어요?"

"그런 일을 당하지 않았더라면 그들도 우리와 같은 사람으로 알고 살았을 거 아닙니까. 그런 일들을 수없이 당하고도 아무것도 모르고 사는 멍청한 사람들도 많겠지만, 알고서 어찌 같이 살 수 있습니까. 신께서 우리를 이런 곳에서 계속 살게 내버려 두시겠습니까."

"그래서 새 하늘 새 땅이 있다고 하신 거군요. 그들을 발견하신 건 신대륙 발견보다 더 대단한 발견이라고 여겨지네요. 새 하늘 새 땅을 발견하신 거나 마찬가지겠어요. 의사나 자동차정비기사가 다른 말이고 다른 사람인 줄 알았는데 같은 말이고 같은 사람이었군요. 오늘 유익한 단어 공부 하나 하게 되었네요. 이음동의어! 의사처럼 그렇게 공부하지 않고도 의사와 같으니 자동차정비기사들이야말로 똑똑한 자들이겠어요. 차보다간 몸이 중요하니까 앞으로는 어리석은 의사한테는 자동차를, 현명한 자동차정비기사한테 몸을 맡기는 편이 더 좋겠어요."

"아이고 아서라, 송곳으로 장기에 구멍이라도 뚫어놓으면 어쩌시겠습니까. 아무리 같다고 해도 의사들이 그런 짓까지야 하겠습니까. 들통만 나지 않는다면 그러고도 남을 자들로 보이긴 합니다만, 지난 오월 초에 엔진오일 갈고 와서 보니 전날에 잘 나오던 에어컨이 안 되지 뭡니까. 다음날 사람들을 잔뜩 태우고 지방에 갈 일이 있어서 동네 카센터에 가보니 에어컨가스가 떨어져서 그런데 넣어도 안 된다며 지정서비스센터로 가보라는 거예요. 예전에 라이닝이 꽤 남아 있는데도 내일이라도 큰 사고가 날 수 있으니 당장 갈아야 한다며 사기 치던 곳이라 가기 싫었지만, 시간이 없어서 할 수 갔었는데, 에어컨 가스관에 구멍이 나 있다지 뭡니까. 수리가 된다기에 일단은 안심하고 한눈판 사이 차를 내가 보이지 않는 곳으로 가져가더니 펜이 떨어졌다는 거예요. 바로 전 카센터에서는 멀쩡하던 펜이 왜 갑자기! 이런 인간들이 처자식한테는 어떤 짓거리 하며 살아가고 일가친척들한테는 어떤 낯짝으로 살아갈까 싶으니까 돈 깨지는 것보다 그것이 더 염려스러워 가슴이 먹먹하였습니다."

"돈 잘 번다고 목에 힘이 잔뜩 들어간 꼬락서니가 꼭 개가 짖어대는 꼴이겠지요. 저도 차를 십 년 넘게 타서 그런지 속도가 어느 정도 넘어서면 드르륵거려서 지정 서비스센터에 가봤더니 젊은 기사가 아는지 모르는지 뭘 만지작거리더니만 견적이 300만 원이나 된다고 하더군요. 폐차해야겠다며 나왔는데 뭘 어떻게 해놓았는지 소리가 훨씬 더 심해져서 따지려고 다시 갔어요. 이번엔 나이가 든 기사였는데 그는 차를 타보자마자 대번 알아보더군요. 허브 베어링이 깨져서 그렇다며 정직하게 바로 말해주더군요. 그런데 그게 300만 원이나 되냐고 했더니 자기는 모르는 일이라며 꽁무니를 빼더군요. 조그마한 카센터에 가서 한번 물어봤더니 40만 원이라는 거예요. 수리하고 나서 그분도 한번 타보더니 새 차 같다고 하시더라고요. 연비도 새 차보다 더 잘 나오는 차를 까닥 잘못했다가 폐차할뻔했어요. 학교에서 뭘 가르쳐주려거든 이런 거, 마귀들의 마수를 발견하고 대처하는 방법 같은 거나 가르쳐 주지 않고 뭐 하자는 것인지 모르겠어요."

"학교 자체가 조폭인데, 그들 세계에서는 의리 하나는 알아주지 않습니까. 멀쩡한 에어컨 파이프에 구멍을 낸 자동차정비기사도 다 존엄한 존재라며, 멀쩡한 이도 뽑아버리는 의사도 다 불성을 갖은 존재라며 덮어주고 숨겨주기 급급하잖습니까. 학교 졸업장은 이권획득자격증입니다. 초등학교 졸업장은 이권획득 5급 자격증이고 대학교 졸업장은 2급 자격증입니다."

"대학원이 1급이겠군요."

"석사는 1급이고 박사는 특급입니다. 몇 급이십니까?"

나를 너에게 접속하다

"이권획득자격증인 줄 진작 알았더라면 초등학교도 나오지 말 걸 억울한 건 둘째치고 화가 치밀어오르네요. 어떻게 그런 걸 졸업장으로 위장할 수 있는 거죠. 속고 속아서 특급 자격증을 목전에 두고 있는데 어디에 가서 하소연해야 하나요."

"저도 이 세상에 태어나서 이 세상에 연루되어 생각 없이 살다 보니 2급까지 땄습니다만, 어쩌다 그렇게 깊이 연루되었습니까."

"고향에 있는 성곡대학교에서 경제학을 전공했는데 시만 지으며 살려고 했어요."

"거기 나온 친구가 있는데 선생님이랑 성품이며 말투며 너무 똑같습니다. 어디서 많이 뵌 분인가 했더니 그래서, 혹시 권오석이라고 모르십니까?"

"학번도 학과도 다를 텐데, 그리고 교우 폭이 좁아 우리 과 아이들 이름조차 다 모르는걸요."

"시만 짓고서 어떻게 먹고사시려고, 시만 짓겠다면서 국문학이 아니고 왜 경제학을 공부하셨습니까?"

"시를 지으려면 세상과 인간을 알아야 하지 않겠어요. 경제학을 사회과학의 꽃이라고 하잖아요. 인간과 세상이 어떤 대목에서 어떻게 엮이는지 그 대목 대목, 그 장면 장면 하나하나가 다 한 편의 시이지 않겠어요."

"좌파 계열 문인들이 주로 쓰고 있는 이야기 시 쪽이겠습니다."

"서정시 쪽이에요. 이야기 시는 독립된 하나의 시라고 보기보단 서정시나 주지시를 쓰기 위한 하나의 소재라고 보고 있어요. 그 소재에 정서를 입히고 의미를 담아내야 한 편의 시가 되지 않겠어요."

"이야기 시는 시가 아니다. 김빠진 맥주 같긴 하더군요. 짧은 수필, 수필의 하이쿠라고 볼 수 있으니까 시가 아니라 수필로 분류하는 게 맞을 듯합니다. 그런 소재에 정서를, 의미를 입히기 위해서는 언어적인 기교나 기술 방식 같은 것이 필요할 텐데, 그런 건 경제학으로 배울 수 없지 않습니까."

"타고난 사람들은 배우지 않아도 잘하겠지만, 배우면 더 좋겠지요. 문예창작학과 같은 것도 그래서 생기지 않았겠어요. 시만 지으며 살려고 했는데 그건 백수이더군요. 그래서 중소기업체에 다니고 있다가 내 문학이 아니라 다른 사람들의 문학을, 남의 집에 놀러 가는 기분으로 국문학 전공 연구과정으로 들어갔는데 교수시켜줄 테니 계속 공부해보라는 거예요."

"무슨 이유가 있었습니까."

"그 당시 라이벌인 춘추대하고 언어 사용에 대해 논쟁하고 있었는데 거기에 대한 과제물로 리포트를 써서 낸 적이 있었어요. 아마도 그 리포트가 논쟁에 도움이 좀 되었던가 보더군요. 공로상 같은 개념으로 그러시는 것 같았어요. 처음에 2년 정도 지방대에 내려가 있으면 본교로 불러드리겠다더군요. 팔자에도 없는 공부를 그래서 해서 하게 되었어요."

"교수를 거저 하는 것이나 다름없겠군요. 어떤 사람은 돈다발을 싸 들고 가서 한다던데."

"모르죠. 어떻게 될지는, 뜻했던 바가 아니라 께름칙했어요. 상당히 냉혹한 사람임에도 불구하고 웬만한 부탁이나 제안 같은 건 거의 다 받아주는 편이라서요. 영어도 공부해야 하는 점들이 많이 걸리긴 했지만, 꼭 가고 싶은 대학이었는데 성적이 한참 미치지 못해 못 갔던 대학이었거든요. 학생으로 갈 수 없었던 대학에 교수로는 갈 수 있다니, 그 모순은 어떤 것일까 궁금하기도 했지만, 시와 관련 있는 공부라서 그냥 결정하고 말았어요. 이권 뭐라 그랬지요. 그런 자격증이라고 하니 내 몸속에서 중력이 다 빠져나간 듯하네요. 빈혈 같지는 않은데 이런 증세는 한반도에서 삼십오 년째 살아오는 동안 처음이에요."

그가 손을 내밀어 내 손을 잡았다.

"어떻습니까. 좀 낫지 않습니까."

"와, 금방 회복되네요. 어떻게 하신 거죠?"

"영혼의 중심이 틀어졌기에 제가 바로 잡아주었습니다."

"무슨 기치료 같은 건가요."

고마워서 마주 잡은 손을 한 번 두 번. 그리고 세 번 흔들며 '이상륵이라고 합니다.'라고 말하는 순간 내가 사라졌다. 사라지고 없는 내가 악수를 하고 있었다. 사라진 나는 누구이고, 악수하는 나는 누구일까.

"어! 왜 그러십니까. 다시 도진 겁니까."

"제가 보이세요?"

"보일 리가요. 좀 전에 사라졌잖습니까."

"그렇지요. 분명히 사라졌는데 여기 말하고 있는 사람은 누구죠?"

"말과 말하는 사람이 같을 수 있겠습니까."

잘 떨어지지 않는 손에 힘을 주어 마주 잡은 손을 떼어내니 내가 다시 나타났다.

"지금은 제가 보이시나요?"

"한여름에 그러시니까 썰렁해서 좋긴 합니다만, 한겨울이었으면 어쩔 뻔했습니까."

"겨울엔 낯 뜨거운 개그 하면 되겠네요. 사실이 뭐고 개그가 뭔지 저도 헷갈리네요. 말이란 말하는 사람이 만들어낸 것인데 어째서 다르다는 거지요?"

"여기 와서 이 말하고 저기 가서 저 말하니 같을 수 있겠습니까. 처음엔 같았겠지만, 대상에 따라 말이 달라져서 말하는 사람은 하나인데 말은 새끼를 치듯이 수천수만 가지로 퍼져나가지 않습니까. 우스꽝스럽기 짝이 없는 말이지만, 모두 느낀 대로 말하지 않습니까. 그

러니 온 세상 모든 것이 말을 따라 퍼져나가고 퍼져나가서 이 세상을
아재개그로 만들어 놓지 않았습니까.”

“만법귀일이라는 말도 거기에서 나온 듯하고, 천부경도 그런 원
리를 적어놓은 경전인 듯합니다.”

“‘삼일신고’라는 경전 서언에서 이르기를 ‘백 개의 냇물에 하나의
달이 비치고, 같은 비에 젖지만 만 가지 풀이 다 달리 피어난다.’라고
하였는데 그 백 개로, 만 가지로 퍼져나간 뿌리가 하나이지 않습니
까. 그 하나가 본질이고 진리이고 신이지 않겠습니까.”

“만법귀일이라고 했으니 앞으로 언행일치, 하나로 돌아가는 일이
일어나겠군요. 사진작가신가 봐요? 카메라가 엄청 비싸 보이네요.”

“포토이데아라고 하는 잡지사에 다니고 있습니다. 정세혁이라고
합니다.”

그가 명함을 꺼내 건네주었다.

“아! 본 적 있어요. 판형이 엄청나게 크던데요. 그래서 이렇게 좋
은 카메라를 갖고 다니시는군요. 전 명함이 없어요.”

“미래의 직책까지 다 아는 데 명함이 뭐 필요하겠습니까. 얼마 전
에 나온 모델인데 회사 겁니다.”

“셔터를 그냥 누르기만 해도 작품이 될 것 같은데요.”

“아직 사용해보지는 않았지만, 이번에 새로 추가된 AI 중에 그런
기능도 있다고 합니다. 사진학을 전공한 우리 부장님은 세월이 가면
갈수록 자기가 헛살았다는 것이 증명된다면 허구한 날 한탄하고 계
십니다.”

"유명한 사진작가들도 그렇게 생각할까요. 기술 덕을 보고 있다고 오히려 좋아하시던데요."

"작가가 아니거든요."

"사진작가 황규연 씨라고 혹시 아시나요?"

"예, 우리 부장님과 동창이신데 사무실에 가끔 오십니다."

"그분도 자기는 작가가 아니고 그냥 사진사라고 그러시던데 돈은 꽤 잘 버시던데요."

"주로 옥션이나 박물관 일을 맡아 하시니까 그러겠지만, 그런 분들이 몇이나 되겠습니까. 저는 그냥 잡지사 기자입니다. 시각디자인 학과 다니면서 생각했던 건데, 세상의 단면을 하나하나 시각화해 보면 세상의 실체가 드러나겠구나 싶었습니다. 그러기 위해서는 사진이 가장 적합할 것으로 생각되어서 이 잡지사에 들어오게 되었습니다. 사진으로 세상을 시각화하고 나서 시로 그 세상을 재구성하고 새롭게 디자인해볼 심산입니다."

"세상을 리모델링 하시겠다는 말씀이시군요."

"신도 아닌데 무슨 수로, 할 수만 있다면 재건축을 하고 싶습니다. 신께서 부여해준 삶의 가치를 위해, 의미를 위해 작품으로나마 해볼 생각입니다. 인간의 흔적과 자연의 흔적을 포착해서 대비해 보면 우리가 어떤 패턴으로 살아왔고 어떤 패턴으로 살아가야 할지 어느 정도 가름할 수 있지 않을까 싶어서 이 구석 저 구석 파헤쳐 보고 있습니다. 여기도 기실은 그 한구석을 파헤쳐 볼 요량으로 왔습니다. 내 작업이 성과를 거두어서 세상 사람들이 모두 공감하고 추구하게 된다면 리모델링이나 재건축과 같은 효과가 나지 않을까 싶습니다."

"작가 맞으시네요. 정말 기대되는 사진작가 겸 시인이시네요. 시로 세상을 디자인하겠다. 본질을 시각화하겠다. 이데아를 찍겠다. 그래서 포토이데아군요. 사진 잡지가 아니라 철학 잡지 같은데요."

"사진도 시로도 등단한 적이 없습니다. 나는 나인데 등단이라는 것으로 나를 구분한다는 것을 용납할 수 없었습니다. 등단이라는 잣대로 나를 가르는 행위는 한반도를 남북으로 가르는 행위와 다르지 않다고 봅니다. 사진에 깊어지면 사진작가이고, 시에 깊어지면 시인 아니겠습니까. 아직은 많이 모자라지만, 조금만 더 깊어지면 남이 알아주든 말든 스스로 사진작가이다. 시인이다. 그럴 참입니다."

"기준을 상당히 높게 잡으신 듯하네요."

"이십 대와 삼십 대 기준이 있겠습니까. 흐르는 물을 나이와 날짜로 아무리 가른들 그게 갈라지겠습니까. 본질을 시각화하는데 가장 거추장스러운 것들이 그 나이, 시대, 등단, 국가, 무슨 무슨 상 같은 것들입니다. 뭣 때문에 남북이 쪼개져 있겠습니까. 그런 것들로 해서 세상을 왜곡시키니까 세상을 폐기 처분해야 할 정도로 고물이 되어 가는 거 아닙니까. 게다가 좌니 우니 하며 굵직한 금까지 가 있는데 두고 봐야겠습니까. 서둘러야 합니다. 기준이 있다면 재건축 이전과 이후, 가라지와 알곡에 그 기준과 그 경계가 있을 따름입니다."

"가라지는 가라지대로 흐르는 물이고 알곡은 알곡대로 흐르는 물일 테니까 등단은 상 같은 것도 마찬가지겠지만, 남북분단처럼 본질을 왜곡시키는 수단일 뿐이겠군요."

"우리 잡지가 철학 잡지인 줄 몰랐습니다. 우리 사장님도 모를 테니까 얘기해줘야겠습니다. 아까 우리가 만나기 전에 이 계곡물을 많이 찍었는데 한참 찍다가 보니 물이 아니라 하나의 개념이 찍히지 뭡니까. 선생님도 한 사람이 아니라 하나의 개념으로 느껴지는데 구체적이지는 않지만, 사진에서 철학을 인식하는 것과 같은 그런 개념이 아니겠는가 싶습니다. 선생님에서 선배라고 하는 그런 개념인 것 같으니까 앞으로 선배님이라고 부르겠습니다."

"선배라면 정형이 선배겠지요. 나이는 제가 더 많겠지만."

"저 나뭇잎들이 단풍 든 걸 저보다 두 번이나 더 많이 보셨는데 거기에 대한 예우 차원에서도 그리해야 하지 않겠습니까. 학부이긴 하지만, 저도 고성대 미대 나왔습니다. 모교 교수님이 되실 분이신데다가 같이 시를 쓰는 사람으로서 당연히 선배, 선배님이십니다. 못났더라도 후배로 받아주실 수밖에 없습니다."

"선배, 후배 그것도 구분이겠지만, 만난 지 몇 시간도 되지 않았는데 형제 같고 친구처럼 느껴지네요. 신을 통해 태초부터 우리는 연결되어 있지 않았을까 싶군요."

"우리뿐이겠습니까. 이 세상 사람들은 신을 통해 모두 관련되고 연결되어 있는데 끊임없이 가르고 쪼개는 통에 하루도 조용한 날이 없지 않습니까. 그래서 생긴 경계가 극에 달한 현상이 남북분단 아니겠습니까. 짐승들의 철칙에 걸려든, 사탄의 덫에 걸려든 인간들의 현상이지 않겠습니까. 누가 성적을 매기고 누가 국경을 만들었습니까. 어떤 존재들이 영역을 나누겠습니까. 다 선악과를 따먹어대는 짐승들의 짓이지 않겠습니까. 새들도 강물도 자유로이 넘나드는 국경을 우리는 왜 새보다, 강물보다 못한 존재로 살아야 한단 말입니까. 사탄의 덫에 걸려든 인간들을 구조해야 경계니, 국경이니 이런 웃기지도 않는 일들이 일시에 사라지게 될 것입니다. 전 아직 미혼인데 선배님도 미혼이시지요?"

"미혼과 기혼에도 그 기준이 내포되어 있으니 없애는 것이 마땅하지 않을까요. 사랑하는 여자가 있었는데 스님이 되었어요. 저도 중이 되려고 했지만, 기존의 카테고리를 이탈할만한 용기와 자질에 걸려버리더군요. 자유를 어디에다가 할애할 만큼 너그럽지 못했어요. 그녀는 타율적으로 중이 되어 자유를 적극적으로 추구하며 살고, 저는 자율적으로 중이 되어 세속에서 소극적인 자유를 추구하며 지내고 있어요."

"다 일장일단이 있겠지만, 시간이 지나고 나면 어느 쪽이 더 좋은 수행인지 알 수 있겠습니다."

"절에서 수행하는 것은 전문가 영역인데 아마추어 영역하고 비교가 되겠어요. 말하는 걸 들어봐도 해마다 단계가 수치를 보듯이 높아지더군요."

"그걸 수치로 볼 수 있다는 자체가 보통 단계는 아닌 듯합니다. 재밌는 러브스토리가 있을 듯합니다."

"연인 사이였는데 불자와 신자 사이로 지내고 있어요. 저도 중이라고 생각하며 살고 있기 대문에 도반이라고 여기고 있어요. 독신이지만, 독신이 아니에요. 커피와 별이하고 함께 살고 있거든요."

"커피를 얼마나 좋아하시기에 같이 산다고 하십니까. 그리고 별하고 사시다니, 집이 우주라도 됩니까?"

"하하하! 커피를 좋아하긴 하지만, 그렇게까지는 아니고요. 집은 우주가 아니지만, 생각은 늘 우주에서 살고 있으니 틀린 말은 아닌데 커피는 강아지이고, 별이는 고양이예요. 커피는 진보주의자이고, 별이는 보수주의자지요. 고향이 어디예요?"

"충청도 청속입니다. 회사 근처 오피스텔 하나 얻어 살고 있습니다. 이상하리만큼 성곡 사람들을 많이 만났는데 딱 한 명만 빼고 다들 의젓하고 다들 선비였습니다. 그 친구 만나러 한 번 가본 후로 어디로 떠나고 싶을 때면 나도 모르게 이미 성곡에 가 있곤 하였습니다. 성곡대학교 구내식당에서 식사도 여러 번 했습니다. 성곡의 이모저모를 제가 많이 찍어놓았습니다. 이런 곳에 태어나 살면 덕이 저절로 생기겠구나 싶었습니다."

"예전엔 고관대작들이 서울에서 며느리 구하러 성곡으로 많이 내려왔다더군요."

"사위 구하러 내려오지는 않았습니까?"

"제가 아직 장가들지 못한 걸 보면 사위는 서울 쪽이 더 좋았던가 봅니다."

"하긴, '말은 제주도로 보내고 사람은 서울로 보내라.'라고 했으니, 잘난 사람들은 과거급제해서 서울로 다 올라왔을 테니까."

"내가 다닐 때 우리 대학 수석도 점수가 최고 명문대에 들어가고도 남았음에도 집안에서 여자를 객지로 내보낼 수 없다고 우리 대학에 오게 되었다더군요."

"오석이가 떠올라서 그런지 자꾸 친구라고 착각하게 됩니다."

"오석이도 오석이지만, 우리도 이미 친구 아니던가요."

"연배이시지 않습니까."

"십 년 안쪽은 다 친구라고 하잖아요. 말하는 걸로 봐서는 내가 훨씬 아래이니 더하기 빼기 하면 우린 딱 동갑내기겠네요."

"앞으로 형님으로 깍듯이 모시겠습니다. 제 형이 되어주십시오. 간절하게 부탁합니다."

"그런 걸 다 부탁하다니, 그것도 간절하게, 무슨 연유라도……?"

콩 심은 데 팥 난다

"저는 형이 있는데 형이 없습니다. 형이라는 사람하고 태어나서 지금까지 같이 말해본 적이 거의 없습니다. 끔찍하지 않습니까. 공포 영화 찍는 기분으로 살고 있습니다."

"농아이시군요?"

"농아였음 얼마나 좋겠습니까. 잘 나가는 펀드매니저입니다."

"그런데 왜?"

"고객들하고는 말을 얼마나 잘하는지 모르겠지만, 저하고는 어릴 때부터 한집안에서 완전 남남이었습니다. 형이라고, 형제라고 어려서부터 같이 놀고 살갑게 지내본 기억이 전혀 없었습니다. 세 들어

살던 형 또래 고등학교 학생하고는 저녁에 산책도 같이하고 그 형 집에도 놀러 가고 추억이 쌓여 있지만, 친형하고는 추억이 소거된 듯이 하나도 없습니다. 있다면 장대를 들고 형을 두들겨 패려고 쫓아다닌 기억밖에 없습니다. 얼마나 잘못했으면 아홉 살 아래인 동생한테 도망 다녔겠습니까. 말이란 지금 우리처럼 생각을 펼쳐가면서 모아가는 것이 아니겠습니까. 그 형하고는 오늘 같은 이런 말을 주고받은 적이 한 번도 없었습니다."

"펀드매니저 정도 하려면 유식해야 할 텐데, 무슨 안 좋은 감정이라도……?"

"어릴 때야 무슨 감정이 있었겠습니까. 생긴 것도 그렇고, 성품이니 성격이 완전히 딴판이어서 돌연변이겠거니 했는데 알고 보니 피가 달랐습니다. 어머니가 아버지랑 약혼해놓은 상태에서 어머니를 흠모하던 이웃 동네 청년한테 겁탈당했었나 봅니다. 모르고 지내다가 최근에 외삼촌한테 물어봤습니다. '형하고 나하고는 생긴 것도 그렇고 형제라면 어딘가 닮은 구석이 하나라도 있어야 하는데 완전 딴판이니 어찌 된 영문인지 모르겠어요, 뭐 아는 거 없으세요?'라고 했더니 긴장하시면서 말을 못 하시는 거예요. 이거 뭔가 분명히 있구나 싶어서 집요하게 닦달하였더니 그놈 아이인지는 잘 모르지만, 그런 일이 있긴 있었다고 실토하셨습니다."

"피가 달라서 그럴 수도 있겠지만, 받아들이고 맞춰보려고 노력해 보지는 않았나요."

"자기가 장자라고 뭐든지 주도권을 잡으려고 하니까 다 받아들이고 다 맞춰주었습니다. 권위와 권력에 있어서는 무서울 정도로 집착하고 집요해서 제사 장만하는 것도 철저하게 자기 주도로 자기가 다 해서 저는 오히려 무척 편했습니다. 밤만 까주면 되었어요. 한번은 집에 일거리를 잔뜩 갖고 와서 쩔쩔매기에 내가 정리를 해줬더니 직장 상사가 보고는 정 대리가 어떻게 이렇게 잘했느냐고 찬탄하시더라고 하면서도 자기 친구한테 나를 막 험담하지 뭡니까. 내가 있어서 그런지는 모르겠지만, 그 친구분이 오히려 형을 질타하는 걸 보니 한두 번이 아니었던 것 같았습니다. 추석날 성묘 가서도 친척 형한테 내 험담하고 있지 뭡니까. 자기가 뭐든지 나보다 뛰어나야 하는데 모든 면에서 나한테 무시당하니까 앙심을 품고 살아왔나 보았습니다. 꼭 요즘 여당과 야당 같은 관계였습니다. 멀쩡한 상태에서는 멀뚱멀뚱 말 한마디 없다가 술만 처먹고 오면 얘기 좀 하자면서 뭐 이래야지 않냐, 저래야지 않냐 하며 자기 혼자 해롱거려댔습니다. 요즘은 따로 사니까 그렇지 같이 살 때는 머리카락이 다 빠질 정도로 부아가 치밀어오르지 않을 때가 없었습니다. 뻔히 다 아는데도 말끝마다 천연덕스럽게 거짓말이고 말끝마다 불구사심이지 뭡니까. 요즘 정치꾼들 스타일하고 평행이론처럼 완벽하게 일치하였습니다. 저도 문제가 많은 사람이지만, 제 눈에 한 번 벗어나면 용납이 되지 않는 사람이어서 형한테 소리 지른 적이 한두 번이 아니었습니다. 언젠가는 '야는 성질이 불같아서 참지 못하는 애잖아.'라고 하기에 잡아먹을 듯이 노려봤더니 찔끔거리면서 꽁무니 빼는 강아지처럼 실실 피하는 걸 보니 자기 때문에 분을 이기지 못해서 그랬다는 걸 다 알고 있는 듯했습니다. 아무려면 모르겠습니까. 정치꾼들이 모르고 흑색 선전하고 내로남불하겠습니까. 형제지간이 아니라 견원지간이었습니다. 정치하는 놈들도 그렇지 않습니까. 국민이 어디 있습니까. 나라가 안중에 있는 놈들이겠습니까. 형이라고 해서 배우고 들은 말은 어렸을 때, 남한테 무조건 '덕분입니다. 덕택입니다.'라고 해야 한다는 딱 그 한 마디밖에 없었습니다. 그래서 그런 것인지 남들에게는 굽실거릴 정도로 공손하고 친절해서 남들은 다 우리 형이 인간성 참 좋은 사람인 줄로만 알고 있습니다. 너무 나쁜 짓을 하기에 내가 어머니께 형이 '정말 인간성 나쁜 놈이다.'라고 했더니 '남조네 아지매는 니 형만큼 좋은 사람은 둘도 없다 카든데⋯⋯.'라고 해서 그 이후로는 입을 닫치고 살아가고 있습니다. 대화 한번 제대로 해본 적이 없으니 형이 어떤 사람인지 제대로 알지 못했는데 요즘 정치인들을 보고 나서야 형이 어떤 사람인지 알 수 있었습니다. 형이 나한테 왜 그렇게 끔찍한 존재였는지 확연하게 인식할 수 있었습니다."

"형제자매가 어떻게 되세요?"

"동복형제도 형제라면 이남 일녀이고 여동생입니다. 한번은 우리 가문에 대해 몰랐던 걸 자랑하니까 막 화를 내지 뭡니까. 가문을 헐뜯는 것이 아니라 자랑하는데 이게 무슨 시추에이션인가 싶은 이상한 낌새가 그때부터 느껴졌습니다. 자기도 자기가 이 집안 핏줄이 아니라는 사실을 알고 있다고 자백한 것이나 다름없었습니다. 형이 있는 것도 아니고, 형이 없는 것도 아니고 너무 이상한 상태로 지내고 있습니다. 평생 지켜봤지만, 형을 뜯어고칠 방도는 전무하였습니다.

말이 받아들여지는 구석이 있고 스며드는 구석이 있어야 시도라도 해볼 텐데 요즘 좌파 정치인들한테 뭘 어떻게 한들 씨가 먹혀들겠습니까. 자갈밭도 아니고 강철에다가 심은 씨앗 같아서 아무리 물을 준들 무슨 소용 있겠습니까. 철벽, 남북분단 보다가도 더 심각한 상태입니다."

"보수와 진보가 말이 안 통하는 이유를 알 듯하군요. 아버님은 알고 계셨나요?"

"모르고 계신 채 작년 가을에 돌아가셨습니다. 간경화로 입원하고 계셨는데 갑자기……."

"원인을 알아보셨나요?"

"집에서 쒀온 죽을 드시고 그러셨다고 하였습니다. 부검해보기로 했는데 어머님이 금방이라도 쓰러져 돌아가실 것 같아서 포기했습니다. 돌아가시기 얼마 전이었는데 소파에 앉아서 부엌에서 일하고 있는 형수를 노려보시는 눈빛이 섬뜩할 정도였습니다. 그러면서 '수악한 년'이라고 하시지 뭡니까. 내가 수악하다고 했을 때는 형수한테 어떻게 그런 말을 하냐며 나를 수악한 놈이라고 야단치시더니만, 무슨 일이 있었는지 물어보지도 않았습니다. 그제야 실체를 알아차리셨나 보았습니다. 아버지가 유산을 나한테 다 주겠다고 하셨거든요. 형과 형수의 짓이 분명했습니다."

"그런데 왜 가만있나요?"

"어머니를 죽게 할 수는 없지 않겠습니까. 어머니도 가담되어 있을지 몰라서 이러지도 저러지도 못하고 있습니다."

"자기 가족 애기하는 사람들 애기 들어보면 온전한 집안이 단 한 집이라도 있을까 싶더군요. 대부분 아버지라는 존재가 문제였는데 형이 문제인 경우는 처음 들어보네요. 친형이 아니라서 그러겠지만, 결국 돈하고 결부되는군요."

"집안뿐이겠습니까. 우리 사회의 모든 문제는 세상의 구조와 인간의 구조가 뒤죽박죽인데다가 좌충우돌하며 제멋대로라서 생긴 일들이지 않겠습니까. 인간과 세상을 정립시키지 않고서는 형과 나와의 관계도 그렇고 꼬여버릴 대로 꼬여버린 이 세상의 모든 연결고리를 바로잡을 요량은 요원합니다."

"셋톱박스로도 세상을 정립시킬 수 없다는 뜻인가요."

"가라지의 실체가 어떤 것인지 형을 통해, 정치꾼들을 통해 너무나 선명하게 느낄 수 있지 않습니다. 오직 권력과 돈만 추구하면서 자기 말밖에 할 줄 모르는 사람, 신에 대한 인식이 제로인 사람들이 가라지였습니다. 그들에게 셋톱박스를 설치하면 채널이 자동으로 사탄과 연결되니 무용지물이나 다름없습니다. 세상은 그들에 대한 신의 심판으로 정립될 것입니다. 우리는 저의 어머니나 그 아지매처럼 가라지들에게 놀아나는 사람들을 한 명이라도 더 구하기 위해 이순신 장군처럼 싸워야 합니다."

"강철에다가 씨앗을 뿌려 싹을 틔울 수 있다면 어떻게 해볼 수 있을 테지만, 어떻게 해볼 방법이 없을 듯하네요. 얼마나 힘들었을까요. 그런 사람과 하루 이틀도 아니고 한집안에서 줄곧 살아왔을 걸 생각하니 너무 끔찍하고 애처롭네요. 그동안 그 형이 못 해준 형 노릇 제가 다 해드릴게요. 아직도 같이 사시지는 않으시죠."

"아직도 같이 살았다면 온전하게 살 수 없었을 것입니다. 회사 근처에서 자취하고 있습니다. 존칭어를 쓰면서 무슨 형 노릇 해주겠다는 겁니까. '해줄게' 이렇게 한번 해보십시오."

"말이야 뭐라고 하든 무슨 상관이겠어요. 제가 전환이 무척 둔한 사람이라서 그러니 서울 가서 만날 때부터 형제지간으로 지내는 걸로 합시다. 형제란 무엇일까. 궁금하기도 하고 설레기도 하는 단어였는데 일시에 해결된 듯한 기분이에요. 저도 누나 한 명 있지만, 매형이라는 자가 워낙 악독하고 흉측스러운 놈이라서 발을 거의 끊고 지내고 있으니 독자나 다름없지요."

그가 말없이 하늘을 바라본다. 나도 따라서 하늘을 바라보았다. 그의 하늘과 나의 하늘이 나란히 나타났다. 서쪽 나라의 하늘도 동쪽 나라의 하늘도 나타났다. 과거의 하늘도 미래의 하늘도 나타나 우리를 바라보고 있었다. 하늘이 모이고 모여 우리를 관람하고 있었다.

"어떤 시인은 자기를 키운 건 팔 할이 바람이었다고 했는데 저는 구 할쯤 되는 것 같습니다. 거짓이 구 할이었습니다. 우리 사회는 그 구 할의 거짓으로 구성되어 있습니다. 이 문제를 제대로 해결된다면 세상은 끝이 아니라 시작이 될 수 있을 것입니다."

"일 할도 어려울 텐데 구 할을 무슨 수로 해결하죠. 어딜 가나 이겨 처먹으려고 별짓 다 하는 것들을, 그 의사나 자동차정비기사 같은 것들을 무슨 수로, 포기하는 것이 오히려 미덕이지 않을까요."

"끝장나는데 미덕이 무슨 소용이 있겠습니까. 우리가 어떻게 할 수 있는 일이 아니라 그들 스스로 어떻게 하게 만들어야 합니다. 정직하고 양심적인 의사나 자동차정비기사가 일 할은 되니까 이런 데만 찾아간다면 돈 뜯어먹으려는 그런 자들은 굶어 죽거나 굶어 죽기 싫으면 스스로 바뀌지 않겠습니까. 신께서도 가라지들을 내치시고 알곡을 거두어들이듯이 우리도 옳은 데를 찾아 수고스럽더라도 여기저기 찾아다니면 되지 않겠습니까.”

“몸이 병들고 차가 망가진 것도 힘든 일인데 오른 의사, 오른 정비사를 서울에서 김 서방 찾듯이 찾아다녀야 한다니 차라리 사기당하고 말 것 같은데요. 의료기관심사평가 같은 것이 있던데 그 의사가, 그 정비사가 가라지인지, 알곡인지 평가해서 알려주면 얼마나 좋을까요. 식당을 비롯해서 그럴 요소가 있어 보이는 모든 곳에 ‘이곳은 가라지 병원입니다.’ ‘이곳은 알곡 식당입니다.’ 이런 식으로 써 붙여 놓으면 얼마나 좋을까요. 사람들도 ‘가라지 누구누구’. ‘알곡 누구누구’라고 명찰을 달고 다니게 하면 얼마나 좋겠어요.”

“국민이 사기당하지 않고 살게 해주는 것보다 더 큰 일이 어디 있겠습니까. 그런데, 그런데 자기들이 사기를 더 치잖습니까. 자기들이 가라지들인데 가라지한테 그런 걸 기대하다니 어리석은 거 아닙니까.”

“내가 어리석은 것이 아니고 인간들이 어리석어서 그런 것이에요. 내가 인간이니 내가 어리석다고 봐야겠군요.”

“인간은 신 앞에 모두 평등하다고 했는데 다시 인간 차별하냐며 덤벼들면 어쩌시려고, 굳이 써 붙여놓지 않아도 그거 하나 모르겠습니까. 말 한두 마디, 인상만 봐도 대번 알 수 있지 않습니까."

"사람마다 다 그럴 수 있다면야 가라지들에게 휘둘리며 살았겠어
요. 그랬다면 여태 신의 존재도 인식하지 못하고 살았으려고요. 가라
지건 알곡이건 간에 아둔한 자들이, 어리석은 자들이 너무 많은 것이
인류 역사를 이 지경으로 만든 주요 요인이겠지요."

"인류 역사까지 들먹일 필요도 없이 앞뒤가 꽉 막힌 존재들이 그
야말로 앞뒤로 꽉 막혀있잖습니까. 인간의 무지가 종교부터 시작해
서 적용되지 않는 곳이 없으리만큼 전 영역에 녹이 덕지덕지 달라붙
어 있어서 쓸만한 영역이 몇 곳이나 되겠습니까."

"그래도 언어라는 것이 있어서 다른 동물들과는 달리 이만큼이나
마 나아진 것은 아닐까요."

"신을 제대로 인식하지 못하는 것이 이만큼입니다. 물질적인 측
면에서도 내 기술 네 기술 따지지 말고, 특허 내서 자기만 한몫 보려
고 하지 말고 전 세계가 공동으로 연구하고 개발했어도 이만큼이겠
습니까."

"공산주의 개념인가요?"

"자본주의에서 이기주의를 제거한 자본이타주의라고나 할까. 그
것보다 정신주의라고 하는 것이 더 맞을 듯합니다. 인간은 물질적인
측면이 구십인 데 반해 정신적인 측면은 십밖에 되지 않잖습니까. 이
시대에 소크라테스, 플라톤 같은 사람 보셨습니까. 붓다, 공자 같은
사람 보셨습니까. 퇴계 같은 사람 보신 적 있으면 제가 천 원 드리겠
습니다."

"신사임당 같은 사람 보면 오만 원 주실 거죠. 대치동에 가면 쌔고 쌨던데요."

"오만 원짜리가 한 장이면 천 원짜리가 오십 장 있어야 하는데 어찌하여 오만 원짜리는 널렸는데 천 원짜리는 한 장도 없다니 생각하면 생각할수록 아이러니한 세상이지 않습니까. 신사임당 같은 사람은 깔려있는데 어째서 퇴계 같은 사람은 없단 말입니까. 물질을 추구하는 사람은 깔렸는데 정신을 추구하는 사람은 없단 말입니까. 소인은 깔렸는데 대인은 없단 말입니까. 자기를 추구하는 사람은 깔렸는데 신을 추구하는 사람은 없단 말입니까."

"길거리에서 사람들이 모조리 물구나무서서 걸어가기에 운동하느라고 저러는가 했는데 선악과 따먹느라고 그런다지 뭐예요."

"물구나무, 어째서 세상이 뒤집혀 졌나 했습니다. 세상을 다시 뒤집어 놓아야겠는데 무슨 방도가 있겠습니까."

"똑바로 서서 걸으면 편하고 훨씬 좋을 텐데 왜 사서 고생하는지 알다가도 모를 일이에요. 세상을 다시 뒤집으면 그들이 모두 땅속에 묻히게 될 텐데 어쩌지요."

"그렇더라도 세상을 바로 세우는 것이 더 중요하지 않겠습니까. 정신이 거꾸로 박혀 있으니 도리 없습니다. 아니면 정신지체아로 살아갈 수밖에 없지 않겠습니까. 몸뚱이에 명품을 걸치고 돌아다녀서 멋있다고 여겼는데 물구나무서서 보니까 몰골이 너무 흉측스럽습니다. 정신머리가 쓰레기통이지 뭡니까. 어색하기 짝이 없는 저 걸음걸이, 웃지 말아야 하는데 웃어버리는 저 모습, 영화에서 본 그 모습하고는 좀 다르긴 하지만 영락없는 좀비였습니다. 물질을 추구하면 추구할수록 허깨비가 되어가는 인간군상들의 몰골이 인류역사관을 장대하게 장식하고 있는 듯합니다."

"무슨 빠니, 무슨 자식이니 하며 졸졸 따라다니는 그런 좀비들을 치료하려면 의대생을 몇천이 아니라 몇만을 증원하더라도 모자랄 판이겠군요, 대박났다고 좋아서 입이 째진 의사를, 자기들 입 꿰매는 데도 손이 모자랄 판일 텐데도 저러는 걸 보니 영락없는 허깨비들이군요."

""아무리 좀비여도 그렇지 누가 허깨비한테 치료받으려 하겠습니까. 의사들이 그런 빠가사리보다 훨씬 심한 중증 좀비들일 텐데 치료는커녕 십중팔구 더 악화하고 말 겁니다. 좀비 치료는 병원보다 교회나 절이 훨씬 잘할 것입니다. 그냥 교회, 그냥 절이 아니라 옳은 교회, 옳은 절에 가서 회개하고 해탈하면 완치할 수 있습니다."

"빠가사리, 물고기 아닌가요?"

"오빠니 육빠니 뭐니 하잖습니까. 그 빠의 가사리, 가장자리에 있는 무리라는 말입니다. 빠를, 권력을, 적그리스도를 추종하는 좀비 같은 존재들을 지칭하는 말인데, 모르긴 몰라도 정치학 용어에 나오는 말일 겁니다."

"선이 악을 다스리는 것이 정치 아니겠어요. 국민이 위정자들을 다스리는 것이 민주주의 정치이지 않겠어요. 그러면 그 빠가 국민이 되어야 하거늘 민주라면서 어찌하여 그런 천한 위정자들의 개가 되어 딸이 되어 졸졸 따라다닌단 말인지 제 머리로서는 답이 나오지 않는군요. 주인이 종을 따라다니는 이런 해괴망측한 일이 이런 대명천지에서 벌어지고 있단 말인지 너무 끔찍스러워 말문이 막히네요."

"하가 꼭대기에 올라가 있고 상이 저 바닥에 처박혀 있는 세상이지 않습니까. 신의 세상이 아니라 사탄의 세상이라서 그러지 않겠습니까."

"학교를 전부 절이나 교회로 바꿔버리면 뒤틀어지고 뒤바뀐 것들이 바로 잡힐 수 있지 않을까요. 그 근원과 원인을 근본적으로 차단해 버리는 것이 세상을 바로 세우는 방법이 되지 않을까요."

"대치동 입시학원을 한번 들여다보십시오. 눈물 날 정도로 존경스럽지 않습니까. 그러면, 그 정도면 고려청자가 아니라 한국청자, 세계청자, 우주청자가 쏟아져 나와야 할 텐데 어디 그런 거 하나 나왔다는 소식 들어본 적 있습니까."

네 시에 칸트는 산책하고 마르크스는 바람피운다

"아무리 뉴스 같은 거 보지 않고 사는 나 같은 사람도 그런 일이 있었다면 모를 리 있겠어요. '칸트가 고려청자를 빚었다.'라고 하는 소식은 어디에서인지 모르지만 들은 기억이 나네요. 마르크스도 매달리고 매달려 비슷하게 만들어냈다고 하던데 청자는 아니고 적자였다고 하더군요."

"칸트가 시계라는 것은 그의 정신이 그만큼 완벽하게 순수하다는 의미 아니겠습니까. 순수이성비판은 그런 숭고한 의지로 구워낸 비췻빛, 그 은은하게 발현되는 절정이지 않습니다. 칸트의 정신은 고려청자의 그 빛이고 고려청자는 칸트의 그 순수 의지 아니겠습니까. 마르크스 같은 자도 칸트 같은 경지에 이르렀다고도 볼 수 있겠지만, 그 근본이 천박하니 같은 경지이지만, 빛깔이 지독하게 천박하지 않습니까. 칸트 옆에 여자를 세워두면 수도승이 되지만, 마르크스 옆에 여자를 세워두면 간통자가 되잖습니까. 『순수이성비판』은 알곡이 쓴 책이고, 『자본론』은 가라지가 쓴 책입니다."

"그때는 혼외자를 낳으면 친구가 대신 키워주는 풍습이 있었나 보더군요."

"칸트처럼 몸과 시간을 일치시키듯이 행위가 학문일진대 마르크스처럼 겉과 속이 다른 자는 학자가 아니고 모사꾼입니다. 모사꾼이 쓴 '자본론'은 요서입니다."

"그래서 세상을 이렇게 어지럽혀 놓은 것이로군요. 칸트를 따르는 자들은 알곡이고 마르크스를 따르는 자들은 가라지로 보면 정확하겠군요. 칸트와 마르크스의 차이가 정말 천지 차이네요."

"어떤 그림에서 보니까 플라톤은 하늘을 가리키고 아리스토텔레스는 땅을 가리키고 있던데 그것이 바로 천지 차이 아니겠습니까. 생명과와 선악과, 성선설과 성악설, 인간과 짐승, 맹자와 순자, 이황과 이이, 채플린과 히틀러, 남인과 노론, 이순신과 원균, 김재규와 박정희, 한국과 일본, 남한과 북한, 경상도와 전라도, 보수우파와 진보좌파, 주리론과 주기론, 유신론과 무신론, 유심론과 유물론, 이타주의

자와 이기주의자, 본질과 현상, 그리스도와 적그리스도, 하늘을 가리키는 자와 땅을 가리키는 자, 신의 씨로 태어난 자와 사탄의 씨로 태어난 자, 세상은 하늘과 땅으로 이원이고 땅은 알곡과 가라지로 이원입니다. 백군, 청군으로 나눠 가을운동회 한번 열어야겠습니다."

"한 번은 치르지 않을 수 없다면 전쟁보단 운동회가 훨씬 낫겠지만, 저들은 전쟁하듯이 덤벼들 텐데 운동회 하듯이 대응해서 승산이 있을까요."

"가을운동회, 낭만적이잖습니까. 전쟁과 낭만은 상극이니 그들에겐 자멸밖에 없을 것입니다. 그걸 유도하기 위한 술책입니다."

"세상을 바로 세우고 정화하기 위해서는 가을운동회이든, 아마겟돈이든 치르지 않고 지나갈 수는 없겠군요. 이게 다 학교에서 성적 따먹기, 선악과 따먹기로 세뇌당한 자들에 기인하는 것이라 피할 도리가 없겠군요. 순수이성비판이나 고려청자 같은 생명과를 따먹지 않고 권력과 돈과 같은 선악과를 따먹어대는 자들을 그냥 두고는 세상을 바로 세울 방도는 없겠군요."

"아파트가 몇 채나 되고 어디에 빌딩이, 주식이, 예금이 있다고 떠들어대는데 밀림의 왕인데도 사자의 예금통장에 단돈 일 원이라도 있습니까. 아무리 약육강식의 세계라고 할지라도 인간 같은 사자 보셨습니까. 과식은 육체적으로보다 정신적으로 훨씬 더 위험합니다. 육체적인 과식은 비만해질 뿐이지만, 정신적인 과식은 바로 지옥행이지 않습니까. 그래도 자랑하고 그래도 부러워하다니, 인간의 어리석음을 누가 말리겠습니까. 강하면 강한 대로, 약하면 약한 대로 동물처럼 자연법칙에 따라 살면 그것이 자유이고, 그것이 평화이고, 그것이 천국이지 않겠습니까. 신께서도 두 손 든 것이 아마겟돈이고 심판이지 않겠습니까.”

“학교도 없애야겠지만, 은행 같은 것도 없애버려야겠군요.”

“재산을 쌓아놓고 사는 사자 보신 적 있습니까. 모두 자연법칙을 위반한 자들입니다. 우주의 범죄자들입니다. 그래서 우주의 범죄자가 ‘천국에 들어가기란 낙타가 바늘귀 통과하기보다 어렵다.’라고 하지 않습니까.”

“선악과 따먹지 않아야 자연법에, 우주법에 저촉되지 않겠군요.”

“사자처럼만 살아도 왕이지 않습니까. 배고프면 사냥하고, 뭘 더 바라 주식이니, 비트코인이니 그런 데로 날아들다가 가로등 바닥에 흥건하게 떨어져 있는 불나비들의 사체처럼 죽어 나자빠진단 말입니까. 바로 앞에서, 바로 옆에서 나자빠지고 있는데도 불나비 대가리로 살아가는 군상들, ‘이상한 나라의 앨리스’ 같은 기분입니다.”

“학교를 통해 만들어진 것들, 특히 자본주의, 공산주의, 사회주의, 민주주의 이런 것들을 다 없애고 자연법칙으로 이 세상 체제를 구축한다면 모든 문제가 해결되겠군요. 문제가 문제를 만들고 그 문제가 문제를 만드는 문제아에서, 문제세상에서 벗어날 수 있겠군요.”

“하나로 돌아가야 합니다. 집을 떠나 허랑방탕하게 살다가 재산을 탕진하고 집으로 돌아오는 탕자처럼, 신의 품으로 돌아가야 합니다. 인류의 최종 기착지에 도달해야 합니다. 그 허랑방탕한 무슨 주의, 주의 같은 거 다 떨쳐버리고 하나로 돌아가야 불나비처럼 그렇게 죽어 나자빠지지 않을 수 있습니다.”

“언제 끊어질지도 모른 썩어빠진 정치적 이상에, 경제적 이상에 대롱대롱 매달려 지옥 불구덩이로 떨어지는 줄도 모르고 떨어지는 꿀을 정신없이 빨아 먹고 있는 저 참혹한 군상들……. 그 이상 하나만 내려놓으면 누구나 자연인이고 누구나 독립인이 될 수 있을 텐데……. 간디가 불필요한 것을 벗어던지는 것이 독립이라고 했다던데 불필요한 것을 특히 그 국회의원 같은 것을 왜 그렇게 끼고 살아야만 하는 건지 정말 알다가도 모를 일이에요.”

“모든 면에서 첨단을 치닫고 있는 요즘 세상에서 선거니, 투표니 어찌하여 국회의원 같은 그런 사족을 달고서, 국개의원이라고 하면서 어째서 골머리 썩이고 사는지 한 인간으로서 모든 인간에 대해 도저히 납득이 되지 않습니다. 그놈들 세비니, 선거니 쓸데없는 그 어마어마한 국비, 그것만으로도 민생이 다 해결되고도 남지 않겠습니까. 우리가 정치가들한테 상납할 것이냐. 나라로부터 우리가 상납받을 것이냐. 커피도 별이도 다 아는 그거 하나 몰라서 낑낑대는 꼴이 얼마나 같잖았으면 까치들도 무시하겠습니까. 커피와 별이는 깍깍거리며 좋아서 야단인데 인간들은 얼마나 멍텅구리였으면 새들한테 무시당한단 말입니까. 그런 까치 앞에서 인간은 존엄하다고 말한다면 까치들이 뭐라고 하겠습니까.”

“정치인들, 666 때문에 날이 가면 갈수록 땅이 자꾸 좌측으로 기울어져서 똑바로 걷기조차 힘들지 뭐예요.”

“그런 데도 왜 무너지지 않겠습니까. 땅의 네 귀퉁이를 네 천사가 붙들고 있기 때문입니다. 얼마나 힘드시겠습니까.”

“우리가 도와줄 방법이 없을까요.”

“하루라도, 한시라도 빨리 개지랄치는 저 국개의원부터 없애버려야 합니다. 권력의 뿌리를 뽑아버려야 합니다. 그래야 권력에 기생하고 있던 기생충들이 모두 말라비틀어질 게 아닙니까. 키로 쳐서 다 날려버리면 토실토실하게 여문 알곡만 남을 것입니다. 그제야 천사들께서 한시름 놓지 않겠습니까.”

“붙들고 있는 땅을 놓아버린다 이런 얘기인가요?”

“예언가들이 말한 것처럼 지축이 이동하게 될 것입니다. 인과응보이니 그것을 피할 도리는 없겠지만, 회개하느냐, 해탈하느냐에 따라 정해질 것입니다.”

“별이와 커피는 회개하지 않아도, 해탈하지 않아도 이기는 것도 지는 것도 없이 너무나 평화스럽더군요.”

가라지는 좌측통행하고 알곡은 우측통행한다

“견묘지간이면서, 고양이는 보수주의고 강아지는 진보주의라면서 어떻게 평화스러울 수 있습니까. 우리 집안 못지않게 살벌할 것 같은데 한번 가서 알아봐야겠습니다. 초대해 주실 거죠?”

“아우가 형 집에 오는 건데 초대고 말고 할 게 뭐 있겠어요. 별이가 이 년 뒤에 왔어요. 할머니하고 둘만 살고 있던 소녀가 키우고 있었는데 할머니가 너무 싫어하셔서 쌀만 먹이다가 결국 유기하게 되었다더군요. 그런데 학교까지 찾아와서 따라오더라는 거예요. 그 사정을 알게 된 캣맘을 통해 제게 온 아이였어요. 처음엔 커피가 싫어하는 기색이 역력하더군요. 주도권 잡으려고 그러는지 집요하게 공격하였는데 별이는 피해 다니며 방어만 하다가 한번은 안 되겠다 싶었던지 참고 참았던 그 발톱으로 할퀴고 말았어요. 그리고 나서부터는 커피가 꽁무니를 슬그머니 내리고 눈치를 보더군요. 별이는 높은 데로 피하기라도 하면 그만이지만, 커피는 이거 어쩌나 싶어 걱정이 태산이었는데 별이는 승자이면서도 전혀 승자로 군림하려고 들지 않더군요. 한번은 보니까 커피가 별이 목덜미를 물어뜯고 늘어지는데도 별이가 꿈쩍도 하지 않는 거예요."

"아이고, 기절했습니까?"

"그렇게 집요하게 공격하는데도 무반응, 무대응, 간디가 떠오르더라고요. 게다가 진짜로 물지 않는다는 무한한 신뢰의 표현인 듯하더군요. '나를 장난감 삼아 실컷 갖고 놀아라.'라고 하는 식이었어요. 애들은 견묘지간이 아니라 관포지교였어요. 나란히 누워 있다가 별이가 커피 목덜미에 슬그머니 발을 올려놓으니까 입을 좀 실룩거리기는 했지만, 바로 배를 드러내고 별이 쪽으로 돌아눕는 모습이 모나리자의 미소보다 더 아름답더군요. 이 세상에서 가장 아름다운 것이 바로 진보주의자와 보수주의자가 서로 신뢰하며 살아가는 저런 모습이 아니겠는가 싶더군요. 진보와 보수가 이기고 지는 걸 내려놓는 자리가 아름다울 뿐만 아니라 평화 아니겠어요. 전쟁은 추하고 더러워지면 터지고 평화는 아름답고 깨끗해지면 터지게 된다는 이치를 커피와 별이가 인간들에게 메시지를 보내고 있는 듯하였어요.”

“이 지구는 노아 이래로 한 번도 청소한 적이 없어서 때가 찌들고 찌들어 구분할 수 없을 정도로 눌어붙어 있었는데 전쟁이 터지는 걸 보니까 누가 추악하고 더러운 그 오물이고 때인지 확실하지 않습니까. 몰랐으면 몰라도 알면서 그런 오물을, 찌든 때를 그냥 두고 살 수는 없지 않겠습니까. 이 세상도 선배님 집안처럼, 형님 집안처럼 만들어가려면 별이와 커피한테 가서 배워야겠습니다.”

“인간들은 별이처럼 가만있으면 ‘이거 잘됐네.’ 하면서 목덜미를 진짜로, 그것도 더 세게 물어뜯어 버리잖아요. 정당 활동하고 있던 어떤 선배가 정권이 다른 당으로 넘어간 후 그리 오래지 않아 자살했다더군요. 운영하던 기업체가 갑자기 정신 못 차릴 정도로 나락으로 굴러떨어지는 데다가 마누라까지 볶아대니까 버틸 재간이 없었던가 보더군요. 누구 기업은 살리고 누구 기업은 죽이는 것이 정권이라면 그게 정권이겠습니까. 악마지. 악마들이 널을 뛰니까 최고층 빌딩도 막 넘어가고 사람도 막 죽어가잖습니까. 정치인 관련 테마주라니! 이런 말 같이도 않은 일들이 하루가 멀다 않고 벌어지고 있으니 이런 걸 좀 시각화해서 세계만방에 전시 좀 속히 해주십시오. 하늘나라에도 전시해서 신께서 보실 수 있게 좀 해주세요. 그럴 거지요.”

“하늘나라까지라, 거기까지 미치지는 못할 것 같습니다. 형님께서 도와주신다면 한번 해보겠습니다.”

“도와주고 말고요. 도울 수 있는 거라면 뭐든지, 카메라 가방은 제가 메고 따라다닐게요."

"그럴 것까지 없습니다. 우선 현상으로 찍힌 사진과 본질로 찍힌 사진을 분류해야 하는데 쉽지 않을 겁니다. 그러고 나서 현상을 따르는 사람과 본질을 따르는 사람을 분류해주시면 됩니다. 하실 수 있겠습니까."

"분류 작업 이런 건 전문가가 아니라 달인 수준이에요. 사실 그런 건 절이나 교회에서 해야 하는 일 아닌가요. 우리한테 다 떠넘긴 듯한 기분이 드네요."

"교회나 절에서는 가라지들로부터 돈 뜯어내느라 시간이 없을 테니 내버려 두고 힘들더라도 우리끼리 한번 해봅시다."

"예수님이 뿌려놓은 씨가 있는데 다 그러기야 하려고요. 이유 없이 오셨다가 아무런 성과도 없이 가셨을 리 있겠어요. 우리 둘만으로는 힘들다는 걸 알기에 미리 오셔서 십자가에 못 박히시기까지 하신 거 아니겠어요."

"흰옷 입은 무리가 그들일 테니까 중앙일간지에다가 광고 한번 합시다. 단 한 명이라도 도와준다면 그게 어디겠습니까."

"광고비가 보통이 아닐 텐데, 전 아직 학생인지라."

"우리 집은 부자는 아니지만, 개발이니 뭐니 하면서 재산을 하루 아침에 몇 배나 불어났으니 그런 염려하실 필요 없습니다. 게다가 고래로부터 이미 광고를 많이 해놓았으니 굳이 여러 곳에 할 필요 없이 한 곳만 골라서 해도 충분하리라고 봅니다. 그런데 왜 커피는 진보주의이고 별이는 보수주의입니까?"

"별이는 먹을 만큼만 먹고 마는데 커피는 눈에 보이는 건 다 먹어 치우거든요. 게다가 커피는 어떻게든 이겨 먹으려고 하는데 별이는 이겨 먹을 생각을 전혀 않더군요. 그렇더라도 평화로운 것은 그 애들에게 정권이 없기 때문이었어요. 제가 한쪽 편을 들고 한쪽 편을 억압한다면 평화가 가능하겠어요. 커피와 별이에게 권력을 행사했더라면 커피는 좌파가 되고 별이는 우파가 되었겠지만, 정권도 권력도 없는데 좌파 우파가 따로 있겠어요. 진보주의도 아니고 진보 성향, 보수주의도 아니고 보수 성향만 남아 있겠지요. 평화, 너무 간단하지 않습니까. 정권, 권력 그것만 없애면 지금 한참 미쳐 날뛰고 있는 전쟁도 당장 눈 녹듯이 녹아내리겠지요."

"전쟁도 전쟁이지만, 자기 오빠, 자기 아빠도 아니면서 낯뜨거운 줄도 모르고 오빠 아빠라며 따라다니던 좀비들도 눈 녹듯이 사라져 없어지겠지요."

"'입춘대길 건양다경'이로군요."

"'봄이 왔네. 봄이 와. 숫처녀의 가슴에도 봄은 찾아왔다고 아장아장 걸어가네. 산들산들 부는 바람 아리랑 타령이 절로 나네'"

"으응 으응 으으으응, 으와! 가수네요. 가수!"

"그냥 봄도 아니고 인류의 봄이라니 노래시키면 빼는 놈인데도 노래가 절로 나옵니다. 한 번도 불러보지 않은 노래인데 가사가 틀리지 않았습니까."

"가사 다 아는 노래가 별로 없는지라, 맞는 것 같은데요. '양보는 단순한 퇴보가 아니라 진보를 위한 밑천이다. 그것이야말로 군자의 처세'라고 채근담에서 그러던데 별이는 정말 예의도 아는 군자였어요. 보채더라도 십 초, 이십 초를 넘기지 않더라고요. 유물론자 중에서는 말할 것도 없고 모든 인간 중에서도 특히 이 시대에 별이 같은 군자가 몇 치나 될까 싶더군요. 고양이들이 다 별이 같지만은 않겠지만, 내 주변에서는 별이보다 더 나은 인간을 본 적이 없었어요. '인간은 고양이보다 하등 동물이다.' 인류학회 같은데다가 이런 걸 보고 해야 하지 않을까 싶어요."

"고양이학회라면 몰라도 고양이보다 못한 존재들이면서 자기들만 존엄하다고 우기는 웃기지도 않은 자들이 만든 학회인데 그걸 받아주겠습니까. 인간은 선악과를 따먹으면서 사는 동물이지만, 고양이가, 별이가 카지노를 하겠습니까. 자기를 제발 뽑아달라고 유세를 하겠습니까. '개 같은 놈'이라는 욕은 있지만, '고양이 같은 놈'이라는 욕은 없지 않습니까. 있다고 한들 그건 욕이 아니지 않습니까. 선인들도 진보좌파는 욕이 되지만, 보수우파는 욕이 되지 않는다는 사실을 인지하고 있었던 것으로 보입니다."

"보수우파도 자기 찍어달라고 유세하잖아요."

"보수우파는 선비인데 선비가 그런 오물 구렁텅이 속으로 끼어들겠습니까. 제가 보기에는 좌파들에 의해 나라가 무너져내리는 걸 두고만 볼 수 없어서 정치에 한 몸 내던진 의인들도 꽤 있어 보이긴 하지만, 좌파들처럼 오직 권력이 목적이고 목표인 자들이 대부분이지 않습니까. 철새들이 왜 생겨났겠습니까. 그런 자들이 어떻게 선비 축에 낄 수 있겠습니까. 돈과 권력은 사탄이 인간을 부리기 위해 만들어 놓은 두 짐승 아닙니까. 정치하는 자들이야말로 그 두 짐승의 끄나풀이 아니겠습니다. 좌파, 우파 갈릴 것 없이 모두 사탄을 추종하는 좌파들입니다. 좌파들끼리 진보좌파, 보수좌파로 갈라져서 물어뜯어대는 것이 이 시대 정치의 현주소라고 봅니다. 진정한 보수우파는 정치가 아니라 신앙으로 신을 추종하는 자들입니다. 이들이 바로 신의 씨로 태어난 알곡이지 않겠습니까. 신께서 이번 다이너마이트 상을 통해 그 실체를 우리에게 공개하지 않으셨습니까. 당장 서두릅니다."

"뭘요? 광고요."

"지금도 전장에서 사탄의 편인지 신의 편인지도 모르고, 영적으로나 인격적으로 자기보다 훨씬 천한 쌍놈의 명령에 복종하다가 개죽음을 당하고 있지 않습니까. 개죽음도 개죽음이지만, 그들의 영혼은 더 지독한 구렁텅이 속으로 굴러떨어질 걸 생각하니 정말 소름 끼칩니다. 선비가 쌍놈의 머슴 노릇 하다가 죽어 나자빠지는 이런 해괴망측한 일들이 벌어지고 있는데 보고만 있어야겠습니까."

"대안이라도 있는 건가요. 우리도 가서 싸우자는 건가요."

"달리 방법이 없다면 가라지들이 다 먹어 치우는 걸 두고만 볼 수 없으니 그러기라도 해야겠지만, 정치를 없애버리기만 하면 됩니다. 정치가 없는데 666이 어디에서 준동하겠습니까. 권력의 탈을 벗겨버리면 버러지만도 못한 666의 실체가 만천하에 드러나게 될 것입니다. 그런 버러지를 한시라도 빨리 때려잡아야 무고한 인간들을 한 명이라도 더 구할 수 있지 않겠습니까."

"때려잡으려면 권력이 필요할 텐데 권력이란 권력은 버려지, 가라지들이 다 장악하고 있는데 무슨 수로 때려잡을 수 있겠어요."

"666은 권력과 돈이라고 하는 두 짐승을 데리고 있습니다. 두 짐승은 가라지들을 데리고 있습니다. 그 가라지들을 회개시켜 알곡으로 환골탈태시키면 두 짐승은 허깨비가 되지 않겠습니까. 666이 그 허깨비를 데리고 뭘 할 수 있겠습니까. 동네 아이들 노리개밖에 더 되겠습니까."

"가라지들을 회개시킨다. 가능하리라고 보시나요? 씨가 다른데, 종자가 다른데 어떻게……?"

"신께서 감나무를 왜 만들어 놓으셨겠습니까. 고욤나무도 감나무가 될 수 있다는 걸 보여주기 위해서이지 않겠습니까. 사탄의 씨로 태어난 사람들은 접붙이기해서 알곡으로, 신의 씨로 태어났으면서도 선악과를 따먹는 사람들은 그 인생에 버그가 생겨서 그런 것이니 선비로 업그레이드시켜주면 돈과 권력에 놀아나는 인간들은 사라지게 될 것입니다. 그렇게 되면 666, 제깟 놈이 무슨 수로, 이웃집 농기구나 훔쳐서 엿이나 바꿔먹으며 살게 될 것입니다."

"선비로 업그레이드시키는 것이 니체가 말한 위버멘쉬 같은 인간을 이르는 말이겠군요?"

"위버멘쉬는 가라지 버전입니다. 선비는 알곡 버전입니다. 아마 겟돈은 사실 저 위버멘쉬와 군자 간의 전쟁입니다. 위버멘쉬는 자기를 통해 완성하려는 짓이고 군자는 신을 통해 완성하려는 의지입니다. 주기론과 주리론의 차이입니다."

"노론과 남인, 이들도 아마겟돈의 일환이겠지요."

"인간들이 짐승으로 고착화될수록 승부 구조는 강철로 굳어져 신의 말씀을 막아내는 방패가 됩니다. 학교에서도 직장에서도 경기장에서도 어딜 가나 전쟁터 아닙니까. 심지어 노래 갖고도, 요리 갖고도 전쟁질 해대는 자들이 인간 아닙니까. 인간은 별이와 커피처럼 이기고 지는 걸 내려놓지 못하는 존재라서, 남한테 무조건 이겨야 직성이 풀리는 구조로 되어 있어서 인간 자체로는 평화에 부적합합니다. 이런 생각을 하면 할수록 독방에 갇혀버린 듯한 기분이 전차군단처럼 쳐들어옵니다."

세상은 강철 짠 무지개다

"일제강점기도 아닌데 왜 일제처럼 누가 이 가슴을 이다지도 짓눌러 대는가 했더니 그놈이 바로 그 강철, 이겨 먹으려고 드는 승부 기질이 강철이겠군요. 아무리 눈 씻고 둘러봐도 겸양의 미덕은 그 어디에서도 찾아볼 길 없고, 온통 눈이 시뻘게져서 덤벼드는 통에 한시도 편할 날이 없는 세상이더니 모조리 강철로 되어 있어서 그렇군요."

"그런 자들이 어디에다가 눈독을 들이겠습니까. 정치판이지 않겠습니까. 그런 놈들이 그리로 깡그리 몰려드니까 흑색선전에다가 내로남불이 난무하는 거 아니겠습니까. 겸양! 뉘 집 애들 이름입니까. 역사적으로 봐도 그렇고 자명하지 않습니까. 어떤 자들이 소인배이고 가라지인지 말해야 알 수 있겠습니까. 그들이 하는 행태가 19금보다 더 흉측하지 않습니까. 청소년에게만 유해한 것이 아니라 노인한테도 유해한 그런 것을 소설도 아니고 뉴스 시간에 매일 틀어주다니, 뉴스 시간에 매일 포르노를 틀어주다니 세상이 미쳐서 날뛰지 않고서야 어찌 이럴 수 있단 말입니까. 다이너마이트상이 욕심나서 그런다면야 이해나 되지, 세상을 말아먹으려고 작정하지 않고서야 어찌 그런 짓을 세상 사람들 앞에서, 특히 청소년들 앞에서 해댈 수 있단 말입니까."

"다 선악과 탓이겠지요. 신께서 말로만 선악과 따먹지 말라고 하실 일이 아니라 경비를 세워두었더라면 어땠을까요."

"가라지를 잡기 위한 덫인데 찾아오는 가라지들을 쫓아버리면 어떻게 잡을 수 있겠습니까. 인간에게 자유의지를 주어놓고 자유를 막으면 어떻게 합니까. 가라지는 자유의지에 따라 권력의지를 부르짖는 니체처럼 선악과를 따먹을 것이고, 알곡은 자유의지에 따라 주리론을 부르짖는 퇴계처럼 생명과를 따먹을 것입니다. 퇴계 같은 사람들만, 생명과를 따먹는 사람들만 있다면 이 세상이 얼마나 효율적으로 돌아가겠습니다. 경제학은 산수에 불과하고 법은 십계명이나 불문헌법으로도 충분하겠지만, 형식상 A4용지 서너 장 정도 적어놓으면 충분할 것입니다. 아담과 이브는 신의 초고이고 두 증인은 신의 퇴고, 탈고이지 않겠습니까. 인류 역사는 가장 아름답고, 가장 효율적인 세상을 창조하기 위한, 신의 스토리텔링이라고 여겨집니다."

"세상은 입시, 고시를 통해 가라지를 뽑고 신은 입시, 고시를 통해 가라지를 가려내겠군요. 입시, 고시를 가라지가 아니라 알곡을 뽑는 제도로 변경하면 어떨까요. 신의 역사에 도움이 되지 않을까요."

"그러잖아도 얼마 되지 않은 알곡들이 전멸할 수도 있습니다. '알곡 되기' '선비야 놀자'라고 하는 학원이 전국에 쫙 깔릴 텐데 눈에 불을 켜고 앞장서서 달려가는 자들이 누구겠습니까. 선비 영역까지도 소인배들에게 다 넘어갈지도 모를 일입니다."

"혹 떼려다가 혹 붙이는 꼴이 되겠군요. 승부를 실크로 짠다면 어떨까요. 첨단과학 기술로 강철을 실크로 어떻게 만들 수 없을까요. 부처님도 그러셨듯이 말세에는 스님들까지 그런다고 하니 중생들이야 오죽하겠어요."

"인간을 그렇게 만든 것은 인간입니다. 인간을 그런 데서 구할 수 있는 것도 인간입니다. 어려울 필요도 없습니다. 학교에서 성적을 없애고, 정치에서 정당을 없애고, 기업에서 이윤을 없애면 됩니다."

"학교의 생명을, 정치의 생명을, 기업의 생명을 없애버리면 세상의 생명까지 위태롭지 않을까요."

"바이러스를 없애지 않으면 위태롭겠지만, 바이러스를 없애면 치료가 되지 않겠습니까. 치료할 수 있는데도 바이러스에 걸린 채로 살아가겠습니까. 보셔서 알겠지만, 이대로 뒀다간 얼마 가지 못합니다. 방법이 있는데도 죽게 그냥 내버려 둬야겠습니까. 이순신 장군도 그러지 않았습니까. 죽고자 하면 산다고, 성적을, 정당을, 이윤을 죽여야 그 짐승이 죽습니다. 그래야 인간이 살 수 있습니다."

"지금 이 세상은 임진왜란 때와 다를 바 없다고 느꼈는데 실제로 임진왜란이군요. 각오를 달리하지 않으면 안 되겠군요, 이순신 장군이 너무나 간절하네요."

"살아오면서 이 사람, 저 사람 그 어느 사람도 탐탁스럽다고 여겨지는 사람이 없었습니다. 나에 대해 진심인 사람은 단 한 명도 없었습니다. 부모 형제까지 그랬습니다. 단 육의 아버지와 영의 아버지만은 예외였습니다. 모두 돈과 권력에 비춰봐서 고무줄처럼 잡아당겼다가 밀어내는 존재들이었습니다. 지피지기면 백전백승이라고 했는데 적을 친구로, 가족으로 알고 살아왔으니, 뒤통수칠 생각만 하는 놈들을 친구라고 가족이라고 여기며 살아왔으니 제 인생은 백전백패였습니다."

"이젠 다 아시니, 앞으로 되어질 일까지 다 아시는데 앞으로는 이순신 장군처럼 백전백승하시겠지요. 로마의 저 콜로세움에서부터 각종 경기장에서 난리 치고 있는 저 관중들을 선비들이라고 한번 생각해보십시오. 매치가 됩니까. 짐승들이라고 한번 생각해보십시오. 딱 들어맞지 않습니까. 경기장에서 싸우는 선수보다 관중들의 경기력이, 이기려고 들이대는 저 욕구가 몇 배나 더 강력하지 않나요. 규모 면에서도 관중들의 저 투쟁, 투지, 실제 경기는 거기에 비하면 볼품없지 않습니까. 누가 마귀 아니랄까 봐 얼굴에다가 울긋불긋 칠까지 해가며 마귀의 본색을 여지없이 드러내고 있는 저 인간들의 작태는 어디에서 나타난 현상일까요."

"인간의 굴레, 자신에게 짓눌리고 남들에게 짓밟혀온 그 실체가 분출하는 현장이지 않겠습니까. 도시에서, 사회에서는 마그마처럼

116

짐승의 본능을 가슴에 품고만 살아오다가 기회다 싶어서 운동장이 마치 밀림인 줄 알고, 초원인 줄 알고 마음껏 터트린 것이 아니겠습니까. 그 관중석이 바로 인간은 인간이 아니고 짐승이라는 실체가 고스란히 드러나고 있는 현장이라고 보입니다. 이 절에 계시는 무섭 스님하고 운동장에서 뛰고 있는 그 스타플레이어하고 비교 한번 해봅시다.”

“영적인 것과 육적인 것과의 차이로 보이네요. 신과 사탄과 같은 느낌이 드는군요.”

“딴따라들도 마찬가지지만, 스타라면 스님 같은 분이 스타여야 하지 어찌하여 공만 갖고 논 놈을 스타라고 한단 말입니까. 사우나에 들어서자마자 허겁지겁 스포츠 채널부터 찾는 어떤 사람을 보니까 그 사람의 일상과 인생이 한눈에 들여다보여서 생전 첨 본 사람한테서 슬픔이 느껴지지 뭡니까. 왜 저런 것에 열광하며 사는지 몰라 눈물이 나오지는 않았지만, 엉엉 울고 싶을 정도로 슬펐습니다.”

“그들의 정신머리가 어쩌다가 돌대가리도 아니고 그렇게 강철대가리가 되었는지 비애에 젖지 않을 수가 없군요.”

“이기는 거, 이기는 거, 이기는 거 그러니까 강철이 되지 않을 수 있겠습니까. 자기들의 그 강철로 짠 정신머리조차 녹여서 더 강력하게 담금질해대는 저 함성과 저 열광, 전형적인 악마의 모습이지 않습니까. 여리고 연약한 개개인들을 한순간에 집어삼켜 버리지 않습니까. 하나가 전체에 의해 하나하나 잡아먹히는 형세가 이 시대의 모습이 아닐 수 있겠습니까. 자기가 자기한테 잡아먹히는 줄도 모르고 군중에 휩쓸려 사탄의 소굴로 빠져드는 이런 형국에서 평화, 어불성설입니다. 한참 전에 물 건너갔습니다. 지구 자체가 악마들의 소굴인 것을, 그냥 악마도 아니고 붉은악마라고 하잖습니까."

"붉은악마! 그러고 보니 승패의 절정으로 만들어진 명칭인 듯하네요. 나치의 갈고리 십자, 하켄크로이츠와 같은 개념이겠군요. 강철이 아니라 실크로 짜놓은들 그 실크로 패션이니 뭐니 하면서 몸에 걸치고 돌아다닐 판이니 실크도 무용지물이겠어요. 평화에는 절망밖에 없다니 참담하군요."

"그렇지만도 않습니다. 지금은 명량해전과 같은 상황입니다. 12척의 배로 133척, 절망이지만, 절망의 늪에서 벗어나 그 12척으로 승리하지 않았습니까. 몇백이 아니라 몇천, 몇만 척이라 하더라도 우리는 승리할 수 있습니다. 이순신을 통해 신께서 다 보여주지 않았습니까."

"이순신뿐만 아니라 성경도, 불경도, 수많은 예언서도 승패를 다 말해버렸으니 재미없는 게임이겠네요. 특히 게임이라면 미쳐 날뛰는 가라지들은 김새겠군요."

"구원과 심판의 갈림길에서 마수에 갈려 정신 못 차리고 살아온 인생을 피를 토하며 후회하게 될 텐데 김새고 말고 할 경황이 어디 있겠습니까. 지금이라도 정신 차려서 무신론자, 유물론자, 주기론자 이런 좌파들이 이기려고 하는 이기심을 때려 부수고 마귀의 소굴에서 탈출해야 합니다. 탈북민처럼 탈출을 감행하는 그 정신이 바로 사랑입니다. 사랑을 품고 신의 품으로 귀순해야 합니다."

"휴전선에서 대북방송을 할 것이 아니라 도시마다, 마을마다 확성기를 설치해서 '신의 품으로 귀순하라,'라고 방송해야겠군요."

"축구든 야구든, 진들 이긴들 인생이 달라집니까. 역사가 바뀌겠습니까. 이순신이 지고 이기면 인생이, 역사가 바뀌는 일인데 그런 곳에, 아마겟돈에 정신 팔지 않고 뭐 하는 짓들인지 모르겠습니다."

"학교에서 성적을 빼듯이 경기에서 승부를 빼버리면 가라지들도 구제할 수 있는 무슨 방도가 생기지 않을까요."

"관중석이 텅텅 비겠지만, 그런데도 관중석을 채우는 자들이야말로 평화를 만들 수 있는 사람들이라고 봅니다. 이기고 지는 것을 떠난 자리, 거기에서 움트는 사랑, 이것이야말로 평화 아니겠습니까. 그런 평화를 누리는 것, 그것이야말로 회개 아니겠습니까."

"아무리 이기고 지는 것이 있더라도 강철이 아니고, 실크도 아니고 정신구조를 사랑으로 짠다면 인류가 인류한테 총질하진 않겠지요. 그 총구를 사탄·마귀한테로 돌리게 되겠지요. 이기려고 하는 그들의 근성을 밑천으로 존재하는 것이 사탄·마귀니까 총구가 돌아가기도 전에 사탄·마귀는 흔적도 없이 사라지고 없어지겠지요."

"앞으로 엄청나게 바빠지게 생겼습니다."

"왜요?"

"몰랐으면 몰라도 하자가 있다는 걸 알면서도 그냥 있을 수 없잖습니까. 강철로 된 승부 기질을 전부 사랑으로 리콜해야 하지 않겠습니까."

"그리만 된다면 부처님 말씀을 수정해야겠군요. '세상은 고해가

119

아니고 세상은 사랑이다.'"

바람이 없는데도 구름이 바삐 서두르고 아직 어두워지기 전인데도 별들이 성급하게 반짝인다.

이념은 죽어야만 사랑이 된다

"인간이 인간을 사랑한다면 세상이 고해일 리 있겠습니까. 한 여자도, 한 남자도 제대로 사랑하지 못하잖습니까. 오죽하면 결혼은 무덤이라고 하겠습니까. 생각이 서로 겹쳐지지 못하니까 새들이 우리를 무시하듯이 서로 무시하니까 고해가 되지 않을 수 있겠습니까. 사람보다 반려동물하고 커뮤니케이션이 더 잘되지 않습니까. 반려동물에 쏟는 정성을 보면 생각이, 마음이 딱 맞아떨어지는 대상이 얼마나 간절했으면 저러는지 알 듯하지 않습니까."

"별이를 데리고 옥상에 한 번 올라간 적이 있었는데 담벼락 수풀에서 열심히 먹이 작업을 하는 물까치가 낮은 포복으로 접근하고 있는 별이를 발견하고는 놀라서 까악 깍 거리는데 얼마나 심하게 야단법석을 떨던지 얌전한 새가 아니더군요. 놀랐으면 날아가면 될 터인데 계속 주변을 날아다니며 소란을 피우더군요. 그다음에 가니까 어떻게 알았는지 자기 친구까지 데리고 나타나 까악 깍 거리지 뭡니까. 이 층에 있는 놀이터에도 나타나는가 하면, 우리 집 창가 앞 가로수에도 나타나 놀자고 까악 깍 거리면 나는 못 들었는데 별이는 쏜살같이 창가로 달려가더군요. 그 새의 심정과 반려동물을 기르는 사람들의 심정과 묘하게 일치하는 듯싶더군요. 한번은 나뭇가지에 두 마리가 나란히 앉아서 별이를 내려다보고 있었는데 준비해간 해바라기씨와 쌀을 줬더니 쳐다보지도 않기에 팔을 높이 들어 손바닥에 쥐봤는데도 꿈쩍도 하지 않더군요. 그런데 그 이후로는 그 새들이 별이한테 다시는 나타나지 않았어요. 별이한테도 미안했지만, 한동안 실연당한 기분에서 벗어나지 못했어요."

"까치한테 말 걸었다가 차였군요. 별이한테 까치 꼬시는 법을 배워갔더라면 성공할 수 있었을 텐데 아쉽습니다."

"가르쳐 달라고 한들 가르쳐주겠어요. 왜 별이는 되는데 나는 안 되는 걸까요."

"별이처럼 순수하지 못하기 때문이지 않겠습니까. 고양이와 새는 그렇게 잘 통하는데 인간은 인간과 왜 꽉 막혀있겠습니까. 사랑이고 뭐고 모든 상황에 돈과 권력을 적용시키니까 지저분하고 더러워서 누가 진정한 사랑을 할 수 있겠습니까. 진정한 인간관계가 어떻게 만들어질 수 있겠습니까. 진정한 인간관계가 없는데 진정한 세상이 만들어질 수 있겠습니까."

"사랑도 돈으로 만들고 권력도 돈으로 만든 세상이니, 이런 세상은 존재할 가치가 전혀 없겠군요."

"호화로운 저택에 누가 살겠습니까. 마귀들이 뽐내며 살고 있지 않겠습니까. 여의도 국회에 누가 살고 있겠습니까. 돈 뿌린 놈, 돈 먹은 놈들이 침을 질질 흘리며 살고 있지 않겠습니까."

"권력과 연관이 있는 언론계나 법조계. 선관위 등에 누군가가 돈을 들고 왔다갔다거리더군요."

"마귀들의 물밑 작업이겠지요. 민생을 위해 뽑아준 정치인들이 민생에 골몰하라고 세비를 주는데 그 세비로 자기들 권력 차지하는 데 골몰하고 있는 현장이지 않겠습니까. 권력을 돈으로 거래하는 저 흉측한 놈들이 오늘도 펜을 들고, 법복을 입고 한자리 차지하고 있는 현실이 바로 민주주의입니다. 민주주의 결과, 이런데도 민주주의, 민주주의 하실 겁니까."

"제가 언제 그랬다고 그러세요. 전 그렇게 무식하지 않습니다. 저기 저 무식한 세상 사람들한테 가서 그러세요."

"신께서 가만있을 리 있겠습니까."

"하늘에 채운이 뜬 걸 보면 전륜성왕이 오신듯하더군요. 자기들이 해온 행태가 들통날까 봐 너도나도 막말을 지껄여대는 걸 보니 전륜성왕이 오신 것만으로 가라지와 알곡이 자동으로 구분되는 듯하더군요."

"비상계엄이라도 발동하면 숨어있던 가라지들도 모조리 드러나게 될 것입니다. 가라지들은 민주주의의 찌꺼기들입니다. 민주주의를 없애면 초등학교 때부터 도박이나 일삼던 자들이 나라까지 어지럽히는 일은 사라지게 될 것입니다. 선비는 누가 시켜줘도 세 번은 사양한다고 하지 않습니까. 애초부터 민주주의는 선비를 대상으로 만들어진 체재가 아니라 가라지들을 대상으로 만들어진 체재입니다. 선비가 수치스럽게 누가 시켜주지도 않았는데 자기가 하겠다고 확성기까지 틀어놓고 시끄럽게 유세하고 심지어 흑색선전까지, 거기에서 더 나아가 부정 선거까지 서슴지 않잖습니까. 정치하겠다고 나서는 자들은 모조리 돌쌍놈들이 아닐 수 없습니다. 나라가, 세상이 이 모양인 이유가 무엇인지 분명하지 않습니까."

"돌쌍놈들이 똥파리처럼 꾀는 것이 정치이니, 정치야말로 666이겠군요. 그렇지만 무슨 수로 666을 때려잡을 수 있겠어요."

"전륜성왕이 괜히 오셨겠습니까. 666을 때려잡기 위해 오시지 않았겠습니까. 우리가 일어서야 합니다. 마틴 루터킹 목사도 그러지 않았습니까. '궁극의 비극이란 악한 사람들이 저지르는 억압과 잔인함이 아니라 선한 사람들이 그러한 일들을 못 본 척하고 침묵하는 것이다.' 궁극의 비극을 떨쳐버리기 위해, 신을 위해 우리는 분연히 일어나야 합니다."

"신께서 예언하신 대로 그대로 이루어지겠군요. 격암 남사고 선생께서 예언한 소두무족이란 무엇일까요. 미사일이라고 하는 사람들도 있던데요?"

"신인 줄 알지 못한다고 하지 않았습니까. 미사일이 신이겠습니까. 시동인에서 콘도에 모임 하러 갔었는데 공직에서 퇴직한 지 얼마 되지 않았다고 하는 분이 새로 오셔서 그러셨습니다. 자기 자녀들이 누구 찍으면 좋겠냐고 물어봐서 '자기하고 조금이라도 연관이 있던지, 아니면 그 측근 하고라도 조금이라도 앞면을 튼 사이라면 무조건 그 사람 찍으면 된다.'라고 했다며 자랑스럽게 얘기하는 것이었습니다. 그러고 나서 채 한 달도 되지 않아 그 사람이 죽었다고 하였습니다. 원래 암이 있었다고는 했지만. 그렇게 심각한 상태는 아니라고 했었는데 그런데도 죽은 것은? 사고가 있었던 것도 아닌데, 멀쩡했는데 왜 그렇게 죽어야 했겠습니까? 신의 의도가 아니었겠습니까. 소두무족이 하신 일이 아니겠습니까. 자녀들에게 교육한답시면서 어떻게 저따위 말을 한단 말인가 싶어서 그 사람을 무시하기는 했지만. 전라도도 그렇고 경상도도 다 그러니 그 당시로서는 그것이 그리 심각하리라고는 미처 생각하지 못했습니다."

"짐승의 표가 바로 그런 투표를 의미하는 것으로 보이는군요."

"사업해서 대박 터트린 이종사촌 동생이 돈 좀 벌었다고 나를 깔아뭉개려고 하지 뭡니까. 인간 취급하지 않았는데 인간 취급받지 못하게 되었습니다. 평탄한 길이었는데도 갑자기 차가 뒤집혀 동행들은 멀쩡한데 그 친구만 직사했다지 뭡니까. 사이비종교 교도한테 그 종교의 거짓을 따지고 드니까 나를 헤치려고 들더니 갑자기 입원했다가 갑자기 죽었다지 뭡니까. 모두 소두무족이 하신 일이지 않겠습니까. 마지막 심판 때 형 집행을 하는 신의 사자임이 분명합니다."

"가라지들의 종말이 어떻고 신의 심판이 어떤 것인지 알 듯하네요. 경전이니 예언이니 하는 것들은 모두 신께서 깔아놓은 복선이겠군요. 홍익인간을 위해 한 표 던진 사람들이 몇 명이나 될까요. 큰일 났군요. 어쩌면 좋죠?"

"불의를 보고 저항하지 않으면 큰일이겠지만, 토머스 제퍼슨은 아무리 법이어도 아무리 민주주의여도 불의한 것에 저항하는 것은 의무라고 하지 않았습니까. 정치, 666 그것이 불의하니 쳐부숴야 합니다. 그리만 된다면 짐승한테 표 찍을 일, 표 받을 일 없지 않겠습니까. 경상도니, 전라도니 쪼개질 일 없을 테니 자연스럽게 화합하지 않겠습니까. 네로 같은 자를 없애버리면 네로 같은 자들 꽁무니 졸졸 따라다니는, 개돼지들 깡그리 없어지지 않겠습니까."

"말조심하세요. 지난번 재벌 집 자제가 그런 소리 했다가 결딴난 적 있었잖아요."

"재벌 집 자제도 아닌데 무슨 소리 한들, 누구 집 개가 짖나보다 할 테니 걱정할 거 없습니다. 신께서 선악과를 따먹으면 짐승이 된다고 하셨으니 행패를 부리려면 신께 부려야지 애꿎은 아이한테 왜 그런답니까. 개돼지 정도만 돼도 봐줄 만하지만, 개돼지만도 못한 놈들이니 떠들어봤자 불쏘시개밖에 더 되겠습니까."

"부자는 천국 가기 힘들다고 했는데. 지난번 그 일은 가라지들이 알곡을 불살라버린 꼴이겠군요. 신학적인 행태가 역행한 사건이라고도 볼 수 있겠군요."

"그런 일이 한둘이 아니니 신께서 가만있을 수 있겠습니까. 자기들 세력으로 못할 게 없다고 길길이 날뛰던 놈들 어떻게 될지 두고 볼 일입니다."

"사람들이 사랑한다. 선악과 따먹는 자들이 사랑한다. 개돼지만도 못한 놈들이 사랑한다. 숭고하고 순결한 그런 사랑을 그런 자들이 한다. 사랑이 도박이거나 사기라면 이해되지만, 아무리 끼어 맞혀봐도 이해되지 않는데 죽도록 사랑한다고 그러질 않나, 결혼까지 해서 아이까지 낳고 잘 사는 거 보면 정말 이해에 대한 한계를 절감하게 되더군요. 이 세상 모든 동물이 그러니 그러려니 하면 이해하지 못할 바도 없겠지만, 가라지들이 진정한 사랑을 할 수 있을까요. 그런 자들이 민주주의를 할 수 있을까요. 사회주의를 할 수 있을까요. 차라리 개돼지들한테 민주주의를, 사회주의를 하라고 하면 이보단 훨씬 잘하지 않을까요."

"개미들 한번 보십시오. 그 사회체제가 한 번이라도 무너진 적이 있었습니까. 선악과 따먹느라 정신 못 차리는 그런 놈들한테 정치를 맡기다니 고양이한테 생선을 맡기는 꼴인데 민주주의인들 온전하겠습니까. 사회주의인들 온전하겠습니까."

"개미도 할 수 있는데 인간들은 왜 못하단 말인지 말과 글이 있어서 그런 것은 아닐까요. 보이스피싱 같은 것도 말과 글이 없었다면 불가능하잖아요."

"개미인들 말과 글이 없겠습니까. 종이와 펜은 없게지만, 그들의 유전인자가 글이지 않겠습니까. 인간들도 그 유전인자에 따라 유물론자들이 되고 관념론자들이 되지 말과 글로 되는 건 아니라고 봅니다. 아리스토텔레스나 이이가 관념론자가 될 수 있겠습니까. 플라톤과 이황이 유물론자가 될 수 있겠습니까. 콩은 콩대로, 팥은 팥대로 살 수밖에 없습니다. 아리스토텔레스는 아리스토텔레스대로, 개미는 개미대로 살 수밖에 없습니다. 우리가 셋톱박스 사업을 하고자 하는 것은 소크라테스처럼, 플라톤처럼 태어났으면서도 아리스토텔레스처럼 살아가는 사람을 구제하고자 하는 의도입니다. 아리스토텔레스처럼 태어났지만, 소크라테스로 환골탈태할 수 있는 사람을 돕

자는 취지 아니겠습니까."

"어떻게 환골탈태할 수 있죠."

"감나무 있잖습니까. 고욤나무였지만, 접붙이기로 감나무가 되잖습니까. 수행이나 수도가 그 접붙이기 과정이지 않겠습니까."

"코리안 타임을 아직 수정하지 못해서 시작이 늦을까 걱정이네요. 늦지 않게 서둘렀으면 좋겠는데 뭐부터 어떻게 해야 할까요."

"우선 에덴동산으로 가서 아담과 이브한테 선악과를 따먹지 못하게 뜯어말립시다."

"뱀은 돈과 권력으로 공세를 펼치는데 맨입으로 될까요?"

"셋톱박스가 있잖습니까. 그것으로 안 될 시에는 뱀을 때려잡아야 합니다. 땅꾼들과 함께 가면 일도 아닐 것입니다."

남북통일은 아담과 이브의 면죄부이다

에덴동산, 학교도 정치도 없는 그곳이 어찌하여 저주받은 곳이 될 수밖에 없었는지, 학교와 정치를 만들게 된 단초가 되었는지 확인할 수 있다고 생각하니 그야말로 인생 여행이겠구나 싶었다. 초대하지 않은 우리를 그들이 어떻게 맞이해 줄지, 그 첫인상이 나의 시원이겠지. 그 태초에서 생각하고 있을 나의 시원을 생각하니 내 의식이 시간과 공간 위로 들떠 오른다.

"남북분단은 아담과 이브가 뱀의 꾐에 넘어가서 만들어진 극단의 현상 중의 하나이니까 아담과 이브가 꿋꿋하게 언약을 지키든지, 우리가 뱀을 잡든지 하면 그런 현상은 안개 걷히듯이 걷히겠지요.”

“남북통일이 바로 아담과 이브가 면죄부를 받게 되는 사건이 될 것입니다. 아담과 이브의 죄부터 시작해서 면죄까지 인류 역사는 남북분단을 향해 치달아 왔고 남북통일을 향해 치달아가고 있습니다. 그 과정 과정마다 가라지들의 실체를 하나하나 파헤쳐왔습니다. 네로, 히틀러, 박정희, 김대중을 거쳐 우리는 마지막 최악의 순간 적그리스도의 실체를 감상하기에 이르렀습니다.”

“결국에는 아담과 이브는 가라지와 알곡을 가려내기 위한 장치였던 것으로 보이네요.

“임진왜란이나 일제시대가 있어서 우리나라와 일본의 실체를 가릴 수 있었고, 동인과 서인, 그리고 독립투사와 친일파를 가릴 수 있었겠습니까. 남북분단이 없었다면 우리가 어떻게 종북좌파니, 친북좌파, 주사파들을 가려낼 수 있겠습니까. 자동감별기처럼 역사가 저절로 가려내 주지 않습니까. 내가 가라지다. 내가 가라지다. 손을 들고 저요. 저요. 하면서 서로서로 자동으로 튀어나오지 않습니까.”

“어느 탈북인사가 그러던데 자기들은 그곳에서 벗어나려고 목숨을 걸고 탈출했는데 그곳을 지지하고 추종하는 자들을 보고 머리가 어디에 탁 걸려 멈춰버리더라는 거예요. 이해 제로 상태의 그 표정, 그 표정이야말로 가라지와 알곡의 간극인 듯하더군요. 알곡의 세계와 가라지의 세계는 그 근본에서 상식부터 완전히 다른, 요단강의 이쪽과 저쪽인 듯하더군요.”

"이해할 수 없는 가라지들의 그 실체가 나라도, 국민도, 이웃도, 가족도, 수치심도, 신도 아랑곳하지 않고 오직 자기 자신 하나에 매달려 광화문 광장에서 발가벗고 뛰어다니며 놀고 있지 않습니까. 그 탈북인사가 그 꼴을 본다면 걸려서 돌아가지 않던 고장 난 머리가 원활하게 잘 돌아가게 될 것입니다."

"역도들인데 어찌해서 그냥 내버려 둔단 말인가요."

"민주주의, 그 때려잡아 죽여도 시원치 않을 민주공화국, 가라지 공화국이니 어찌겠습니까. 조선 시대 같았으면 능지처참을 하고도 남았을 놈들이 자기들이 대통령 하겠다고 지랄발광이지 않습니까. 역도들을 능지처참시키지 못하면 그 민주주의, 가라지주의라도 능지처참시켜야 하지 않겠습니까."

"콩가루 집안, 콩가루 나라가 어떤 것인지 한국을 보면 훤하겠군요. 그렇다고 왕정으로 돌아갈 수도 없고 그거참 문제네요."

"문제가 있으니 가라지를 가려내고 알곡을 쉽게 가려낼 수 있지, 문제가 없다면 무슨 수로 가릴 수 있겠습니까. 문제야말로 최선의 수단이지 않겠습니까."

"분단도 그렇지만 국론분열도 다 그놈의 가라지들 때문이잖아요. 알곡을 추수하기 전에 통일해야 할 텐데, 그 걸림돌을 어떻게 처리하면 좋을까요?"

"일단 아담과 이브를 만나서 회개할 수 있도록 이끌어보십니다. 약속을 안 지키는 여자하고, 약속을 안 지키는 남자하고 어떻게 같이 살 수 있냐고, 그러면 같이 살기 위해서라도 약속을 지키는 사람으로 바뀌지 않겠습니까. 그리만 된다면 지나간 역사야 돌이킬 수 없다손 치더라도 앞으로 전개될 역사는 구원의 역사가 될 터이니 통일은 안 개 걷히듯이 되지 않겠습니까."

"남북분단뿐만 아니라 나라와 나라로 갈라진 산과 들, 강과 바다, 초원과 밀림이 모두 하나로 이어지고 연결되겠군요."

"예전엔 가려고 해도 갈 수 없었으니 여기저기에서 부족을 이루며 오순도순 살 수밖에 없었지만, 지금은 지구촌 아닙니까. 전 세계가 하나의 촌락 아니겠습니까. 그런데 한 나라가 두 쪽이 나서 오지도 가지도 못하다니 웃기지도 않지 않습니까. 단 한 사람 때문에, 이것 은 인간들이 얼마나 웃기지도 않은 존재들이라는 것을 보여주기 위 해 만들어 놓은 신의 설정이지 않겠습니까."

"남북을 하나로 만드는 것보다 세계를 하나로 만드는 것이 훨씬 쉬울 듯하네요. 북한이 이 세계에 속해 있는 이상 남북통일은 저절로 이루어지지 않을 수 없겠지요." 햄릿이 하나의 작품이듯 세상도 하 나일 수밖에 없지 않겠어요. 남북도 이런 진리에서 벗어날 도리는 없 겠지요."

"신은 유일한데 세계가 갈래갈래 쪼개져 있다는 것이야말로 비진 리 아니겠습니까. 정치도, 종교도 어디에다가 초점을 맞춰야 할지 몰 라 어지럽습니다. 탈북자들의 행위야말로 비진리에서 진리로 전환 하는 에너지 아니겠습니까. 탈북자들의 그 에너지가 퍼지고 퍼져 세 계는 결국에 물이 흐르고 흘러 만나듯이 하나가 될 수밖에 없을 것입 니다."

"비진리에서 진리로 전환하는 탈북자들의 형태가 회개겠군요. 하나가 된다는 건 국가가 해체된다는 말인가요?"

"국가도 종교도 인류가 쌓아온 찬란한 전통이고 유산 아니겠습니까. 이집트이던지 인도, 멕시코, 그 유구한 문화를, 뿌리 깊은 종교들의 뿌리를 뽑아버린다면 인류는 그야말로 지구에서 부리 뽑힌 채 내동댕이쳐진 꼴이지 않겠습니까. 그건 인류의 자멸입니다. 사이비종교 같은 거, 사이비 국가 같은 거, 두 짐승 권력과 돈 같은 건 불살라버려야겠지만, 국가도 종교도 더욱더 장려하고 더욱더 활성화시켜야 하지 않겠습니까. 다만 내가 옳고 네가 그르다고 하는 울타리, 그 경계를 제거한다면, 옳고 그름이 없는데 어찌 둘이겠습니까. 진리가 어찌 둘이겠습니까. 우리는 진리 안에서, 신 안에서 다르면 다를수록 더 아름답고 다르면 다를수록 더 하나가 되지 않겠습니까."

신을 확신할 것인가 자신을 확신할 것인가

"말은 우리 두 사람이 하고 있지만, 내용은 둘이 아니고 하나인 것 같네요."

"둘이었으면 누구 한 사람은 벌써 이 자리를 떴을 것입니다. 절에 와 계시는 걸 보면 불교 같은데 말씀하시는 걸 보면 기독교 같고 어느 쪽이십니까?"

"초등학교 동창 중에 스님이 있어요. 그 친구 따라 고승들 법회에

몇 번 가봤는데 지남철처럼 확 끌어당기는 힘이 있더군요. 중고등학
교를 미션 스쿨에 다녀서 그런지 믿음의 기저에는 기독교적 가치가
자리하고 있는 터라 불교로 넘어가지도 못하고 기독교에만 머물지
도 못하는 그런 상태예요. 이런 상태에서 생각해보니 기독교는 하드
웨어적인 종교이고 불교는 소프트웨어적인 종교가 아니겠는가 싶더
군요. 신은 운영체제로 비유할 수 있을 것 같더군요."

"우리의 정신세계도 제대로 작동하려면 컴퓨터처럼 그렇게 구성
되어 있지 않을 수 없을 것 같습니다. 불경만 알아서, 성경만 알아서
될 일이 아니라는 사실이 자명합니다. 하드웨어만 갖고 뭘 어쩌겠습
니까. 소프트웨어만 갖고 뭘 어쩌겠다는 것인지 아연합니다."

"세상도 하나이고 신도 유일하니 모든 종교가 거기에 맞춘다면 문
제 될 일 없지 않겠어요.?"

"신은 유일하지만, 종교는 유일하지 않고 사람도 유일하지 않기
때문이지 않겠습니까. 물의 본질은 하나이지만, 물의 현상은 사람의
수만큼 많잖습니까. 종교가 본질에 의해 만들어지지 않고 현상으로
만들어졌기 때문에 많지 않을 수 있겠습니까. 같은 교회, 같은 절에
다닌다고 하더라도 종교를 똑같이 생각하는 사람이 단 한 커플이라
도 있겠습니까. 지문이, 얼굴이 똑같은 사람이 단 한 커플이라도 있
겠습니까. 종교의 수는 사람의 수와 일치하지 않겠습니까. 그런 종교
를 마구잡이로 뭉쳐놓은 것이 종교단체 아니겠습니까. '마라나타'
하면서 예수님의 재림을 그렇게 불러대다가 미륵이 오시면 어떻게
하려고 저러는지 알다가도 모르겠습니다. 재림주와 미륵이 같이 오

시면 어느 장단에 맞춰 춤을 춰야겠습니까. 저기 산문 초입에 불이문이라고 있잖습니까. 진리가 둘이 아니라는 것을 알면서도 종교가 둘이 아니라는 것은 왜 모르는지 정말 알다가도 모를 일입니다."

"'기독교와 불교는 둘이 아니다.' 이 말이겠군요. 기독교가 아니고 불교가 아니고 기독불교여야 하겠군요."

"붓다는 오백 년 후에 예수가 온다고 했고, 예수는 인도로 갔다고 하지 않습니까. 교회와 절이 완전 별개듯이 예수와 붓다가 완전 별개겠습니까. 영어, 수학을 공부하듯이 기독교 과정, 불교 과정으로 분류하여 모두 이수하는 것이야말로 진정한 종교 아니겠습니까. 신을 찾아가는 진정한 도가 아니겠습니까."

"합치고 합쳐지지 않고 쪼개지고 쪼개지기만 하는 걸까요?"

"선악과를 따먹고 따먹으려고 하니, 종교를 따먹고 따먹으려고 하니 그러는 게 아니겠습니까. 자기들이 짐승이면서 짐승을 규탄하는 괴기스러운, 코미디 같은 현상이 종교계의 실상 아니겠습니까."

"신앙에 빠져드는 것이 아니라 자신한테 빠져들어 자기 자신을 신앙하는 광신자들의 얼굴은 눈 버릴까 봐 차마 쳐다볼 수 없을 정도로 그 빛이 강렬하더군요. 자기라고 하는 한계에 꽁꽁 묶여 요지부동이다 보니 다른 종교에 대해서 가혹하리만큼 폭력적이지 않은가 싶더군요."

"정신상태가 숫제 차돌이 되어버렸는데 빛나지 않을 수 있겠습니까. 이단에 빠져든 사람일수록 그 확신은 지고지순하여 차돌이 아니라 금강석이었습니다. 눈이 부시도록 민망스러운 이런 걸 아름답다고 과시하는 꼴을 보고 있자면 이건 신에 대한 모독 이전에 아름다움이라고 하는 단어에 대한 모독이지 않겠습니까."

"서로가 서로를 쳐다보니 서로 너무 민망스러워서 터지고 만 것이 종교전쟁이었던 것 같군요. 무지, 그 극치가 종교전쟁 아닐까요"

"어리석기만 했더라도 천만다행이겠지만, 그런 무식에다가 유물론자들의 트레이드마크 권력 의지가 붙어버리니까 야시꾸리한 일들이 속출하지 않습니까. 오빠 아빠 자빠져 가면서 꼬여 드는 꼴이 똥파리 꼬이는 꼴이지 않습니까. 역겨운 그런 냄새를 좋아하는 종자들이 확실하게 존재하긴 하지만, 너무 많은 것이 문제인입니다. 똥파리들이 밥상에서 왕왕거려 보십시오. 대통령대통령거려 보십시오. 밥을 어떻게 먹겠습니까. 월드컵에서 관중들이 왜 그렇게 열광하겠습니까. 학교 다닐 때 상 타보지 못한, 이겨보지 못한 그 한풀이 하는 것이 아니겠습니까. 스타플레이어한테, 권력자한테 빌붙어서 사회에서만큼은 상 타보겠다고, 이겨보겠다고 발악하는 모습 아니겠습니까. 짐승들의 적나라한 모습 아니겠습니까. 시대마다 세상 곳곳에서 괴상망측한 일들이 터져 나오는데도 역사책 앞에서 눈만 끔뻑거리고 있어야 한다니 정말이지 미칠 노릇입니다. 그 시대에 갈 수도 없고, 간들 이 시대에서도 아무 손도 못 쓰는 주제에 속이 다 썩어 문드러질 지경입니다."

만법귀일 일귀하처

그의 좌측 뒤편에서 좀 틀어져 앉아 있는 나를 나뭇잎을 들춰가며 비춰대려고 무던히도 애쓰던 햇살이 산그리메에 묻혀버렸다.

"에덴동산의 그 뱀으로부터 시작하여 지금 물질만능주의 시대까지 이 세상을 주물러댄 사탄을 쳐부수기 위해선 종교가 힘을 합쳐야 할 텐데 여기에서 걸리네요."

"사탄에 속해 있는 종교가 절반이 훨씬 넘겠지만, 신에 속해 있는 종교와 우리가 힘을 합친다면 식은 죽 먹기입니다."

"절반 넘는다면서요?"

"용광로가 있지 않습니까. 그리고 신의 뜻이 있지 않습니까. 우리는 하나로 돌아갈 수 있습니다. 처음으로, 에덴동산으로 다시 돌아갈 수 있습니다. 선악과 대신 생명과를 따먹으며, 신의 축복 속에서 사랑을 누리며 새로 시작할 수 있습니다."

"우리에게 내려오는 천부경이 바로 이런 내용을 담고 있는 경전으로 여겨지네요."

"불갑사에 갔다가 그 지역 방장스님을 만나 '만법귀일 일귀하처'라고 하는, '모든 것은 하나로 돌아가는데 그 하나는 어디인가.'라는 화두를 하나 받았었습니다. 받아만 놓고 생각 없이 지내왔는데 알고 보니 천부경을 한 줄로 줄인 말이 아니겠는가 싶습니다. 그 하나가 바로 신이지 않겠습니다. '신으로부터 와서 신으로 돌아간다.' 신의 원리를 담아놓은 경전이 천부경이고 신의 작용을 담아놓은 경전이 성경이라고 봅니다. 불경은 신의 운용을 담아놓은 경전이라고 여겨집니다. 사실 아무것도 모르지만, 말이 되는 것 같지 않습니까.”

“말이 되고 안 되고보다 말로 정의하느냐 하지 않느냐가 주요하지 않을까요. ‘햄릿은 누구의 작품이냐.’와 같은 질문이겠군요. 화두를 푸신 거나 다름없으니 그냥 넘어갈 수 없겠는데요. 술 하시죠?”

“조금 합니다.”

“저녁에 별다른 일 없으면 저기 산장에 가서 제가 축하주 한잔 사겠습니다.”

“이 산중에서 일은 있을 리 있겠습니까. 제가 한잔 사야지요.”

햇살의 연주가 사그라든 자리에서 풀벌레들의 합창이 산곡풍을 타고 잔잔하게 밀려든다. 서울에는 지금 찜통더위일 텐데 해가 지니 여긴 팔목이 서늘하기까지 하다. 서울보다가 오륙 도나 낮으니 그럴 법도 하였으나 기온 때문이 아니었다. 사물에 덧씌워진 생각이 두툼한 옷을 껴입은 듯이 후덥지근하였는데 옷을 훌훌 벗어 던지듯이 생각을 벗어던지고 나니까 기온이 내 몸에 최적화되었다. 어딘가로 무한정 달려가도 좋을 것만 같고, 나를 기다리고 있는 별을 찾아 무한히 날아가도 좋을 것만 같았다. 그도 저도 않고 이렇게 가만히 있기만 해도 좋기만 했다. 나 대신 별들이 여기로 날아오고 있다고 새들이 부산을 떨며 전해주는 한여름 해거름이다.

고개를 들어 별이 어디쯤 날아오는지 찾아보는데……!

“저기 한번 보세요. 인간들이 자기 이익에 눈이 멀어 준동하는 모습들이 광대하게 펼쳐지는 저 파노라마! 장관이지 않습니까.”

“예! 해는 넘어갔지만, 저 구름은 아직도 햇빛을 받고 있군요.”

저 구름, 저 햇빛 저 너머에서 별이 날아오는 소리를 폴 모리아 악단이 신라 시대에서 연주한다. 그런데 거기에다가 대놓고 장보고 밑에 있는 어느 장수가 '물은 돈이다.'라고 소리치니까 그 뒤쪽에 있던 어느 육두품 출신이 '물은 권력이다.'라고 맞받아치는 통에 이지 리스닝이 랩으로 변해버렸다, 그 영상과 이 음향을 한번 잘 편집해 보면 세상에 대한 그럴듯한 작품 하나 나오지 않을까 싶다.

그 동영상이 산등성이 위에서 돌아가고 있었다. 돌아가는 영상과 영상 틈에서 폭풍전야 같은 적막이 일어나 내 형상을 빨아들인다. 그의 형상도 내 형상에 휩쓸려 우리는 사라진다. 그 빈자리로 풀잎의 기억들이, 물빛의 흔적들이, 바람의 리듬들이 과거로부터, 미래로부터 속속들이 몰려들더니 산모퉁이를 마구 파헤친다. 그러자 그 속에서 거대한 십자가가 드러났다. 형상이 사라진 그가 일어나더니 자갈밭으로 가서 둥그런 돌멩이와 길쭉한 돌멩이를 주워 들고서는 자세를 가다듬고 두들겼다.

"나무아미타불 관세음보살 나무아미타불 관세음보살……."

"하늘에 계시는 우리 아버지 이름을 거룩히……."

그는 염불을 나는 주기도문을 외우고 있을 무렵 누가 산문 어귀에서 그를 불렀다.

"주혁아! 밥 먹으러 가자."

"십자가와 염불이 멋들어지네요. 공양하러 가실까요."

행사가 있어서 그런지 공양 시간이 많이 늦춰졌다. 그가 그 어마어마한 십자가를 짊어 메고 내 뒤를 따라오고 있었다. 저것이 어떻게 가능한 건지 놀라웠다. 한 발짝 한 발짝 내디딜 때마다 지축이 흔들 거렸다. 내 몸이 앞으로 수그러진 채로 걷고 있는 걸 보니 지축이 틀어졌거나 중력이 틀어진 듯하였다. 어떻게 이런 일이 벌어질 수 있단 말인지 너무 괴기스러워 뒤를 돌아볼 수도 없었다. 어느 순간 내 몸이 바로 서기에 뒤돌아봤더니 십자가는 온데간데없고 대신 오른쪽 어깨에 카메라를 걸머멘 그가 얌전하게 따라오고 있었다. 환시였던 것일까. 어젯밤 꿈이 현실에 개입해서 생긴 현상인 듯하였다.

사바세계는 늘 열 받는 곳이라 무더웠는데 거기에다가 연일 최고치를 치달아 오르는 기온이 더해지니까 견디기 어려웠다. 게다가 사회 시스템을 육천 년 동안 한 번도 수리하거나 교체한 적이 없어서 그런지 범죄자들을 감옥에 가두지 못할 정도로 고물이 되어 있는 판국이었다. 범죄자들과 함께 살아가야만 하는 이 세상은 감옥이나 다를 바 없었다.

죄도 없이 감옥에 갇혀 지낼 수 없어서 탈옥을 감행하였다. 그곳의 저편을 찾아 허둥지둥 도망쳐 온 곳이 여기였다. 여름 더위는 에어컨으로 커버할 수 있다지만, 사바의 더위는 대책이 없었다. 그렇게 돈, 돈 그러면서 사바 더위 하나 막을 수 있는 기계 하나 못 만들다니, 세상이 너무 어처구니없었다. 기술자들이 못 만든다면 스님이나 목사들이라도 만들어야 하는데 에어컨은 고사하고 부채조차 못 만드는 세상이었다.

차안의 대척점, 이곳은 적막이었다. 혼잡스럽게 얽히고설킨 채 설쳐대는 자질구레한 정신머리들이 깡그리 제거된 공간이었다. 여기에서도 한낮의 볕은 따가웠지만, 살갗에서 정신으로 스며드는 강렬한 속도로 인해 거기에서 바람이 일어났다. 생소한 바람이었다. 피안의 촉감, 열반의 기분이 이러하지 않을까 싶었다. 적막은 세상과 연결된 언어를 차단해주는 장치였다. 이곳이야말로 신이 느끼는 물은 내가 느끼는 물과 다르다는 걸 알게 해주는 곳이었다.

어찌하여 이곳을 사바의 중생들에게 점령당하고 말았단 말인가. 나라 잃은 유민들이 이런 심정이었을까. 하지만 그들에게서는 저 사바 사람들과 같은 구린내가 나지 않았다. 개망초가 변신해서 그런 건지 목소리에서 향긋한 아지랑이가 피어올랐다. 점령자들이 품새와 단판이었다. 저들은 무엇이란 말인가. 몇몇 사람들 목덜미에서 김이 가느다랗게 한 올 한 올 피어올랐다. 김이 아니라 우담바라였다. 생각 속으로 한 가락, 한 가락 피어오르는 이 싱그러움! 수행 시작한 지 삼천 년 만에 열반에 오르는 향기가 절간 구석구석에 침투해 있던 계곡물과 그 흔적을 깡그리 몰아냈다. 여전히 분주한 걸음걸이, 웃음소리, 다양한 표정들이 절간을 가득 채웠 있었지만, 모든 것은 자정되어 그림자로, 무늬로 중화되었다. 어색할수록 아름답고 이상할수록 편안하다. 우담바라 그 향을 따라 천지사방에서 날아든 하얀 나비들. 요란한 그 날갯짓이 귀가 먹을 정도로 고요하다.

저들은 이곳을 침략한 자들이 아니라 포로로 잡혀 왔거나 나처럼 도망쳐온 자들이 분명하였다. 저 개망초들, 저 포로들, 저 탈옥수들의 절규! 사탄·마귀들과 대적하기 위해 3·1독립만세운동처럼 몰려든 저들의 함성! 가라지들로부터의 까이고 덤터기쓰며 시달려온 저

굴레! 저 수천 년간의 식민지! 기어코 독립을, 기어코 열반을 쟁취하고야 말겠다는 저 투혼이 저들을 이리로 내몬 것이 틀림없었다. '인간 독립 만세! 인간 독립 만세!' 목이 터지라고 소리 지르면 지를수록 어찌 된 요량인지 고요하고 고요하였다. 그 고요는 공명을 일으켜 이곳에서 사바 세상으로 퍼져나갔다. 적막이 세상으로 쳐들어간다.

저 하얀 나비들의 날갯짓으로, 저 우담바라의 향기로 쳐들어가기도 전에 세상 곳곳마다 적막강산이다.

시는 신의 손자이다

아무래도 행사 때문인지 오늘 식단은 여느 때와 달리 푸짐하였다.

"두 분은 친구신가 봐요?"

"아닙니다."

"김진배 선생님 밑에서 같이 시 공부했거든요. 그럼 친구 아닌가요? 하긴 2년 만에 보는 거니까!"

"만났을 때는 친구고, 그렇지 않을 땐 친구 아닌 그런 친구, 아니 그런 사람 저도 몇 명 있거든요. 다 사는 게 바쁘다 보니 그렇게 되기도 하더군요. 이상특이라고 합니다."

그와 악수를 하였다.

"박태운입니다. 우리하고 같이 오지 않으셨죠?"

"여기 주지 스님을 좀 아는지라 피서 겸해서, 온 지 한 사흘 됐어요. 시란 타고나지 않으면 어려운 걸로 알고 있는데 두 분은 타고났다고 보시나요?"

"저는 확실하게 타고났습니다. 그런데 이 친구는 전혀 아닙니다."

"야! 너보다 좀 못쓴다기로서니 타고나지 않은 건 아니다. 그래도 초등학교, 중학교까지만 해도 장원을 세 번이나 한 사람이다."

"와! 그럼 타고나신 거 맞네요."

"저는 장원 같은 거 한 번도 못 했습니다. 애는 백 번 응모해서 세 번이고, 저는 영 번 응모해서 영 번이니 확률적으로도 내가 훨씬 잘 쓰는 거죠. 그렇지 않냐?"

"백 번은 아니다."

"중학교 2학년 때 방학 숙제하느라 시를 처음 지어봤는데 국어 선생님께서 그걸 보시고 무슨 무슨 상을 얼마나 많이 탔었냐고 물어보셨습니다. 그걸 보고 시란 타고나는 거겠구나, 그렇다면 인간이란 모든 걸 타고나는 게 아닌가 싶었습니다. 애는 시를 타고난 아이가 아니고 여자 밝히는 쪽으로 타고난 아이입니다."

"여자는 조금만 노력해도 표시가 팍팍 나는 데 시는 아무리 노력해도 표시가 날 생각을 안 테요."

"여자가 시보다 쉽다. 저는 반대던데요."

"여자들이 줄을 서 있을 것 같은데 왜 그러세요."

"시는 많이 시도 해봤으니 쉬운 줄 알겠지만, 여자는 시도해 본 적이 없어서……. 요즘 보면 시나 노래나 다 사랑 타령 일색이던데 그런 건 잘 쓰시겠는데요."

"그런 것도 진실하고 진정성이 있어야 하는데, 애는 시를 여자 꼬시기 위한 수단으로 쓰고 있으니 백날 쓴다 한들 소용 있겠습니까. 왜 그 다래포구 누드니, 뭐니 하는 시는 아직도 팔고 다니냐?"

"내 대표 시잖냐."

"여기서도 한번 낭송해보시죠?"

"아닙니다. 부끄럽습니다."

"여자가 있었다면 하지 말래도 했을 겁니다. 성적 욕구라고 하는 원색을 흑백으로 위장해 놓은 작품인데 여기저기에서 짜깁기해 놓은 것이거든요. 아니냐?"

"참고는 했지만, 표절은 아니다."

"내가 니 시를 좀 봤지 않느냐. 그 시는 전혀 니 시하고 달라. 너는 나보다 더 잘 알 것 아니냐?"

"남의 노력을 폄훼하는 거냐. 얼마나 심혈을 기울여 쓴 작품인데, 너무하네."

"나는 히틀러 연설 듣고 열광하는 그런 쓰레기들하고는 달라. 청문회 스타보고 환호하는 그런 얼간이들하고는 다르거든."

"내 시하고 히틀러 연설하고 무슨 상관이냐."

"지독한 거, 히틀러 같은 떨거지가, 잔머리나 굴리는 떨거지가 스타가 될 수 있었겠냐. 형편없는 놈이 어떻게 신춘문예 당선할 수 있고. 니가 그만한 시를 어떻게 지을 수 있었겠냐. 지독했기 때문이지 않냐. 연설을 아무리 잘한들 히틀러가 링컨이 될 수 있겠냐. 석유가 매장되어 있다고 무턱대고 개발해서 되겠냐. 경제성을 따져봐야 하지 않겠냐. 경제성은커녕 도산 나게 할 놈들을 지지하고 추종해서 세상 골이 어떻게 되었는지 똑똑히 보지 않았느냐. 자기가 생긴 대로 살아야지 미꾸라지가 용이 되겠다고 미쳐 날뛰는데 아무 일도 벌어지지 않을 수 있겠냐. 너도 자살할까 걱정이다."

"야, 내가 뭐 그놈들처럼 권력을 탐했냐, 돈을 밝혔냐. 여자 좀 밝혔다고 자살까지 하는 사람 어디 있냐."

"왜 어느 시장인가 하는 자, 자살인지 타살인지 모르겠지만 있었잖냐."

"유독 좌파에서 그런 사람들이 많은 걸까요?"

"자기밖에 모르고 살아가는 유물론자들이고 주기론자들이지 않습니까. 그들 내면에 마그마처럼 쌓이고 쌓여 있던 욕구와 욕망에 권력이 들어오니까 화산 폭발처럼 분출하게 된 현상이지 않겠습니까. 우파에도 그런 욕구와 욕망이 없기야 하겠습니까마는 좌파들은 완전 원색적인데다가 노골적이지 않습니까. 사회에서 벌어지고 있는 일들을 보면 따지고 자시고 할 것도 없이 모조리 좌파들이지 않습니까. 보수우파 중에서 그런 사람이 있었다면 그것은 박정희처럼 속이 좌파였던 것이 분명할 것입니다."

"우파도 자기들의 목적을, 이익을 도모하기 위한 또 다른 집단일 테니 욕구와 욕망이 없기야 하겠습니까마는 정도를 아는 것과 모르는 것의 차이라고 보이네요. 좌파 중에서도 유신론자, 주리론자들이 있을 것 같은데 이런 건 어떻게 보시나요."

"있겠지요. 많겠지만, 진짜 유신론자, 주리론자들은 많지 않을 것입니다. 칸트처럼 간절하게 추구하기보단 파스칼처럼 보험이나 들어 놓듯이 신을 믿는 이들이 대부분일 것입니다."

"좌파를 무신론자, 유물론자, 주기론자, 이기주의자, 나쁜 놈으로, 우파를 유신론자, 관념론자, 주리론자, 이타주의자. 좋은 사람으로 구분해서 생각하는 것이 편하고 좋을 듯하네요."

"나쁜 놈. 좋은 사람은 경우에 따라 다를 수 있겠지만, 저도 경험적으로나 인식적인 측면에서 그렇게 생각하고 있습니다. 범죄자라는 사실을 알면서도 표를 찍어주는 걸 보면, 그거 하나만으로도 좌파들의 실체가 만천하에 드러나지 않습니까."

"너도 좌파 찍었지?"

"……."

"여자 꼬실 생각만 하는 유부남이 좋은 놈일 리 있겠습니까."

"결혼하셨어요?"

"더 좋은 것이 있고 더 나쁜 것이 있다면 누구나 더 좋은 걸 선택하지 않겠습니까. 그런데 진보 좌파를 찍는다는 건 더 나쁜 것을 선택한다는 뜻이지 않겠습니까. 나라마다 다 다르겠지만, 우리나라는 남북이 갈라져 있어서 그런지 좌파와 우파가 그 성질에서 좋고 나쁨이 너무나 뚜렷하지 않습니까. 좋은 사람 뽑자고 선거하는 건데, 더 나쁜 놈을 뽑는 선거가 어느 천지에 있을 수 있단 말입니까. 경제학으로도 사회학으로도 설명할 수 있겠습니까. 투표장에 가는 저들의 걸음걸이가 이상하지 않습니까. 두 발로 걸어가지 않고 네 발로 걸어가고 있지 않습니까."

"네 발 달린 인간들을 보면 모두 좌파라고 보면 되겠군요. 사회적 약자들이 선거를 통해서나 그 한을 풀고자 네 발로나마 걸어가서 투표하는가 보더군요."

"요즘은 약자들보다 권력을 이용해서 한몫보려는 자들이, 강남 우파 같은 이들이 우르르 몰려가서 표를 찍는 듯하였습니다. 우파는 찍어봤자 득 되는 게 별로 없지만, 좌파는 떨어지는 게 꽤 되나 봅니다. 그거 하나만 봐도 어느 쪽이 선악과에 더 열광하는지 자명하지 않습니까. 인간들의 속성이 도표 보는 듯이 뚜렷하지 않습니까."

"세상이 무서워진 것이 바로 그 민주주의 때문이겠군요. 선악과를 없애버리고 나서 민주주의를 하든 말든 해야 했었거늘 선악과를 그대로 두고 민주주의라니, 민주주의가 괴물이 되지 않을 수 있겠는가 싶군요."

"뜯어먹고 뜯어먹히는 세상이 되고 말았잖습니까. 뜯어먹으려고 하는 사람한테 잘못 걸리면 문제가 되지 않을 것도 문제가 되니 특히 너, 조심하거라."

"맞아, 똑같은 말을 했는데 어떤 여자는 농담으로 받아주는데 어떤 여자는 성추행이라고 몰아붙이더라."

"이유도 없이 그랬겠냐. 수작을 피웠으니까 그랬겠지. 집에서도 시달릴 텐데 밖에 나가서도 고생을 왜 그렇게 사서 하려고 드냐. 고생하는 거 좋아하는 무슨 병이라도 걸린 거냐."

"병이 아니라 타고났나 봐, 우리 집안 남자들 전부 그러거든."

"유전병이구먼. 하긴 어떤 작자는 남자치고 여자 싫다고 하는 사람 있으면 나와보라고 그러더군."

"나가셨나요?"

"좋아하는데 어떻게 나가겠습니까. 신께서 남자는 여자를 좋아하고 여자는 남자를 좋아하게 지어놓으셨는데 좋아하지 않을 수 있겠습니까. 인류의 원동력이니까 그만큼 질서와 법칙이 필요하고 중요하지 않겠습니까. 그 질서와 법칙을 파괴하는 자들이 바로 이 친구 같은 자들입니다."

"카사노바도 좌파도 다 타고나는 것이겠지요?"

"사람들의 얼굴이 다 다르듯이 식물의 종류만큼, 동물의 종류만큼 다양하게 타고나지 않겠습니까. 식물의 특성으로 타고난 사람들은 보수로, 동물의 특성으로 타고난 사람들은 진보로 분류할 수 있고 동물 중에서도 고양잇과 인간들은 보수우파로, 갯과 인간들은 진보 좌파로 분류할 수 있지 않을까 싶습니다."

"커피를 보니 그 특성이 진보좌파 여자하고 너무 닮았더군요."

"보수 여자와 사귈 적에는 내가 하는 말이 다 먹혀들고 다 받아주니까 밤새도록 통화하기도 하고 나중에는 자기 친구 문제까지 상담하기도 하였습니다. 진보 여자하고는 대화 같은 대화 한 번 해본 적이 없었습니다. 뭔 말을 하려고 하면 쌈닭처럼 덤벼드는 통에 한 번만 더 싸움 걸어오면 바로 끝이니 그리 알라고 했지만, 한동안 잠잠하더니 본색이 어디 가겠습니까. 나는 나를 위해서라도 말 한마디 못한 채 입을 닫고 지내는 것이 상책이었습니다. 자기만 잘나고 자기만 착한 척하면서 모든 것이 자기 위주로 돌아가야 직성이 풀리는 스타일이 바로 진보좌파들의 특성인 듯하였습니다. 보수 여자와 사귈 때는 천국 같았는데 진보 여자와 사귈 때는 지옥 같았습니다. 너는 어떻더냐?"

"그러고 보니 부드럽고 다소곳한 데가 있었는데 좌파 여자들은 날카롭고 엄청 사나운 여자도 있었어. 직업이 그래서 그런가 했는데 좌파였어. 나는 사납고 그러지 않잖아. 남자와 여자는 다른가 봐."

"너는 사납지는 않지만 나쁘잖아."

"지금도 사귀고 있으세요?"

"저는 오는 사람 막지 않고 가는 사람 잡지 않는 사람이지만, 마음이 떠나니 무슨 의미가 있겠습니까. 자연스럽게 갈라지게 되었습니다. 보수와 진보도 이제는 그렇게 갈라서야 할 때가 되지 않았겠나 싶습니다."

"갈라설 수 있다면야 촌각을 다퉈 갈라섰겠지만, 무슨 수로 갈라설 수 있겠어요."

"신께서 선악과를 따먹는 자들을, 가라지를 심판하지 않겠습니까. 그것이 보수우파일지, 진보좌파일지 모르겠지만, 갈라설 때가 이천 년 전부터 예정되어 있지 않습니까."

"자기들만 착하다고 우기는 자들이 심판받게 되겠군요. 보수에도 심판받을 자가 많고 진보에도 구원받을 자가 많지 않을까요."

"경상도 좌파나 강남 좌파들이 진짜 좌파이고 전라도 우파나 강북 우파들이 진짜 우파 아니겠습니까. 이기적인 우파나 이기적인 좌파는 같은 부류이고, 이타적인 우파나 이타적인 좌파는 같은 부류라고 봅니다. 심판과 구원은 그렇게 나눠지지 않겠습니까. 우파의 속성에는 근본적으로 신의 씨가, 이타심이 들어있는 반면에 좌파의 속성에는 사탄의 씨가, 이기심이 들어있는 것으로 저 나름대로 분류하고 있습니다. 뉴스 시간에 매일매일 보도하는 것이 그런 내용이라고 보고 있습니다."

"박정희가 우파라고 막 지지하고 따르던데 이런 건 어떻게 봐야 하나?"

"남로당 출신이 어떻게 우파겠느냐. 하는 짓이 미투에 연루된 진보좌파들하고 똑같지 않습니까."

"박정희에 비하면 그 사람들이야 애들 장난 아니겠어요. 그런 박정희를 추종하는 그 당시 사람들은 우파였을 텐데 그들을 좋은 사람이라고 볼 수 있을까요."

"아직도 추종하는 자들이 많잖습니까. 박정희 같은 독재 시대에서는 운동권, 진보좌파는 독립군과 같은 사람들이지 않았겠습니까. 거기에 포함되어 있던 모사꾼들이 민주투사니, 뭐니 해대면서 정치판을 온통 어지럽히고 있지 않습니까. 진보와 보수는 사안에 따라서, 상황에 따라서 어떻게 적용할 것인지, 어느 쪽이 더 효율적인지 선택의 문제 아니겠습니까. 여기에 좋고 나쁨이 어디 있겠습니까. 잘하느냐 못하느냐일 뿐인데 자기 이익을 위해서 못하는 쪽이라도 일방적으로 추구하는 자들이 좌파, 우파 아니겠습니까. 나쁜 걸 좋은 것으로 뜯어고치려고 해야 할 텐데 나쁘고 좋은 건 안중에도 없고 오직 자기들 입맛에, 자기들이 권력을 차지하려고 길길이 날뛰고 있으니 세상이 험악해지지 않았겠습니까. 이치를 추구하느냐 이익을 추구하느냐. 이 문제는 죽느냐 사느냐 문제입니다."

"예? 생사까지 갈 만큼 심각하다고요."

"선악과를 따먹으면 죽는다고 하지 않았습니까. 죽으려고 작정하지 않은 이상 이익을 따먹으려고 저렇게 길길이 설쳐대겠습니까. 그것은 알곡이냐, 가라지냐 하는 문제 아니겠습니까."

"주리론자들은 알곡이고 주기론자들은 가라지겠군요. 기를 이로 바꾸기만 하면 가라지에서 알곡으로 바꿀 수도 있지 않을까요."

"인간이 생산설비라면 기술과 자본으로 얼마든지 뜯어고칠 수 있겠지만, 아무리 자본이 많고 대단한 기술이 있다손 치더라도 정신구조를 그런 것으로 뜯어고칠 수 있겠습니까. 그럼 부자들이 다 천국에 가겠지만, 가난한 사람 열 명 들어가면 부자는 한 명밖에 못 들어간다고 하지 않습니까."

"수행이야말로 정신의 기술이자 자본이라고 할 수 있겠군요."

"그 기술과 자본으로 정신구조를 새롭게 구축하는 것이 회개이고 해탈 아니겠습니까."

"'마음이 바르면 내가 법화경을 굴리고, 마음이 삿되면 법화경이 나를 굴린다.'라고 했듯이 마음이 바른 사람이 수행하면 해탈에 이를 수 있겠지만, 마음이 삿된 자는 수행해 봤자 소용없다는 뜻인 것 같은데요."

"얘가 수행하면 소원대로 여자는 지금보다 몇 배나 더 잘 꾈 수 있겠지만, 그것이 해탈하고 무슨 상관이 있겠습니까."

"너는 무슨 바른 사람이냐. 남을 남 앞에서 모욕주는 사람이 어떻게 바른 사람이라는 거냐?"

"뉴스 시간에 나쁜 놈들 보도하는 것이 모욕주는 것이냐. 그럼 기자들은 뭘 먹고 살겠냐? 가짜뉴스나 왜곡 보도하는 놈들이야 나쁜 놈이겠지만, 나쁜 걸 나쁘다고 하는 것보다 더 똑바른 것이 어디 있겠냐."

"수행해도 안 되고 나는 끝장났다는 말이냐? 너는 신을 믿으니까 상관있겠지만, 나한텐 신을 믿지 않으니까 상관없지 않겠냐."

"너 같은 애도 구원받을 방법이 있지 않을까 싶었는데, 없겠구면, 없어."

두 사람이 수저로 시를 짓고 있었다. 밥 한술, 산나물, 아욱국 한 숟갈, 우엉채 한 올, 콩자반 한 쪽, 밥 한 젓가락, 한입에 고기 두 점, 콩자반 한 숟가락, 아욱 건더기, 우엉채 한 움큼, 그 스타일과 그 패턴이 확실하게 차이가 났다. 거기에 나도 한 수 거들어 보았다. 세 사람이 공동으로 작업한 한 편의 시가 식탁에 지어지고 있었다.

"식사 좀 더 하시지요?"

"욕을 많이 얻어먹어서 배가 부릅니다."

"그렇게 욕 얻어먹고도 우리는 아직 반도 못 먹었는데 밥풀 한 알 남기지 않고 싹 비워버렸구면. 성질머리 하나는 태평양 같다니까."

"욕을 한두 번 먹어봤어야지, 예전에도 만나서 헤어질 때까지 욕하지 않았느냐. 그래서 연락하지 않았던 거다."

"그게 무슨 욕이냐, 설교를 욕이라고 하다니 말세가 어디 있는가 했더니 여기 계셨구면."

"왜, 미투에 연루되어 인생 종친 정치인도 많지만, 문인들도 꽤 되잖아요. 그들은 틀림없이 나쁜 놈들일 테지만, 유명했던 걸로 보면 그나마 글 같은 글을 좀 썼다고도 볼 수 있지 않을까요?"

"저는 미투에 연루된 적도 없습니다."

"제 발 저리냐. 그런 시인들보다가 차라리 애 시가 훨씬 났습니다. 그렇다면 애가 더 유명해야지 애보다도 못한 그런 시인이 더 유명하다니 웃기지 않습니까."

"와! 나를 인정해주기도 하다니 정말 고맙다. 야."

"착각하지 마. 그만큼 그런 시인들이 형편없다는 거지."

"형편없는 시인들이 유명하다는 건 독자들이 형편없다는 뜻이겠군요."

"한번은 유명 시인들과 데이트하는 프로를 하기에 유심히 봤더니 유명세 정도와 말하는 수준이 반비례하였습니다. 그들을 잘 안다고 할 수는 없었지만, 몇몇은 내 생각과 정확하게 비례하였습니다. 독자 중에는 사리 분별 똑 부러질 정도로 똑똑한 사람들도 많겠지만, 바람 부는 대로 이리 쏠리고 저리 쏠리는 쭉정이거나 무지렁이들이 대부분이라서 그런 현상이 나타나는 게 아닌가 싶었습니다."

"시집 판매도 형편없는 것과 수준 높은 것이 반비례하는 것 같더군요."

"요즘 세상의 특징 중 하나가 반비례 현상인 듯합니다. 정치도 지지율이 잘하는 사람은 낮고 못 하는 사람은 높지 않습니까. 세상이 뒤집힌 것인지 뒤집히려고 그런 것인지 암담합니다. 여론 조작하는 거에 비하면 시인 조작하는 거야 식은 죽 먹기 아니겠습니까. '시인 감별위원회'에서 조사해보면 다 나옵니다."

"시인감별위원회라는 것도 있나요?"

"없습니까? 미인감별위원회도 있으면서……."

"미인감별위원회? 아! 미스코리아 선발대회! 문학상 같은 것이 그런 것이라고 볼 수 있지 않을까요."

"신춘문예 같은 것이 감별 기능이 있다고 보십니까. 백일장도 장원한 사람 얘기 들어보니까 미리 써서 여러 편 갖고 가서 시제와 비슷한 걸 끼워 맞추기식으로 한다고 하였습니다. 모르긴 몰라도 이이도 그런 식으로 아홉 번이나 장원하지 않았을까 싶습니다. 노벨상 같은 것도 한번 보십시오. 세상뿐만 아니라 역사까지 왜곡시키는 무시무시한 괴물이 그 상이라는 것입니다. 사탄의 오른팔입니다."

"감동이란 것은 여론 조작한다고, 상을 받았다고 오는 것은 아니라 순수한 마음에서 우러나온 것이지 않을까요? 시 같지 않은 시도 감동한다면 시인으로서 역할을 나름대로는 했다고 볼 수 있지 않을까요?"

"동창생한테 한번은 문자를 시처럼 써서 보내줬더니 과도하게 감동하기에 제대로 쓴 시를 한 편 보여줬습니다. '나한테 무슨 기분 나쁜 일이라도 있냐?'라고 물어볼 정도로 너무 싸늘했습니다. 무슨 말인지 모르니 시 취급도 하지 않았습니다. 그 친구뿐만 아니라 등단한 지 오래된 어떤 시인조차 무슨 말인지 몰랐습니다. 글을 읽을 줄 안

들 무슨 소용 있겠습니까. 제멋에 잘났다고 떠벌리며 살고들 있지만, 문맹이나 다를 바 없지 않습니까. 시 같지도 않은 시들이 베스트셀러가 되는 현상이 왜 벌어지고 있겠습니까. 플라톤만 시인추방론을 폈을 뿐이지 위기의식을 갖은 사람들이 아무도 없잖습니까."

"플라톤은 인류에게 시가 필요 없다고 생각했었나요."

"시는 철학과 같아야 하는데 유행가 같으니까 그러지 않았겠습니까. 감정에 이끌리게 만들어 아이들 정서를 해친다고 그랬나 본데, 저도 공감이 됩니다. 얄팍한 감정에서 놀면 깊은 정서에서 놀 줄 모르니 해악이 아닐 수 있겠습니까. 깊이 사유할 줄 아는 사람이 몇이나 되겠습니까."

"시집 자체가 팔리지 않는 시대이긴 하지만, 시뿐만 아니라 오페라 경연과 트로트 경연하는 방송의 시청률 차이만 봐도 확연하게 드러나더군요. 놀라지 않을 수 없을 정도로 그 차이가 너무 과도해서 충격적이었는데 세상을 온통 뽕짝으로, 자기 기분으로 뒤덮어버린 듯하더군요."

"금이 은보다 더 비싸야 할 텐데 은이, 은도 아니지 동이 몇 배도 아니고 몇십 배나 비싸다니 세상이 뒤집어질 노릇이 아니겠습니까. 이런 현상에 대해 경제학자들이 내놓은 무슨 학설이 있습니까."

"경제학보다간 사회학의 문제 아닐까요?"

"사회학의 문제라기보다 종교적인 문제 아닐까 싶습니다. 신의 기분이 자기 기분보다 수천수만 배 더 소중할 텐데 자기 기분에 빠져 흥얼거리는 걸 보면, 마약 한 사람이나 다르지 않게 보였습니다. 이

것도 가라지와 알곡 문제 아니겠습니까. 시 하나 모르는데 신의 기분은 고사하고 성경인들, 불경인들 제대로 알겠습니까."

"신의 존재를 모르니 자기 기분 대로 살아가는 것이겠지요. 시를 안다는 것은 시인을 알 수 있게 되고 시인을 무한대로 빨리 알면 신의 존재를 알 수 있을 텐데 안타깝군요."

"시인을 무한대로?"

"시인을 두 음절로 발음하지 말고 한 음절로 발음해 보세요."

"아! 그래서 시인이고 그래서 신이다. 시인의 그 두 음절을 하나로 수렴시키면 신이 된다."

"진리를 시에 수렴시키면 만법이 되고 만법을 다시 진리에 수렴시키면 하나가 된다. 그 하나가 신이다. 신을 안다는 건 양자역학 이런 거와 비교할 수 없을 정도로, 아니 차원이 다른 얘기겠군요."

"위대한 시인들도, 그 위대한 아인슈타인도 풀지 못한 문제 아니겠습니까. 그러니 천부경 붙들고 있는지가 언제인데 아직도 놓아주지 못하잖습니까. 화두를 붙들고 죽고, 다시 태어나서 또 같은 화두를 붙들고 매달리다 죽고 하는 것을 무한히 반복해온 것이 인류 아닙니까. 그 간단한, 두 음절을 한 음절로 발음하면 될 일을 그거 하나 못해서 비진리 속에서, 사이비 속에서 허우적대며 살아가다 죽어가는 인간들이 얼마나 비참한지, 그것이 비참한 것인 줄도 모르고 죽어가는 그런 비극이 지구촌에서 몇천 년 동안 무슨 전통처럼 유구하게 이어져 내려오고 있지 않습니까."

"천부경도 그렇고, 성경도 그렇고, 예언들도 그렇게 친절하게 알려주고 일러주고 있건만, 그 대단한 학자들, 대단한 종교인들이 그렇게 많았음에도 불구하고 그 두 음절을 한 음절로 발음하지 못하다니……. 이 세상이 이 지경이 된 건 다 그들 책임 아니겠어요. 인류 역사에 대놓고 감히 어이없다고 하면 불경스럽다는 생각이 들기도 하지만, 불경스러운 것이 오히려 당당하게 여겨지니 말세는 말세인가 보네요."

"신의 마음은 내팽개쳐놓고 자기 기분에 들떠 트로트 경연장 앞에 줄 서 있는 저 신학자들, 목회자들. '만법귀일 일귀하처'가 만장이 되어 그들의 무덤 위에서 펄럭이는 듯합니다."

"그들뿐이겠어요. 권력으로 돈 만들고 그 돈으로 더 큰 권력 만들며 뽕짝뽕짝거리면서 살아 제치는 자들을 지옥으로 저 만장이 펄럭이는 인도하는구먼요. 노래방 가서 노래 들어보면 인간들 유형이 두 쪽으로 쫙 나눠지더군요. 잔뜩 분위기 내며 노래 부르고 있는데 분위기 깬다며 자기들끼리 떠들어대는 자들과 공연을 보듯이 빠져드는 부류로 좌파 우파처럼 쪼개지더군요."

"노래 잘 부르시나 봅니다."

"돈과 권력을 떠나서 사는 사람들과 가서 부르면 신기할 정도로 노래가 잘 나오는데 돈과 권력을 밝히는 사람들은 대부분 트로트를 부르니까 목이 잠기더군요. 기분에 따라 고음이 터져 나오기도 하고 잠겨버리기도 하데요."

시답잖아 하면서도 묵묵하게 우리 얘기를 끈질기게 듣고 있던 그 친구가 입을 열었다.

"우리 작은삼촌도 줄기차게 뽕짝만 부르는 사람인데 온갖 나쁜 짓을 다 해가며 돈을 좀 벌더니 정치판에 끼어드는가 싶었는데 어느 틈에 남당시 시장이 되데요. 그 삼촌보다 몇 배나 더 뛰어난 사람들이 우리 삼촌 같은 사람 밑에서 일하다니, 세상에 참, 별 이상한 일도 다 있구나 싶더군요. 우리 아버지한테 욕지거리해대질 않나, 내 딴엔 시 쓰는 게 자랑스러워서 말 한마디 했다가 '돈도 안 되는 그딴 짓거리 왜 하냐.'며 사람을 조롱하는 거 보고 그 전부터도 그러긴 했지만, 인간 취급도 하지 않았는데 나한테 인간 취급도 받지 못한 자가 한 도시의 장이 되다니 웃기지도 않더군요."

"그러면서도 여자들에게는 삼촌이 시장이라고 으스댔던 거냐."

"그렇다는 얘기를 그냥 한 거였지."

"또 거짓말하는 줄 알았더니만 그건 참말이었네. 차라리 거짓말이었으면 더 좋았을 뻔했구먼."

"며칠 전에 천배 지역 비리가 터졌던데 그 시장이 개입되지 않았는지 모르겠네요. 진짜로 좋은 사람이 나와서 시장도 되고 국회의원도 된다면 나쁘지만은 않겠지만, 정몽주가 '까마귀 노는 곳에 백로야 가지 마라.'고 해서 그런지 그런 사람들은 정치판엔 애당초 얼씬도 하지 않으니 어쩌면 좋죠."

"어떤 자들이 눈에 불을 켜고 불나비처럼 정치판으로 날아들겠습니까. 정치판에 끼어든 중학교 동창 놈을 보니까 정치판에서도 나쁜 짓만 골라서 해대던 그 짓거리 그대로 해대지 뭡니까. 그런 형편 없는 놈이 정치한다기에 개과천선한 줄 알았는데 보니까 정치판이 나쁜 짓 하는 판이지 뭡니까. 시장인가 그 삼촌도 조폭 출신이었다며?"

"우리 집안 사람들만 아는 이야긴데 어떻게 알았지. 젊었을 때 조폭 노릇도 좀 했었지,"

"그 사람의 어린 시절을 보면 어른 시절을 알고, 어른 시절을 보면 어린 시절을 알 수가 있지요. 그 부모를 보면 그 자식을 알고 그 자식을 보면 그 부모를 알 수 있지요. 인간은 그 틀에서 벗어날 수 없는 존재들입니다. 입시비리 같은 것들도 자기들의 그 틀을 위장하기 위한 술책이겠지요."

"그 중학교 동창 같은 놈들이 설치니 '국개의원'이라는 말이 나오지 않을 수 있겠습니까. 사실, 자기들끼리 서로 꼬붕이니, 빌런이니, 또라이라며 삿대질해대는 이런 것들보다 이런 잡것들을 뽑아준 것들이 더 목불인견 아니겠습니까."

"아무것도 아닌 그런 잡놈들을 뽑기 위해 설쳐대는 특히, 진보 좌빨들의 행태는 도를 넘어버린 수준이더군요."

"뽑아준 것들과 뽑힌 것들이 뒤엉켜 난리 블루스 추는 나라가 이게 무슨 나라겠습니까. 마피아 아니겠습니까. 정치 뉴스가 영화로 변질된 지 오래되지 않았습니까. 뉴스 시간에 '대부'를 봐야 한다니, 어중이떠중이 때문에 뉴스고 영화고 뒤죽박죽되어버렸습니다. 가짜뉴스에다가 내로남불, 거기에 꼼수까지 더 해서 원작을 무색하게 만들어버리는 위력이 요즘 이상기후처럼 대단하지 않았습니까."

"미투에다가 자살, 그 배경, 대부 보면서도 그렇게까지 소름 끼친 적은 없었는데 뉴스가 아니라 공포영화 같더라."

"넌 그쪽 진영 아니었더냐?"

"그쪽이고 저쪽이고 인류란 것이 있잖아. 나도 아닌 건 아니고 긴 건 긴 줄 아는 사람이다."

"여자라고 이쪽 찍는 아이이니 이해되네."

"신께서 한쪽 진영에서 집중적으로 나타나는 현상을 우리에게 왜 보여주셨겠습니까. 그런데도 표를 찍어주는 걸 왜 보여주셨겠습니까."

"가라지들의 실체를 알려주려는 뜻이었겠군요."

"정치가 살아있는 한 피해갈 수 있는 문제가 아닙니다. 그러니 이 것은 인간의 문제라기보다 신의 문제 아니겠습니까. 그래서 666이라고 하지 않았겠습니까. 영화 한 편 감상한다 생각하시고 느긋하게 보고 계시면 곧 끝날 것입니다. 영화, 그거 뭐 길어봤자 얼마나 길겠습니까. 속히 될 일이라고 하지 않았습니까. 그 음울한 영화 같은 정치가 끝나는 세상이 우리가 이기는 세상 아니겠습니까. 정치판이 제거된 세상이 바로 새 하늘 새 땅 아니겠습니까."

"권력을 없애달라고 그렇게 기도하신 것이 그래서였군요. 666은 정치판이고 두 짐승은 권력과 돈이겠군요."

"666은 권력을 추종하는 가라지들을 가리키는 말이자 그런 자들이 66.6 프로나 된다는 의미 아니겠습니까."

"그럼 333은 알곡이겠군요. 그럼 0.1%는 뭘까요?"

"굳이 그것까지 따져야 한다면 그것이 십사만사천 명 아니겠습니까. 아니면 어떤 예언가가 일만에 일만을 곱하고 거기에다가 한 명을 더한 사람이 살아남는다고 했으니 그 한 명 아니겠습니까."

"다수결의 민주주의는 언제나 666이 장악할 수밖에 없는 구조겠군요."

"민주주의라고 하는 것은 국가 주권 개념이겠지만, 종교적 개념으로 보자면 피조물인 인간이 자기가 조물주라고 우기는 형세 아니겠습니까. '인내천'을 부르짖는 행위나 '모든 중생은 부처다.'라고 하는 말이나 민주주의는 다 같은 말 아니겠습니까."

"인간이면 누구나 불성을 갖고 있어서 누구나 부처가 될 수 있지 않을까요."

"가라지한테 불성이 있겠습니까. 가라지가 부처가 될 수 있겠습니까. 신께서 부처를 어떻게 불살라버릴 수 있겠습니까. 연극 '햄릿'의 주인은 누구겠습니까?"

식판을 깨끗하게 비우고 나서 팔짱을 끼고 한참을 듣고만 있던 그 친구가 말하였다.

"햄릿이지 누구겠어."

"햄릿은 주인이 아니라 주인공이잖아. 민주주의란 햄릿이 자기가 셰익스피어라고 주장하는 꼴과 같지 않습니까. 신처럼 될 수 있다고 꼬드기는 뱀의 유혹에 넘어가 선악과를 따먹은 그 결과물 아니겠습니까. 무신론자들과 유물론자들이 정당하고도 당당하게 정당을 만들어 당당거리는 현장이 바로 이 세상 아니겠습니까. 신이 만든 세상에 신은 아무리 눈 씻고 찾아봐도 없지 않습니까."

"데모에다가, 파업에다가 어딜 가나 아귀다툼인 이유가 민주주의니까, 자기가 주인이니까 서로서로 고개 쳐들고 옥신각신하는가 보네요. 지금 우리의 모습은 작가가 희곡을 쓰는 것이 아니라 작중 인물들이 희곡을 쓰겠다고 난리 블루스 치는 꼴이겠군요. '햄릿'은 셰익스피어의 작품이 아니라 햄릿의 작품이라는 얘기겠군요."

"햄릿이 햄릿을 완성할 수 있겠습니까. 햄릿은 셰익스피어에 의해서만 완성될 수 있습니다. 인간이 인간을 완성할 수 있겠습니까. 인간은 신에 의해서만 완성될 수 있습니다. 인간이 인간을 완성하겠다고 덤벼드니 말세가 되지 않을 수 있겠습니까."

"아담이 선악과를 따먹는 순간부터 말세가 시작되었다고도 볼 수 있겠군요."

"'시작이자 끝이다.'라고 하는 신의 한 단면을 우리에게 보여주려는 것이 아니겠습니까. 지금은 끝이니까 시작 아니겠습니까. '승객 여러분! 여기는 이 열차의 종착지인 에덴동산역입니다. 이 열차는 더 이상 운행하지 않으니 다음 열차로 갈아타 주시기 바랍니다. 잊으신 물건 없이 목적지까지 안녕히 가십시오.'"

"종말이란 얘기겠네. 저승행 열차로 갈아타라는 말이냐?"

"너의 목적지는 지옥이겠지. 가라지로 살아왔으니."

"그걸 누가 가릴 수 있단 말이냐?"

"너잖아. 너를 신만큼이나 더 잘 아는 사람이 어디 있겠냐."

"신이 어딨어, 지옥이나 윤회 같은 걸 어떻게 믿냐. 뭐가 있어야 믿을 거 아니냐."

"셋톱박스 설치해 주려고 했더니만 안되겠구먼."

160

"그게 뭔데?"

"그런 게 있어. 바람피우지 않고 네 마누라한테 충실해지면 그때 가르쳐주마. 사냥꾼이 이렇게 오래 앉아 있어도 되겠냐."

"사실 만나기로 한 사람이 있어서, 그럼 먼저 일어서겠습니다."

"아예, 먼저 일어서십시오."

"절에 와서 처음 하룻밤 지내봤는데 이런 데서 이렇게 살면 무엇이든지 다 이룰 수 있을 것만 같습니다."

"그렇지요. 그래서 절 하나 짓고 있어요. 절이라기 보다가는 감옥을 짓는 중이에요. 다산 정약용이 귀양 가지 않았던들 그 많은 저술을 할 수 있었겠어요, 퇴계도 퇴거해서 지내지 않았던들 그 많은 업적을 쌓을 수 있었겠어요. 나는 누가 귀양 보내주지도 않고 물러날 만한 자리에 있는 것도 아니어서 스스로 감옥을 만들어 갇혀 지내려고요. 짓는 김에 최대한 크게 지으려다 보니 그것이 우주이더군요."

"우주! 구속이 아니라 자유겠습니다. 우주가 감옥이면 자유와 구속이 동의어겠습니다. 대다수 사람은 자기 생각에, 이상에, 콩알만한 공간에 갇혀 지내면서도 그것을 자유라고 떠벌리며 사는데 우주라! 정말 좋지만, 그래서는 먹고살기 힘들지 않겠습니까? 차라리 일반 감옥에 갇히면 콩밥이라도 나올 텐데……!"

"그 큰 우주에서 먹는 것이 무슨 문제가 되겠어요. 황량하기만 하던 초원에 알게 모르게 구멍가게 같은 시가, 커피숍 같은 시가, 한의원 같은 시가, 선술집 같은 시가, 서점 같은 시가 한 편, 한편 그것보다 큰 양식이 어디 있겠어요."

지금 들어오는 사람도 있긴 하였지만, 사람들이 다 빠져나간 공양간은 물 빠진 갯벌처럼 황량하였다. 연극이 끝난 객석에서 휩쓸려버린 감동을 추스르느라 아직 일어서지 못하고 덩그렇게 남아 있는 듯하였다. 아직도 반이나 남아 있는 식판을 보니 우리가 말과 밥에 대한 안배를 지나치게 소홀하였다는 사실이 드러났다. 그 안배를 조금이라도 맞추기 위해 밥에만 집중하니까 식판이 마파람에 게 눈 감추듯이 깨끗하게 비워졌다. 말보다 밥이 빠르다는 사실이 새삼스럽게 느껴지는 산사의 저녁이었다.

우주의 중심은 팽이의 중심이다

어제가 사라졌다. 같은 장소, 같은 시간인데 그 장소, 그 시간이 아니었다. 아무리 둘러봐도 어제를 찾을 방도가 없어 어정쩡하게 서 있는 나를 그가 와서 끌어다가 자기가 마련해 놓은 자리에 앉혀주었다.

"어, 좀 전까지 자리가 없었는데……!"

"제가 오니까 저기 두 사람, 나한테 양보라도 하듯이 일어나서 갔습니다."

"노인으로 보이셨나 봐요."

"성령께서 베풀어주신 은총입니다. 살아오면서 보니까 중요하거나 아주 사소한 일마저도 저절로 풀어지고 해결되는 경우가 많았는데 지금 생각해보니 그것이 모두 성령님의 은총이었습니다."

저녁 먹고 여기 나앉으면 적막이 나를 온전하게 지배하였다. 풀벌레와 개울물만 끊임없이 자기랑 놀아달라고 조를 뿐. 적막으로부터 지배당하는 기분이야말로 그야말로 황홀한 심사였다. 저쪽 벤치에 누가 와서 앉기라도 하면 적막의 두께는 두 배로, 무게는 네 배로 늘어나 나의 사유를 튼튼하게 떠받쳐주었다. 그런데 갑자기 몰아닥친 회오리에 휩쓸려 그 적막이 날아가 버리자 나는 천길만길 낭떠러지로 굴러떨어진다.

그는 아까 그 안즐바위에서처럼 고정 상태였다. 삼각대 위에 올려놓은 카메라처럼 바위와 자갈을 헤집고 일순간도 머뭇거리거나 한시도 주저하지 않고 흐르는 물의 속성을 포착하느라 분주하다. 찰칵, 어느 순간 또 찰칵, 그가 포착한 것은 무엇일까. 개울 가운데 우뚝 솟은 바위 속으로 자신을 이입시켜 물과 중력에 따른 유속과 물이 만나는 물과, 물과 물이 같아지는 이유를 측정하느라 바빴다. 그런 와중에서도 그는 천길만길로 굴러떨어지는 나를 슈퍼맨처럼 날아와서 받아주었다. 순간 사람들이 떠드는 소리가 바람에 흔들리는 나뭇잎 소리로 변하더니 어제가 오롯이 부활하였다. 어둠이 깔리는 하늘에서 보슬비가 보슬보슬 내렸다. 옷은 젖지 않고 정신이 촉촉하게 젖어들었다.

"은총이란 보슬비 같은 것인가 보네요."

"보슬비 같은 은총만 있겠습니까. 그때그때 따라 소나기 같은, 장마 같은 은총도 있지 않겠습니까."

"욕심, 그거 하나만 내려놓아도 현상의 중심에서 본질의 중심으

163

로 찾아들 수 있을 터인데 그거 하나 버리지 못해 허깨비처럼 살아가 야만 하는지 안타깝네요."

"사람들이 지갑은 갖고 다니면서 팽이채는 갖고 다니지 않습니다. 지갑은 이기심이고 팽이채는 이타심입니다. 자기 자신을 이타심으로 후려치면, 자기 자신이 우주의 중심축에 맞춰져서 돌아가게 됩니다. 이타심이 크면 클수록 더 잘 돌아갑니다. 이토 히로부미를 죽인 안중근이나 박정희를 죽인 김재규 같은 사람이 그 대표적인 인물이지 않겠습니까. 그 거사는 자기 자신을 우주의 중심으로 편입시키기 위한 과정에서 나타난 장애물을 제거하는 작업의 일환이었습니다. 자기 살겠다고, 자기만 살겠다며 살아가는 이기적인 인간들은 우주의 중심에서 이탈한 자들입니다. 신의 속도로 돌아가는 진리 속에서 추풍낙엽으로 굴러떨어졌겠지만, 그들은 감쪽 같이 그 속도 속으로 스며들어 복락을 누리고 있을 것입니다."

"픽픽 쓰러지고, 저리 처박히고 이리 처박히며 사는 인생들을 보고 있으면 너무 딱하기도 하고 어이가 없더군요, 팽이 그거 하나 못 쳐서, 초등학교 이 학년 때 자전거 점포에서 쇠 구슬을 구하고 친구네 뒷산에서 닥나무를 꺾어와서 팽이와 팽이채를 만들어 시골집 마당에서 친 적이 있었어요. 색칠까지 해서 쳐봤는데 아무리 쳐도 픽픽 쓰러지고 나가떨어지지 뭐예요. 팽이를 잘못 만들어서 그런가 싶었는데 댓돌에 앉아서 지켜보고 계시던 할아버지가 '살살 쳐보거라.' 하시기에 '에이, 그래서 될 일이 아니라고 생각하면서 그래봤자 본전이다 싶어서 한번 살살 쳐봤더니 신통하게도 바로 돌아가는 거예요.

164

그리고 나선 아무리 세게 쳐도 세게 칠수록 더 잘 돌아가는 거예요. 이토 히로부미나 박정희가 그렇게 죽을 수밖에 없었던 이유는 우리 할아버지 말씀은 듣지 못한 결과 아니겠어요."

"욕심 그거 하나 내려놓지 못하고 끝까지 붙들고 매달려 있으면 팽이는 평생 돌아가지 못할 겁니다. 천부경도 있는 힘, 없는 힘 다 써가면서 풀려고 하니 풀어지겠습니까. 힘을 빼고 살살 풀면, 거기에 신만 대입하면 저절로 풀어질 일이거늘 그거 하나 못 풀어서 낑낑거리는 모습은 인간 스스로 빚어낸 자승자박이지 않겠습니까."

"팽이가 잘 돌아가려면 바닥도 평편해야 할 텐데 세상이 온통 울퉁불퉁하잖아요. 도로는 포장이 잘 되어 있는데 세상은 아직도 비포장이다 보니 국·영·수 같은데만 냅다 파고들게 되니 인생이 제대로 돌아갈 리가 있겠어요. 무지에서 벗어나려고 바둥댈수록 무지의 늪에 더 깊이 빠져드는 꼴이겠지요. 성적을 없애버리고 입시를 없애버린다면 팽이치기 좋은 편평한 세상이 되지 않겠어요. '얘야, 힘을 빼고 살살 쳐보거라.' 그런다면 인간들은 모두 제대로 돌아갈 수 있겠지요. 그리고서 있는 힘을 다해서 친다면 그 힘이 온전하게 전달되어 어마어마한 위력을 발휘할 수 있겠지요. 역사가 그렇게 발전한다고 생각해보세요. 내 상상력이 미치지도 못할 만큼의 세상이 펼쳐지지 않겠어요."

"세상의 중심에 돈과 권력을 대입해서 사는 세상이 어떻게 제대로 돌아갈 수 있겠습니까. 자동차 허브 베어링이 깨진 것처럼 드르륵거리며 돌아갈 수밖에 없지 않겠습니까. 거기에 신만 대입하면, 깨진 베어링을 갈아버리면 꼴사납고 진절머리 나는 세상이 사라지고 유토피아가 될 터인데 그걸 모르고 살다니 애석하기 그지없습니다. 그러니 사이비 교주들한테, 의사나 자동차정비기사한테 그렇게 뜯기면서도 아무것도 모르고 사는 당달봉사라고 하지 않을 수 있겠습니까. 게다가 신 앞에 가서까지 돈 많이 벌게 해달라고, 출세하게 해달라고, 사탄의 핵심 인물이 되게 해달라고 조르는 시추에이션이야말로 인간의 실체가 적나라하게 드러나 보이는 현상이지 않겠습니까.”

“이렇게 더운데 피서도 가지 않고 광화문에서 멀쩡한 땅을 울퉁불퉁하게 만드느라 비지땀을 흘리고 있다더군요. 촛불을 들고 멀쩡한 땅을 파헤치다니, 천사의 탈을 쓴 악마들이 우글거리는데, 팽이 치며 놀 곳이 사라지는데 어디에 가서 우주의 축에 나의 축을 맞춰야 할지 모르겠네요.”

“교회와 절만 제대로 했었더라도 우주의 중심에서 이렇게 심하게 벗어나지는 않았을 텐데 바닥을 더 울퉁불퉁하게 만들어 놓았으니 방법이 없습니다. 우주의 축을 인간들에게 맞출 수밖에 없습니다.”

“지축을 이동해야 한단 말인가요.”

“인간들도 방법이 없고 예언가들도 하나 같이 그렇게 말하니 어쩌겠습니까.”

“의인들이. 영웅들이 간절하군요.”

“이 세상에는 김재규 같은 사람과 박정희 같은 사람이 있습니다. 김재규는 정의에 생명을 건 사람이고, 박정희는 권력에 생명을 건 사람 아니겠습니까. 누가 신의 씨이고 누가 사탄의 씨겠습니까. 누가 의인이고 누가 악인이겠습니까. 그런데 왜 박정희 박정희 하겠습니까. 김재규 김재규 할 때 이 나라는 바로 돌아가고 바로 설 수 있을 것입니다."

"아직도 박정희 박정희 하는 건 좌파들이 하도 작당질하니까 그러는 것 같기도 하지만, 이해하기는 힘들더군요."

"박정희의 실체를 아직도 모르는 사람들이 많기 때문이기도 하지만, 박정희 그 독재 치하에서 한류가 생길 수 있었겠습니까. 경제라면 오히려 그 사람 때문이지 않겠습니까. 우리나라 경제성장은 중공업도 중공업이지만, 중동 붐이 아니었겠습니까. 김재규가 해외건설 계약고를 8,000만 달러에서 1억 달러도 아니고 30억 달러를 달성하지 않았습니까. 거기에다가 자유민주주의를 위해 독재자를 처단한 일이지 않습니까. 이 나라 역사에 이만한 인물이 몇이나 되겠습니까. 그 짧은 건설부 장관직만으로도 그런 성과를 이룬 김재규한테 박정희를 들이대다니, 김재규, 김재규가 아니고 박정희, 박정희라니 웃기는 짬뽕이지 않습니까. 권력이라고 하면 눈이 뒤집히는 인간들이니 그럴 법도 하겠지만, 박정희를 반대하는 인간들조차 김재규, 김재규 하지 않고 김대중, 김대중 하는 판이니 웃기는 일도 아니고 슬픈 일도 아닌, 사탄의 술책이란 참으로 교묘하기 이를 데가 없습니다."

"그는 이순신이나 권율, 류성룡처럼 하늘이 내린 사람임이 분명하겠군요. 경제도 경제지만, 계유정난의 세조 이래로 이어져 내려온 부당한 권력을 단 몇 초 만에 끝장내버렸잖아요. 운동권이니 뭐니 하는 그 작자들이 별 짓거리를 다 쳐대도 어림 반 푼어치도 없었는데,

167

의인의 위대한 풍모에 숙연해지는군요."

"박정희가 아니라 김재규가 유신으로 장기집권했더라면, 이순신이 선조 대신 왕이 되었더라면 초강대국뿐이겠습니까. 지상천국을 건설하고도 남았을 것입니다. 독일에 이런 의인 단 한 명이라도 있었던들 인류 역사를 그렇게 참혹하게 만들어버리진 않지 않았겠습니까. 김재규 같은 선비 단 한 명만이라도 있었던들, 그런 선비가 없다면 그 위버멘쉬인지, 초인인지 하는 그런 사람 단 한 명 있었던들 말도 안 되는 짓거리가 신이 창조해 놓은 이 땅에서 벌어질 수 있었겠습니까."

"김재규가 없었더라면 상상만 해도 끔찍하네요."

"부마항쟁뿐이겠습니까. 선비 정신으로 똘똘 뭉쳐진 동방예의지국인데, 3·1운동을 일으킨 민족인데. 독재 타도 기회만 기다리고 있던 사람들이 가만있었겠습니까. 오직 권력을 찬탈하기 위해 준동하는 자들도 적지 않게 있긴 하겠지만, 이승만처럼 선비 정신이 뭔지 조금이라도 아는 자였다면 그 정도로 끝날 수 있었겠지만, 적에게 혈서를 써 준 놈인데. 갈 데까지 다 가버린 자인데 나라가 온전할 수 있었겠습니까. 신으로부터 선택받은 나라이거늘 10·26이란 단순한 사건이 아니라 나라를 구한, 신의 뜻을 수호한 사건이 아닐 수 없습니다. 시퍼렇게 살아있는 선비 정신의 발현이었습니다. 박정희가 선비 정신이 뭔지 정도를 알았던들, 진정한 선비라면 그러한 자신을 하늘이 그냥 내버려 두지 않을 것쯤은 쉽게 알 수 있었을 것입니다. 컴맹이나 문맹 같은 선비맹이다 보니 그런 현장에서 죽어 나자빠진 거 아니겠습니까.”

“선비맹이어서 차전차 같은 놈과 붙어먹은 건 좋았는데 김재규가 선비란 걸 몰랐던 것이 패착이었겠군요.”

“내 눈에는 박정희가 차전차이고 차전차가 박정희로 보입니다. 내면은 차전차 하고 똑같은데 대통령이란 직분 때문에 속대로, 마음대로 하지 못하고 참느라 무척 답답하고 갑갑해서 견디지 못하고 차전차를 이용해서 대리 해소하고 있었던 것으로 보입니다. 그렇지 않고서야 그런 망나니를 그냥 내버려 두는 대통령이 이 세상천지에 어디 있겠습니까. 우리는 차전차를 통해서 박정희의 그 추악한 몰골을 훤하게 들여다볼 수 있었던 것입니다. 그리고 김재규가 선비라는 걸 아무리 맹추라고 할지라도 그렇지 그렇게 오래 붙어있는데 그거 하나 몰랐겠습니까. 하지만 그런 건 권력 앞에서는 아무짝에도 쓸모없다고 여긴 가라지 속성 때문에 큰코다친 것으로 보입니다. 선비 앞에 권력 같은 것은 개똥 같은 거라는 것을 그런 가라지가 알 턱이 있었겠습니까. 5·16에 왜 가담하지 않았겠습니까. 소신도 소신이겠지만, 선비가 소인배들 짓거리에 장단 맞출 수 있었겠습니까. 가담했다면 그는 선비가 아니었겠지요. 김재규가 차잔차한테 총을 쏘니까 ‘감히 어느 안전이라고…….’ 했다고 하잖습니까. 소인배 주제에 자기 딴엔 엄청나게 대단한 사람으로 생각했던가 봅니다.”

“선비가 아니라는 단적인 말인 듯하네요. 소인배가 선비한테 어느 안전이라니, 인류를 바로 세우기 위해서라도 거사는 피할 수 없었던 것으로 보이네요. 이런 것이 다 프랑스대혁명 때문이지 않을까 싶어요."

"프랑스대혁명이 세상을 두 쪽 내버린 덕택에 결국엔 666이 세상을 장악하게 되었잖습니까."

"세상을 패싸움하게 만들어 놓은 장본인이 거기 있었군요. 가라지들이 세상을 주도하게 만든 일등 공신이 그 유럽에 있었던 것이었군요."

그때 양손으로 자판기 커피 석 잔을 뽑아서 그 친구가 들고 왔다.

"커피 하시죠?"

"아, 예! 그렇지 않아도 뽑으러 가려던 참이었는데, 감사합니다."

"자리 좀 맡아두라 했더니, 그 새 여자 꽁무니 쫓아갔던 거냐?"

"그래서 커피 뽑아왔잖냐. 몰랐는데 여기에 거래처 여직원이 왔더라고."

"우리가 커피 뽑으러 갔더라면 이 자리 뺏길 수도 있었을 테니까 자리 맡아주신 거나 진배없겠는데요."

"너와집 다실에 사람들 좀 빠지면 거기에서 한잔 사겠습니다."

"이것만으로도 감지덕지하네. 음! 자판긴데 커피 향이 기막히네. 너와집 커피보다 열 배나 더 맛있겠구먼."

"와, 구수하네요. 어제 커피하고 달라요. 두 분은 어울리지 않는 것 같은데 어떻게 같이 오게 되셨나요?"

"여름 금악산도 취재할 겸 해서 계획을 잡아놓고 있었는데 애가 마침 전화 와서 할 수 없이 같이 오게 되었습니다."

"전에 해변시인캠프에도 같이 간 적이 있어서 전화해봤지요."

그때 '니가 왜 거기서 나와~' 하니까 박태윤 씨가 전화를 받았다.

"특강 들으러 가자는데 또 안 들어갈 거냐?"

"선배님은?"

"저야 뭐 자격도 없는데요 뭐."

"나는 자유반 수업이나 받을란다."

"자유반이 뭔데?"

"그런 게 있어."

주변에 앉아 있던 사람들도 하나둘 자리를 뜨더니 강당으로 몰려들 갔다. 이제 이곳은 어제와 같은 곳이 되었다. 거기에 한 사람, 정형이 더해지니까 어제보다 더 어제 같은 기분이 들었다.

새야 새야 파랑새야

"'껍데기는 가라'라고 소리 질러대는 시인의 목소리가 가슴을 두들겨댑니다."

"신동엽 시인에 대한 특강이라지요."

"내 가슴을 두들기는데 왜 조선 말기의 민초들 가슴속에서 북소리가 울려 퍼지는지 모르겠습니다."

"이 가슴, 그 가슴 다른 가슴이겠어요."

"세도정치와 민씨척족정권, 그리고 탐관오리들의 그 만행 속에서 치밀어오르는 분노 때문에 숨인들 제대로 쉬고 살았겠습니까. 살아 있는 것이 껍데기이고 죽은 것이 알맹이입니다. 껍데기는 권력에 놀아난 놈들이고 알맹이는 분노에 놀아난 자들입니다. 껍데기는 왜놈뿐만 아니라 민씨척족들이고, 대원군이고 전봉준이고 권력입니다. 알맹이는 동학도이고 농민들입니다. 권력에 눈이 뒤집힌 사특한 자들이 망나니 춤을 춰대는 사건이었습니다. 죽음보다 생명보다 더 큰 분노가 동학농민운동이지 않겠습니까."

"전봉준은 교주 말을 듣지 않고 대원군 말을 따른 것이라니 동학도가 아니고 대원군의 하수인에 지나지 않는 인물이겠군요."

"설사 영웅이라고 할지라도 그 많은 사람을 살렸더라면, 살리지 못하였더라도 나라를 지켜낼 수 있었더라면 아무리 대원군과 붙어 먹었더라도 영웅이라고 할 수 있겠지만, 그 많은 사람을 죽게 한 장본인인데 영웅이라니 머리에 쥐가 납니다. 그 위대한 분노, 그런 땅꼬마한테 놀아나지 말고, 이용당하지 말고 그 위대한 함성 좀 가라앉혔다가, 꾹꾹 참았다가 안중근처럼, 김재규처럼 사용했더라면 몇만 명의, 몇십만 명의 안중근이, 김재규가 생기고도 남지 않았겠습니까. 그랬더라면 이 역사 속에서 네로 같은, 히틀러 같은, 폴 포트, 도조 히데키, 김일성, 마오쩌둥, 스탈린 이런 잡놈들이 이 지구상에서 발붙일 수 있었겠습니까."

"'무슨 의리이고, 무슨 담략인가. 뼈가 떨리고 마음이 서늘하다.'라고 말한 조선 관리의 시선 속으로 파고 들어가서 꼭꼭 문을 꼭꼭 닫아걸고 숨어버리고 싶은 심정이네요. 뭣 때문에 그 위대한 함성을, 그 위대한 알맹이를 권력에, 왜놈들에게 나라를 떠넘기는데 이용당하고 말았단 말인가요. 종자 씨 하나 남기지 못하고 함성만, 열망만 남기고 말았는지 무엇이 이 가슴을 참기름 짜듯이 쥐어짠단 말인가요. 그 궁궁을을, 미륵의 정토를, 그 세상이 얼마나 간절했으면 그 부적을 가슴에 품은 채 죽음으로 돌진하고 돌진하였겠어요. 그 소중한 그 생명을, 안중근과 같은, 김재규와 같은 그 생명을 왜 소지처럼 불살라버렸어야 했는지……!"

"그 소지로 인해 이 세상에 지상천국이, 용화세계가 건설될 수 있지 않겠습니까. 이 나라가, 이 백성이 아무 이유도 없이 나라를 빼앗겼겠습니까. 지상천국을, 용화세계를 건설하기 위한 기반을 다지려고 그러한 것은 아니었겠습니까. 그 시인은 여기에 대해 뭔가를 알고 있을 테니까 도대체 어떻게 된 영문인지 한번 찾아가서 물어봐야겠습니다."

"물어봤어요. 껍데기만 가면 된다고 하더군요. 가라지만 불살라지면 지상천국이 펼쳐질 거라고 하더군요."

"가라지 불사를 때 성적과 정치도 함께 태워야 진정한 천국이 만들어지지 않겠습니까. 그놈의 성적과 정치가 인간들을 투우나 쌈닭으로 만들어버리지 않습니까."

"그런 것들도 다 가라지에 포함되겠지요. 이 좋은 곳에 와서 프로그램에 따라 강당에 틀어박아 놓은 건 시간상 공간상으로 손해 아닐까요. 권율 장군이나 김삿갓도 자유반 수업하신 걸로 알고 있는데 동문이시겠네요."

"예, 선배들입니다. 이래 봬도 명문 출신 아닙니까. 동문회에서 가끔 뵙기도 하는데 삿갓 선배님은 너무 먼 곳을 떠돌아다니시느라 그런지, 아직도 조부님에 대한 부끄러움에서 벗어나지 못해서 그런지 한 번도 참석하지 않으셨습니다."

"흰옷 입고 죽창 들고 '서면 백산 앉으면 죽산'이라고 할 정도로 몰려든 그 동학도들이 요한계시록에서 말한 흰옷 입은 무리가 아니겠는가 싶습니다."

"기관총 앞에서 죽어 나간 그 동학도들이 고스란히, 곰나루의 그 아우성과 함께 살아 있었다면, 순박한 조선의 그 의기와 분기가 살아 있었다면 이토 히로부미뿐이겠어요. 그 일본 천황도 결딴내버릴 수 있는 독립운동가들이 부지기수였을 텐데 그 싹을 싹둑 잘라버리고 만 셈이니 비극의 비극, 아니 비극의 제곱근인 듯하네요."

"서인들의 기축옥사 만행이나 홍선대원군의 병인박해 만행과 다르다고 볼 수 있겠습니까. 유신독재에 의해 그만큼 죽어 나갈 뻔했던 이 나라 겨레를 고스란히 살려놓아서 한류와 산업의 역군으로 만들어 놓은 이가 누구겠습니까. 4·19도 위대했지만, 거의 완벽에 가까운 혁명 아니겠습니까. 무슨 드라마인지 영화인지 보니까 국밥집에서 10·26 뉴스를 접한 손님들이 밥 먹다가 두 패로 나눠 싸움질해대고 있지 뭡니까. 그렇게 기대하고 고대하던 독재가 무너졌으면 서로 부둥켜안고 덩실덩실 춤을 추어야 하는 거 아닙니까. 의인을 나 몰라라 한, 생명의 은인을 죽게 내버려 둔 불똥이 어디로 튀었겠습니까."

"5·18이겠군요."

"나라의 위기를 일시에 해결해주었으면 올림픽에서 금메달 딴 것처럼 전 국민이 하나가 되어 '와와' 환호했던들 전두환 같은 놈이 감히 얼씬거릴 수 있었겠습니까. 통곡할 데도 가리지 못하는 자들이 구원은 어찌 받을 수 있을지 가슴이 먹먹합니다."

"권력을 없애면, 정치를 없애면, 666을 잡으면 박정희도, 김대중이도, 적그리스도 나타날 수도 없을 텐데 왜 그거 하나 못 없애는지 안타깝네요."

"선악과를 따먹지 않으면 저절로 없어지겠지만, 너도나도 권력을 따먹으려고, 돈을 따먹으려고 눈에 불을 켜고 덤벼드는데 어떻게 없어지겠습니까. 그런 현상들이 지금 대한민국 정치 상황에 너무나 정확하게 적용되고 있지 않습니까. 더 강력한 박정희가, 더 강력한 김대중이가, 더 강력한 적그리스도 나타날 수밖에 없습니다. 선악과를 따먹어대는 한."

여름밤 산길은 우주의 길목이다

한 겹으로 덮여 있던 어둠이 그 위에 한 겹을 더 덧씌우고 있었다. 그 어둠 속으로 빛이 들어와 박힌다. 어둠이 움직이니까 빛이 날아다닌다. 그 속에 그가 비스듬히 서 있다. 어둠도 빛도 다 움직이는데 그만 꿈쩍도 하지 않는다. 어둠과 빛이 꿈쩍하지 않는데 그가 요란스럽게 움직이는지도 모를 일이다. 어둠에서 중력이 빠져나가서 그럴는지도 모른다.

"와! 대단하네요. 오늘따라 반딧불이가 유난히도 많네요?"

"다이아몬드입니다. 여기가 그 서식지인가 봅니다."

"차 바꿀 때가 다 되었는데 저거 잡아서 차 한 대 뽑아야겠네요."

"잡지 않으면 보석이지만, 잡으면 곤충입니다."

"뜬구름 잡는 소리 했구먼요."

"마음이 가난한 자들에겐 다이아몬드이고 마음이 부자인 사람들에겐 곤충입니다. 저것은 물질이 아니라 정신으로 만든 재화입니다. 다이아몬드를 금은방에 가서 사느냐 소담계곡에서 사느냐 그 차이가 인간의 진정한 차이입니다."

"마음이 가난한 자 말고 누가 여기에서 사려고 하겠어요. 그 구매력은 정신에 대한 탐욕에서 나오겠네요. 저런 상품은 수행해서 도가 높아질수록 비싸지겠군요."

"구도자일수록 소중하고 아름답게 보일 테니까. 물질은 비쌀수록 비용 부담이 커지지만, 정신은 비쌀수록 비용 부담이 적어집니다. 어떤 학자가 이론을 하나 세워주면 좋으련만."

"정형이 다 세워 놓았잖아요."

"잡지사 기자가 아무리 세워놓은들 누가 알아주겠어요."

"정신 수준이 높으면 높을수록 저 다이아몬드 가격은 천정부지로 올라가지만 얼마든지 살 수 있고, 정신 수준이 낮으면 낮을수록 저 다이아몬드는 돌멩이보다 못하지만 살 수 없다 이 말인 거죠."

"자연에 대한, 아름다움에 대한, 찬란한 정서가 있는 사람들이 줄서서 사갈 것입니다. 기억에다가, 추억에다가, 생각에다가, 마음에다가 쌓아놓을 것입니다."

"금은방 다이아몬드는 차안의 보석이고 소담계곡 다이아몬드는 피안의 보석이겠군요."

"갖고 싶을수록 갖지 못하는 것이 물질세계의 한계이자 고통이라면, 갖고 싶을수록 무한히 가질 수 있는 것이 정신세계입니다. 불타오르는 욕망과 불타오르는 정서의 대비가 극명하지 않습니까."

"인간에게 있어서 시를 짓는다는 행위가 얼마나 중요한지 알 듯하네요. 물질로 지어진 집에서 벗어나 정신으로 지어진 집에서 살고 싶었는데 이참에 저 다이아몬드로 정신의 집 한 채 마련해야겠어요. 아직 수행이 모자라 살 수 있을지 모르겠지만, 잘하면 내가 원하는 집을 마련할 수 있을지도 모르겠다는 꿈이 생기네요."

"별이하고 사시니까 그 꿈은 틀림없이 이루어질 수 있습니다."

산막에서 꽁치통조림을 넣고 김치찌개를 끓여 소주와 과자랑 사서 야외 테이블에 자리를 잡았다.

"여기는 수행하시려고 오셨습니까?"

"수행은 무슨, 피서 차 왔어요. 지도교수님과 여기 무섭 스님하고 친분이 있으셔서 모시고 한번 찾아온 적이 있었는데 언제든지 오라고, 자주오라고까지 하셔서 오게 되었어요."

수긍할 수 없는 사회구조가 인간의 구조와 어긋난 채 굴러가는 데 그냥 묻혀 굴러갈 것인지, 아니면 그곳으로부터 빠져나와 내 삶을 내 주관적으로 강렬하게 살아볼 것인지를 이즘에서 깊이 고뇌해보고 싶었다. 그리고 피서도 할 겸, 시도 쓸 겸, 스님도 만나 뵐 겸 해서 찾아온 곳이었는데 뜻하지 않게 행사와 맞닥뜨리게 되었다.

"수준 높은 공부를 한다고 알려진 가톨릭 교우들 공부방에 초대되어 한 번 가본 적이 있었는데 무섭 스님의 시 「달에 걸린 하루」를 프린트해서 나눠줬습니다. 예닐곱 정도 되었는데 모두 좋다고 하면서도 구체적으로 뭐가 좋은지 모르더군요. 그렇게 난해한 시도 아닌데 언어에 대한 접근이나 시도가 너무 무식하다는 느낌과 '수준 높다.'라는 말의 의미가 헷갈린 적이 있었습니다. 시를 이해하지도 못하는 사람이 어떻게 좋아할 수 있는 건지, 표피적인 것만 갖고도 그러는 것인지 이해할 수가 없었습니다. 그들의 감동과 나의 감동은 서로 다른 것이 분명하였습니다. 그런데 말하는 건 청산유수이고 유식하였습니다. 그 무식과 유식의 차이는 어디에서 온 것인지 무척 궁금하였습니다."

"내적인 것과 외적인 차이, 알곡과 가라지의 차이이지 않을까요."

"무섭 스님의 선시는 읽을 때마다 비어있는 정신을 채워주고 채워진 정신을 비워주었습니다. 틈 봐서 인사 좀 시켜주십시오?"

"그러시죠, 무척 좋아하실 겁니다. 기독교지요?"

"중고등학교를 미션 스쿨에 다녀서 그런지 자연스럽게 하나님을 믿고 있습니다만, 어느 한 교회에 적을 두고 신앙생활을 하고 있지는 않습니다."

어둠은 강물이었다. 잔잔하게 흐르는 까만 강물 위로 그의 생각이 파문을 일으키며 떠내려갔다. 거기에 별빛이 내려앉으니까 언어가 되었다. 한 편의 시가 되었다. 별과 어둠과 그의 목소리로 시가 지어지고 있었다. 시를 짓고 있는 그는 신의 시였다. 그렇게 보니 이 세상에는 신의 시가 아닌 게 없었다. 이 세상은 신의 시화전이 열리고 있는 전시장이었다. 그런데 아무도 신의 시를 읽지 않았다. 아무도 그 전시장을 찾질 않았다. 이 세상에서 살아가면서 어쩌면 한 명도 찾아오지 않는지 말이 되지 않았다. 이 계곡 저편에도, 법당 안에도, 교회 십자가 옆에도, 어느 골목길 담벼랑에도, 어물전 아줌마 가슴팍에도, 공사장 자재 더미 속에도 화려하고도 아름다운 액자에 걸려 있건만, 바람만 와서, 어둠만 와서, 빛만 와서 읽고 갔다. 무슨 공사가 그다지도 다망한지 코빼기도 내비치는 사람이 없었다. 아마도 서로서로 물고 뜯으며 경쟁하고 싸우느라, 아니면 그걸 구경하는데 정신 팔고 있느라 그러는 것 같았다. 그들은 신보다가 사탄의 시가 훨씬 더 끌리는가 보았다.

"통조림 꽁치가 이렇게 맛있는지 몰랐습니다. 술도 그렇고 맛이라는 것이 때에 따라 차이가 이렇게 큰 줄 몰랐습니다."

"여기 오기 전에 몸이 많이 안 좋은 편이었는데 며칠 안 되었지만, 완전히 회복되었어요. 수안보에 사시는 소설가 박대철 선생님하고 월악산에 가서 소주 두 병 마셨는데 술을 마신 것 같지도 않더군요. 일 때문에 알고 지내던 사람과 충무로에서 똑같이 소주 두 병을 마셨는데 토하고 난리 났습니다. 어디에서 누구하고 마시느냐, 먹느냐에 따라서 극과 극이란 걸 알겠더군요, 왜 가라지는 가라지들끼리, 알곡은 알곡들끼리 살아가야 하는지, 좌파는 좌파들끼리, 우파는 우파들끼리 살아가야 하는지 자명하군요."

"시 한 줄, 성경 한 구절, 불경 한 대목도 제대로 이해 못 하는 사람들이 이 세상의 중심이 될 수 있겠습니까. 이 세상의 변방도 차지할 수 없는 자들이 자기들이 세상의 중심이라고 붙들고 우기면서 떼를 쓰니 이 세상이 온전하게 돌아갈 리 만무하지 않겠습니까."

"시와 성경과 불경은 세상의 중심으로 찾아드는 길라잡이라고 봐야겠군요."

"시도 뭔가를 깨달아야 한 편을 지을 수 있듯이 성경과 불경도 우리로 하여금 뭔가를 깨닫게 하려고 쓰였기에 '깨달음'에 공통분모가 있지 않겠습니까. 수행을 통해서 스스로 깨닫던가, 신앙생활을 통해서 깨닫던가 이 세상은 하나이지 않습니까. 불교든, 기독교든 그 어떤 종교이든지 간에 다른 세상의 종교가 아닌 이상 하나일 수밖에 없지 않겠습니까. 스스로 깨닫고자 한다면 수행을 통해 시를 짓는 일이 가장 좋은 방법이겠지요. 그런데 시가 아닌 시들, 플라톤이 추방해야 한다고 말한 그런 시인들이 쓴 유행가 가사 같은 시들이 판을 치고 있잖습니까."

"마냥 좋기만 한 것 같고, 청순해 보이기까지 한데 삶이 뭔지? 신이 뭔지? 아무것도 모르고, 그저 돈이나 권력이나 추구하며 천방지축 날뛰고 있는 모습들이 가슴 아프네요."

"그 모습 그대로 지옥으로 굴러떨어질 것이라곤 상상도 못 하고 있다는 것이 더 끔찍합니다. 그들을 구원하기 위해서 예수님이 십자가에 못 박혀 돌아가셨는데도, 석가모니가 그렇게도 고행하면서 설법을 하였건만, 아무것도 모르는 저들을 그냥 저대로 지옥으로 굴러떨어지게 내버려 두어야 하는지……!"

"어쩌겠어요. 신의 법과 진리의 톱니바퀴는 한 치의 오차도 없이 굴러갈 터인데……."

"진리의 톱니바퀴에 올라타기 위해서 수행해야 하는데 진리와는 한 점도 관련이 없는 권력을 좇아, 돈을 좇아 광분하고 있으니……."

"어떤 사람은 시를 지어보려고 갖은 노력을 다 해봤지만, 되지 않아서 그냥 남의 시를 외우기라도 하면서 지낸다고 하더군요. 또 어떤 사람은 퇴직하고 나니까 시간이 없어서 그동안 못 했던 걸 다 해보기로 했는데 시만은 포기했다고 하더군요."

"깨달음과 무관한 시들을 쓰고 읽고 하는 것보다 차라리 그분들이 더 나을 수도 있을 것 같습니다."

"시인의 땡추, 땡추 시인, 그런 시인들의 시 같지도 않은 시들이 베스트셀러가 된다는 것만으로도 이 세상은 비정상적이라고 볼 수 있겠군요."

"형편없는 인간들과 형편없는 시가 맞물리니까 겉보기에는 잘 돌아가는 것으로 보이지 않습니까."

"세상이 구원과 멀어지고 있는 이유이겠네요. 심각한 무지! '너 자신을 알라.' 그러면 그나마 다행인데 오히려 잘난척하니, 거기에다가 뻐기기까지 하는 꼴은 민망해서 도저히 눈뜨고 쳐다볼 수 없을 지경이더군요. 진리의 톱니바퀴가 돌아가는데 무지의 톱니바퀴가 거기에 맞물려 돌아갈 수 있을 리 만무하니, 이 세상은 와장창! 무너질 수밖에는 별다른 도리가 없겠군요."

"이런 거, 저런 거 다 봐도 종말은 필요불가결한 일입니다. 때가 되었습니다. 더 늦기 전에 회개해야 합니다. 탈바꿈해야 하는 일이니 만큼 만만치 않겠지만, '구하면 얻으리라' 하였으니 타고나지 못했더라도 '구하면' 분명히 '얻을' 수 있을 것입니다. 시는 누구나 짓기 힘들더라도 수행은 누구나 할 수 있지 않겠습니까. 드라마 같은 걸 보면 작가가 글을 쓰다가 잘 안 되면 원고지를 꼬깃꼬깃 구겨서 방바닥에 내동댕이치지 않습니까. 방바닥 여기저기에 내동댕이쳐진 원고지, 거기에 적혀 있는 글들이 너무 처참하지만, 그 글들로 인해 진짜 글이 안 되는데 어쩌겠습니까. 지금을 말법 시대, 종말의 시대 아닙니까. 완전히 꼬일 대로 꼬여버렸는데 어쩌겠습니까. 노아의 홍수처럼 두 손으로 갈기갈기 찢어발겨서 똘똘 뭉쳐 내동댕이치실 것으로 보입니다. 안타깝고 애통한 마음을 선지자들을 통해 여기저기에 남겨놓지 않으셨습니까. 우리가 내동댕이쳐진 원고가 아니라 책 안에 적혀 있는 하나의 문장이 되어, 이성과 감성에 영양분이 되는 글이 되어, 세상의 빛이 되어야 하지 않겠습니까."

"그러려면 수행이나 신앙생활이 중요할 텐데 교회도 절도 보면 그 교회의 목사를, 그 절의 스님을 더 떠받들고 있는 듯하더군요."

"'뭣이 중헌디!', 정말 그 영화 대사가 절로 튀어나옵니다. 사이비 같은 건 차치하고서라도 종파나 교파가 이렇게 쪼개지고 갈라진 것이 다 뭣이 중한지 모르는 인간들의 소치이지 않겠습니까. 사실 종파나 교파의 수는 인구 숫자와 일치할 것입니다. 모조리 자기 자신을 중심으로 살아가고 있지 않습니까. 자기 자신이 하나의 종교이고 하나의 교파 아니겠습니까."

"선악과를 따먹는 한 신도, 신앙도 자기들 마음대로 만들어서 따먹고 있으니 그러지 않을 수 없겠군요. 절이나 교회에 나가는 건 형식이나 규모가 필요해서 그런다고 볼 수 있겠군요."

"어쩌거나 그 어떤 신앙이든지 중요한 것은 그 개개인들의 정신구조가 어떻게 짜여 있느냐 그것이 문제 아니겠습니까."

"사람이 하는 일을 하늘이 하나도 빠트리지 않고 지켜보고 있다고 했는데 극락 보내주겠다고 하는 자들이나 극락 가겠다고 하는 자들이 모두 자기들을 지켜보고 있는 하늘을 무시하고 자기들끼리 짝짜꿍하고 있으니 극락이 텅텅 비는 건 아닐까 걱정이네요."

"유신론자들, 주리론자들이 있는데 그럴 리야 있겠습니까. 창세로부터 너희를 위하여 예비된 나라를 상속하겠다고 한 오른편에 있는 자, 우파들이 있는데 그러기야 하겠습니까."

"어디가 옳은 덴지, 어디가 그른 덴지 몰라서 신앙생활을 못 하고 있는데 어쩌지요?"

"저도 집 옆에 있는 교회에 가끔 다니긴 하지만, 그 어디에도 적을 둔 데는 없습니다. 우파시잖아요. 제가 어떻게든 두 자리 알아보겠습니다."

"정형만 믿겠습니다."

"신을 믿는다는 전제하에 드린 말씀입니다. 저를 믿는 건 사이비나 마찬가집니다."

"신께서 지금 우리 곁에 계시는 것도 다 알고 있는데 아무러면요.

무신론자, 주기론자, 좌파들에 대해서는 뭐라고 하셨나요?"

"왼편에 있는 자들에게 이르시되 저주를 받은 자들아 나를 떠나 마귀와 사자들을 위하여 예비된 영영한 불에 들어가라고 하셨습니다."

"성경에서 이미 우파와 좌파에 대해 다 말해놓고 있었던 거군요. 신은 알파이자 오메가이고 오메가이자 알파라는 사실이 새삼스럽게 느껴지는군요."

"예수님이 인도에 가시고, 부처님이 예수의 탄생을 예견하신 것만 봐도 예수와 부처는 초록동색이고 신이 보낸 분들이 분명한데 종교가 어찌하여 이런 난맥상을 형성했겠습니까. 눈앞에 선악과가 주저리주저리 열려있는데 그걸 절에다가 떼어주겠습니까. 그걸 교회에다가 넘겨주겠습니까. 아마도 머저리가 아닌 이상 속으로는 다 알고들 있을 겁니다. 그렇지만 그랬다간 부귀고 영화고 다 날아갈 판이니 그러려고 하겠습니까. 절은 절대로 매달리고, 교회는 교회대로 매달려 있으니 진리가 어떻게 남아나겠습니까."

"그럼 그들을 믿고 죽어라 믿으며 살아온 신도들은 어찌합니까?"

"어쩔 수 있겠습니까. 스스로 깨우칠 수밖에, 탈북민처럼 비진리에서 탈출해야 합니다. 잘 모르겠으면 탈북민한테 가서 탈출하는 방법과 용기 같은 거 좀 배우면 되지 않겠습니까."

"목사나 스님보다 탈북민을 통하면 훨씬 수월하겠군요."

"'빠삐용'이나 '쇼생크 탈출' 같은 영화를 통해서도 배울 수 있을 것입니다. 강철 같은 북한, 강철 같은 감옥에서 탈출하는 것이 아니라 강철 같은 자기 정신머리로부터 탈출해야 합니다."

"탈북자들이 자기 자신을 북한에서 남한으로 이동시키듯이 회개나 해탈은 자기가 자신을 신의 세계에다가 창조하는 행위라고도 볼 수 있겠군요."

"그렇지 않고 들어갈 방법이 있겠습니까. 시 짓고 공부하는 것이야말로 신의 세계에 자기를 창조하는 가장 좋은 방법이 아니겠습니까. 그 어떤 신앙생활보다 더 효과적인 신앙생활이 아니겠습니까."

차전차와 60빌딩은 권력의 현상이다

"북한 동포들이 탈북하지 못하고 북한에 꽁꽁 묶여 있듯이 남쪽 사람들도 좌파와 우파로 꽁꽁 묶어 놓은 것은 박정희와 김대중 때문이지 않을까요. 그들이 절과 교회처럼 거대한 감옥이 되어 보수우파, 진보좌파를 가둬두고 있기 때문이라고 여겨지는군요."

"권력 따먹기 위해 별짓 다 하며 살아온 사람들 아닙니까. 권력과 돈이 선악과라는 사실은 말해야 알겠습니까. 사탄의 그 두 짐승이 누구인지 말해야 알 수 있겠습니까."

"두 짐승의 정신머리와 그 두 사람의 정신머리를 비교해보니 음흉스러운 면이 아주 딱 들어맞는군요. 최근에 보니까 김대중을 수십 번이나 만났던 외국의 유명 기자가 그에게 속을 걸 알고 치를 떨었다고 하더군요. 남을 속인 것 보다가 더 나쁜 건 남의 숭고한 정신까지 더럽힌 것이거나 수많은 사람을 속이는 데 이용한 것이니, 그 수법 또

한 두 짐승의 속성에 딱 들어맞는 것 같군요."

"가라지들이 고도로 진화해버린 탓에 한 기자뿐만 아니라, 한 나라의 운명뿐만 아니라, 노벨상까지 더럽혀지고 말지 않았습니까. 이걸 어디에다가 하소연해야 할지 가슴이 먹먹합니다."

"김영삼과 노태우가 붙으면 누가 이기겠습니까. 군사정권 종식할 그런 절호의 기회에서 민주화를 그렇게 열망한다는 그런 자가 끼어들어서 깽판 놓고 말았잖습니까. 민주화는 구실이고 처음부터 오로지 권력만을 열망했던 자라는 사실이 그거 하나만으로도 만천하에 드러나지 않았습니까. 그 미국 기자가 그걸 감지하지 못했는지 안타깝습니다. 김대중은 운동권과 마찬가지로 박정희의 부조리와 부정부패를 먹고 자라난 독버섯, 박정희의 부산물이라고 볼 수 있습니다. 재야운동가 장기표 선생은 혁명하지 않은 한 김재규라고 생각하는데 그분이 그러시더군요. 적에게 뇌물 주고 노벨평화상 받은 것이라고 볼 수 있지 않겠습니까. 그 돈도 자기 돈이겠습니까."

"평생 권력 잡고 쥐어 흔들어대는 꿈만 꿔온 사람이 권력 잡으면 무슨 짓을 할까. 그 정답이 바로 김대중이겠군요."

"그 정권하에서 기업이나 경제계 판도가 어째서 그렇게 요동칠 수밖에 없었던 것인지, 구십구 프로도 아니고 백 프로 짐승을 보는 듯하여 모골이 송연합니다. 오직 권력, 그렇게 오매불망하던 그 권력을 잡게 되었을 때 어떤 심정이었겠습니까. 네로 같은 심정이 활활 불타오르지 않았겠습니까. 차전차를 이용해서 표출해대던 박정희의 포악한 그 심정과 어느 모로 보나 일치하지 않습니까. 정치하겠다고 줄

186

서 있는 자들 심정과 다른 데 찾아낸다면 오백 원 주겠습니다."

"오만 원도 아니고 오백 원, 보수 쪽에는 그래도 몇 명 있는 것 같긴 하던데, 있어도 찾지 않고 말겠네요."

"장기표 선생은 노무현하고 김대중은 서로 사람 취급하지 않았다고 하던데, 노무현이가 죽자 자기 반쪽이 죽은 것 같다고 하는 걸 보고 섬찟하였습니다. 권력은 정말 죽음보다 무섭구나 싶었습니다. 평생 이런 수법으로 그 외신기자도 속이고 어리석은 국민들도 속여왔겠구나 싶으니까 모골이 송연하지 뭡니까."

"늙은 그 육체적인 기력이 정신적인 그 어마어마한 욕망을 어떻게 감당할 수 있었을지 의아스러운 대목이군요."

"그 사람 이력을 뒤져보면 알 수 있을 것입니다."

"도대체 이 나라 백성들은 뭐 어떻게 생겨 먹은 족속들일까요?"

"기생충 아니겠습니까. 제 눈에는 구더기처럼 똥통에 들어있는 권력이라도 뜯어먹으려고 드는 족속들로밖에 보이지 않습니다. 짐승한테 표를 받는 것이 그들의 사명이니 어쩔 도리 없어 보이지만, 그래도 구제할 수 있는 무슨 방법이 없을까 싶어서 그들 정신머리 속으로 들어가서 살펴봤는데 잔머리들이 너무 뒤엉켜 있어서 실패했습니다."

"그들 옆에 가보면 기분상으로 느껴지는 것이 바로 그 잔머리들을 디지털화해놓은 것 같은 그런 느낌이 들더군요."

"팽이가 돌아가도, 지구가 돌아가도 축이 하나여야 제대로 돌아갈 텐데 세상이 왜 쿵쾅쿵쾅거리겠습니까. 이대로 계속 돌아간다면 세상은 결국 파국을 면치 못할 것입니다. 그러기 전에 아무 따나 박아놓은 그 축들을 뽑아버려야 합니다. 하나의 축으로, 신의 축으로만 돌아가게 해야 하지 않겠습니까."

"우리 둘만으로 그 축을 뽑을 수 있겠어요. 어떻게, 사람들을 좀 모아야 하지 않을까요."

"한 십사만사천 정도 모으면 될 것입니다."

"신문에다 광고하면 될까요?"

"김재규, 김재규를 연호하는 사람들을 모으면 됩니다."

"십사만사천은 되겠군요."

"김재규 2세를 대통령 시켰던들, 물론 박정희 피하고는 달라서 시켜줘도 하지 않겠지만, 이 나라 정치판이 이 지경이 되지는 않았을 것입니다. 이 모든 참상은 다 박정희의 위업이고 업적이고 유산입니다. 김재규 발톱의 때만도 못한 운동권들이 다 해 처먹고 다 말아 처먹게 만들어 놓은, 그 업적이 눈물 날 정도로 위대하지 않습니까. 그런 썩어빠진 것을 편들면, 편든다는 것은 진보 좌빨들 입에 떡을 집어넣어 주는 꼴이나 마찬가지 아니겠습니까. 이게 웬 떡이냐고 덤벼든 것이 그 탄핵 아니겠습니까. 아무리 이미지 메이킹을 잘했다고 한들 자기 부인이 죽어가는 데도 태연하게 계속 기념사를 하다니, 그걸 보고 무슨 작전이라도 성공한 것처럼 손뼉을 치다니 악마와 짐승들의 공연 같다고 누군가가 그러질 않습니까."

"권력과 성욕에 대한 결말이라는 느낌이 드네요."

"'죽은 여자보다 더 비참한 것은 잊혀진 여자'라는 시구가 떠올라

한동안 가슴이 먹먹해서 혼났습니다. 제 눈에는 월간지의 심층취재를 떠나서, 차전차 같은 사람을 쓰는 그 배경을 떠나서 사건의 전말이 그거 하나만으로도 훤히 들여다보였습니다."

"인간이 짐승을 지지할 리는 없을 테고 짐승이니까 짐승을 지지할 수 있었던 것이겠군요."

"그 이미지 메이킹에 놀아났다고 쳐도 그런 거 하나 꿰뚫어 보지 못한 인간들이 신의 존재를 어찌 알겠습니까. 신을 모르는 존재가 어떤 것인지 가름이 되지 않습니까."

"나쁜 것은 제쳐놓고서라도 독재를 비판하였더라면 운동권하고 입장이 같았더라면 운동권들이 준동할 근거가 어디 있었겠습니까. 탄핵 같은 것을 어떻게 만들어낼 수 있었겠습니까."

"독재자가 사라졌는데도 춤을 추지 않으니 사탄이 춤을 출 수밖에요. 자기들 편도 아니면서 자기들 먹여 살려주고 있으니 춤이 나와도 절로 나올 법하겠군요."

"극우나 극좌는 권력의 자식입니다. 사탄의 두 형제 아니겠습니까. 형제간이니 도와주려고 그런 거 아니겠습니까."

"알곡들 형제는 '형님 먼저, 아우 먼저 하겠지만, 가라지들 형제도 그럴까요. 집안마다 특히 유산 문제로 피 터지게 싸우는 형제들이 많던데요."

"우리 형제도 가라지인지 보통 아닙니다. 선거 때만 되면 똑같은 짐승들끼리, 가라지들끼리 서로 더 뜯어 먹으려고 물고 뜯는 꼬락서니들을 보면 원수이지 형제겠습니까. 이쪽저쪽 다 가라지이지만, 이

나라에서는 특히 극좌파뿐만 아니라 좌파들의 그 극성이 도를 넘어서도 한참 넘어선 듯하였습니다."

"그럼 알곡은 도대체 어디서 뭘 하고 있단 말인가요."

"알곡이 정치판에 나오겠습니까. 나왔다간 몸 버리고 마음 버릴 텐데, 김대중을 인터뷰했던 그 외신기자처럼 자기도 모르는 사이에 신세 조져버릴 텐데, 똥파리들만 왕왕거리며 달라붙을 텐데 제정신 가진 사람이 그런데 어떻게 나오겠습니까."

"우리 친척 아재가 그러시던데 자기는 고등학교 때 공부를 한 자도 하지 않았다고 그러시더군요. 박정희가 집권하고 있는 나라에서 돈벌이하며 살고 싶지 않아서 그랬다더군요. 광고 탄압 때 이민 가겠다는 사람들이 많았는데 그 아재도 결국 캐나다로 떠나버리더군요."

"김재규가 왜 죽음의 길을 선택했겠습니까. 독재자이지만 그 덕에 누릴 수 있는 호사는 다 누릴 수 있을 텐데도 왜 그랬겠습니까. 가라지가 아니기 때문에, 알곡이기 때문이지 않겠습니까. 권력에 욕심 있었다면 그거 하나 성공하지 못했겠습니까. 지금 대통령처럼 그거 하나 성공하지 못했겠습니까."

"우리 대학 홍월식 교수께서 그러시던데 자기 집안의 가훈이 '정치하지 말라'라더군요. 국무총리를 제안받으신 적이 있는데 그런 것도 거절했다고 하시더군요. 냄새나는 그 더러운 정치는 왜 버리지 못하고 끼고 살아야 하는지 알다가도 모를 일이라고 하시데요."

"로또 같은 심리, 권력으로 한몫볼 심산 아니고서야 그 더러울 걸 끼고 살겠습니까. 남의 이익을, 남의 재산을 자기가 어떻게 한몫 챙기려는 도적놈의 심보 아니겠습니까. 악인을 반대하고 의인을 지지해야 할 텐데도 왜 박정희를 지지하고, 왜 김대중을 지지하고, 왜 김재규를 지지하지 않겠습니까. 5·16도 엄연한 범죄 아닙니까. 얼마나 앞뒤 분간 가리지 못하는 인간들이었으면 그런 총살감을 찍어줄 수 있단 말입니까. 그 바람에 총살형이 18년이나 늦춰졌잖습니까."

"그나마 형이 집행되었으니 망정이지 그렇지 않았다면, 비명을 지를 것 같네요."

"요즘도 범죄자한테 버젓이 표를 찍어주고 있던데 이거 참! 뭐라고 해야 할지 말이 안 나옵니다. 그런 자는 한 표도 나오지 않아야 정상이지 않습니까. 아무리 부정 선거를 한들 통하겠습니까."

"두 짐승하고 가라지들이 놀아나는 것이 민주주의라니, 이런 민주주의, 이거 선조 때 김효원이 하고 심의겸이가 두 쪽 내놓은 걸 아직도 끼고 살다니 어지간한 인간들이지 않나요. 한 쪽은 서인, 노론, 진보좌파이고 다른 쪽은 동인, 남인, 보수우파잖아요. 이 세상은, 이 우주는 신을 중심으로 돌아가고 있거늘, 두 짐승과 가라지들이 자기들 중심으로 돌리려고 광분에 떨고 있으니 자전축이 받고 있을 스트레스가 엄청나지 않겠습니까. 지금 당장이라도 자전축이 이동하더라도 하나도 이상하지 않을 것 같잖아요."

"예언대로 되지 않겠습니까. 데모니, 파업이니 이런 거 다 노동자는 노동자대로, 기업가는 기업가대로 자기들 중심으로 세상을 돌리려고 하는 짓거리 아니겠습니까. 민주주의를 업고서 정치도 정책도 자기들 이익을 위해 핏대 세워가며 달려드는 통에 입은 손실이 천문학적이라던데, 박정희 앞에서는 벌벌 기며 비겁하기 짝이 없이 꽁무니 빼고 줄행랑치던 놈들이 아니겠습니까. 그러는 통에 박정희는 가만히 앉아서 그 천문학적인 돈을 벌어다 준 셈이 되지 않습니까."

"주말에 세종로, 종로 쪽으로 나가봤더니 요즘에는 한 팀이 나와서 하는 것이 아니라 이 골목 저 골목 가는 곳곳마다 데모더군요. 뭐 그리 대단한 일인가 싶어 가만히 들어봤더니 아무것도 아닌 걸 갖고 그래야만 하다니 너무 슬프더군요. 저런 인간들에게 정을 붙일 수 있겠는가 싶더군요. 좀 참고, 좀 손해 보고 넘어가면 될 일을 더 덕 보려고 땡볕에 나앉아서 저러는 꼴을 들여다보니 영락없는 짐승이더군요. 군사독재는 가라지들이 준동하지 못하게 묶어놓은 것 그거 하나만큼은, 이이제이한 것 그거 하나만큼은 박수를 보내고 싶은 심정이더군요."

"거기다가 서강학파니, 뭐니 해서 고도경제성장 정책을 폈으니 돈 잘 벌어주는 대통령이 될 수밖에 없었겠지만, 딱 거기까지였다면 몰라도 말 같지도 않은 '10월 유신'이라니, 그러니 10월에 죽을 수밖에 없지 않았겠습니까."

"5·16도 바로 적에게 혈서까지 써가며 안되는 걸 되게 만든 그 정신머리에서 나온 것이 아니겠습니까. 5·16이야말로 제2의 혈서이고 10월 유신은 제3의 혈서 아니겠습니까. 적에게 충성을 맹세한, 사탄에게 충성을 맹세한 혈서, 거기에서 나온 박정희의 구호가 뭐겠습니까. '하면 된다.' 아니겠습니까. 법이고 원칙이고 도리고 간에 무조건하면 되었으니까 '해봤어?'라고 몰아붙이던 정주영과 더불어 우리나라 경제는 덕 본 면이 있겠지만, 그 궁극적인 노림수는 무엇이었 겠습니까. 그 짐승의 대가리로 노릴 것이 별거 있었겠습니까. 권력, 그거 하나 아니었겠습니까. 그걸로 입맛대로 오입질 마음껏 하는 거 아니었겠습니까. 외국에 어떤 작자는 미인하고 놀아나기 위해 돈 번 다고 대놓고 떠벌리다가 어린 부인한테 독살당했다고 하던데 대놓 고 말하지 않아서 그렇지 그런 놈이 한둘이겠습니까. 나랏돈으로 노 래는 노래, 여자는 여자, 심지어 유부녀까지, 연산군은 TV나 영화가 없어서 입맛대로 고르기 쉽지 않았을 테니까 연산군보다 더한 놈 아 니었겠습니까. 연산군은 욕하면서 박정희를 욕하는 사람 본 적 없습 니다. 어찌 된 영문인지 모르겠습니다."

"박정희도 그 바탕이 지독한 좌파잖습니까. 독재자 중에서 보수 우파는 한 명도 없습니다. 있다면 다 박정희 같은 케이스겠지요. 보 수우파는 성선설로 태어난 사람들이 아니겠어요. 하는 짓을 보면 좌 파인지 우파인지 바로 나오거늘 보수라고 하면서 특히 극우라고 하 는 자들이 어째서 그런 좌파를, 독재자를 추종할 수 있는지 웃기지 않습니까."

"좌파들이 부정 선거 때문인지는 몰라도 늘어난 느낌이더군요."

"보수우파가 선거 조작을 하겠습니까. 진보좌파가 선거 조작을 하지 않겠습니까. 거기에도 기인하겠지만, 말세니까, 가라지들이 기 하급수적으로 늘어나는 추세라고 여겨집니다."

"김재규는 국민들로부터 최소한이나마 그 인간성을 기대했을 터 인데 무반응! 완전, 무시당한 그 기분, 목숨까지 바쳐 구하고자 했던 정의! 그런 사람들로부터 버림받은 그 기분, 박정희가 맞은 그 총알보다 더 차디차지 않았을까 싶네요."

"태어나면서부터 선과 정의의 굴레에서만, 퇴계처럼 주리론적으로만 생각하고 판단하며 살아온 대가 아니겠습니까. 믿을 걸 믿어야지 짐승을 믿은 대가 아니겠습니까. 박선호가 사람들이 알면 놀라자빠질 만한 박정희의 여성 편력에 대해 말하려고 하자 김재규가 막아 버렸다고 하잖습니까. 박정희가 맞은 그 총알보다 더 차디찬 총알을 쏘아 대는그런 자들을 위해 그의, 주리론자의 인간미가 어떤 것인지 알고도 남을 만하지 않습니까. 진정한 보수우파 아니겠습니까."

공자왈, 맹자왈 하던 조선 시대에서도 찾아보기 힘들던 그 선비가 썩어 문드러진 그 유신의 한 귀퉁이에 서슬 시퍼렇게 살아 있었다니 놀라울 따름이었다. 어린 시절 나무꾼에게 나무를 삼 분의 일 값으로 사겠다고 우기는 일본 순사에게 대든 그 기개가 나비처럼 날아와서 10·26을 업고 독수리처럼 날아가는 모습이 떠오르는 바람에 나도 모르게 가슴에 두 손을 모았다.

"감사합니다."

"예?"

"아! 이 나라에 김재규 같은 의인을 보내주셔서 감사하다고 기도하였습니다."

"난 또, 내가 무슨 감사한 일이라도 했나 싶었습니다."

"정형 말을 듣지 않았던들 신께 감사하다는 생각이 들었겠어요. 이것저것 아는 게 많으시네요."

"사람들 사이와 인터넷 사이로 떠돌아다니는 얘기를 조금씩 주워 담은 것일 뿐입니다. 제대로 아는 사람 같으면 얼마나 더 끔찍스러운 일들이 있었을지 상상하기조차 두렵습니다. 육영수 여사의 죽음도 그렇지 않겠습니까."

"인간이기를 포기한 자가 권력을 계속 휘둘러댔다면, 그 권력을 사수하려고 발버둥 쳐댔다면 여자도 여자지만, 이 나라도 남아나지 않았을 것 같은 생각만 해도 소름 돋습니다."

"박정희는 김재규한테 고마워해야 합니다. 김재규가 아니었더라면 킬링필드 같은 살인마가 되지 않았겠습니까. 킬링필드, 김재규처럼 그런 쓰레기, 그런 잡놈 하나 간단하게 제거하지 못하고 우금치에서 죽어 나간 동학 농민처럼 죽어 나가다니 어처구니없을 정도도 아니지 않습니까. 시궁창 냄새보다 더 지독한, 하찮은 그런 천하디천한 것에 빌빌 싸다가 죽어 나가다니, '죽고자 하면 살 것이요. 살고자 하면 죽을 것'이라고 했는데 모조리 살고자 하다가 그런 쓰레기한테 모조리 죽어 나간 것이 아니겠습니까. 선악과 같은 그딴 거 쳐다보지 않았더라면 권력을 쓰레기 취급할 수 있었을 텐데, 그런 쓰레기가 인간을 갖고 놀게 김재규처럼 내버려 두지 않았을 텐데 인류 역사에 김재규가, 의인이 얼마나 필요한지 다시 한번 절감하게 됩니다."

"월드컵 경기를 시청하다가 꼴 하나 넣으니까 우리 건물이 붕 떴다가 내려앉는 것 같더군요. 와, 진짜 지진 난 줄 알았어요. 공 한번 잘 찬 거, 자기가 찬 것도 아닌 그까짓, 하찮고 하찮기 이를 데 없는 그까짓 것에 단 한 명도 빠트리지 않고 중요한 약속도 취소하고 TV

앞에 앉아 일제히 열광하니 놀라울 정도가 아니라 무서울 정도더군요. 10·26 때는 보나 마나 딱 자책골 먹은 분위기였을 거예요. 골 넣은 걸 악하다고 볼 수는 없겠지만, 뭐든지 이기려고 하는 그 속성을 보니 사탄에게 걸려들지 않고서 어찌 저럴 수 있겠냐 싶더군요. 권력에 맹종하다가 죽어 나자빠지는 킬링필드 형국에다가 의인을 배척하는 형국을 끼어 맞추니 딱 맞아떨어지네요."

"말세라고 하는 밑그림에도 지남철처럼 딱딱 달라붙는 듯합니다. 속히 될 일이라고 하셨으니 지남철보다 더 빠르게 달라붙지 않을까 싶습니다. 알곡으로 태어났으면서도 가라지 무리 속에서 돈, 돈 하면서, 권력, 권력 하면서 우왕좌왕하는 자들 속히 될 일보다 먼저 회개해야 할 텐데 안타깝습니다. 인간들이 이런 말이 무슨 말인지도 모를까 두렵습니다."

"알아야 복을 받는다고 했는데 얘기해도 말 같게 취급하지도 않더군요. 보수우파는 그렇다고 쳐도 진보좌파는 박정희한테 이를 가는 사람들이면서 김재규한테 왜 싸늘한 것일까요."

"의를 위해 이를 갈았겠습니까. 자기 쪽 짐승을 추종하기 위해 이를 갈았던 것은 아니었겠습니까. 그들 중에서도 신을 믿는 자들이 많겠지만, 신 보다가는 그들의 권력자를 일방적으로 추종하는 자들이 대부분이지 않겠습니까. 표가 다 말해주고 있잖습니까. 제 생각으로는 진보좌파들은 대다수 유물론자일 테니 그래도 신을 추종하는 자들은 십 프로 정도는 되지 않을까 싶고, 보수우파에서는 유심론자들이 그래도 더 많을 테니 삼십 프로 정도는 되지 않겠나 싶습니다."

"김재규를 추종하지 않고 박정희나 김대중을 추종하는 자들이 구원받을 방법은 없을까요."

"돈 같은 거, 권력 같은 것이 안중에 있었더라도 안중근이, 김재규가 그렇게 할 수 있었겠습니까. 돈과 권력을 추종하는 자들이 돈과 권력을 없애려고 하겠습니까. 계속 두 짐승을 추종하느라 여기 붙을까 저기 붙을까, 잔머리 굴리는 속도가 아무리 빠른들 신을 중심으로 돌아가는 세상의 속도를 감당할 수 있겠습니까. 결국에는 쓰러지고, 자빠지고 굴러떨어지고 말지 않겠습니까. 그런 잔머리를 과감하게 떨쳐버리고 신의 중심으로 갈아탈 수 있다면 몰라도 '신이 어딨어.'라고 하는 작자들이니 어림도 없습니다. 신을 온전하게 인식하고 신의 의지에 순응한다면 그 누군들 구원받지 못하겠습니까. 이 세상이 신의 의지에 따라 굴러가는데 거기에다가 니체처럼 자기 의지, 권력 의지를 들이대면 어떻게 되겠습니까. 니체처럼 나가떨어지고 처박힐 수밖에 없지 않겠습니까."

"니체가 그랬었나요?"

"미쳐 날뛰다가 죽어 나자빠졌잖습니까. 왜 미쳤겠습니까. 세상의 이치, 신의 섭리가 시작과 끝을 아우르며 돌아가고 있는데 거기에다 대고 자기 의지를, 권력 의지를 들이대니 박살 나지 않고 배길 수 있었겠습니까. 박정희와 김대중이 한국의 두 짐승이라면 니체와 마르크스는 철학의 두 짐승이고, 돈과 권력은 개념의 두 짐승이라고 정의할 수 있을 것입니다. 여당과 야당은 정치적, 민주주의와 사회주의는 이념적, 자본주의와 공산주의는 체제적 두 짐승 아니겠습니까,

짐승에, 짐승에 의한, 짐승을 위한 세상 아니겠습니까. 이들에게 링 컨이 어디 있습니까. 오직 666만이 있을 뿐입니다."

"666, 뭘 더 먹겠다고 666 그거 하나 놓지 못하고 끌어안고 산단 말일까요."

"세상에 신이 없다면 정치가 필요할 수도 있겠지요. 그렇지만 이 런 말세를 누가 만들었겠습니까. 정치도 철인정치나 왕도정치를 한 다면 모를까 가라지들이 득실거리는데 그런 정치가 가능하겠습니 까. 정치야말로 권력 따먹기 아닙니까. 선악과 따먹기 아니겠습니까. 선악과의 맛, 권력의 맛, 그 달콤함이 지옥 불로 떨어지는 맛일 줄이 야 꿈엔들 알았겠습니까."

"국가도 운영이 필요할 텐데 정치를 없애면, 666을 잡으면, 그럼 어떤 식으로 운영하면 될까요."

"공직자들이 있잖습니까. 학교에 여당 야당 없어도 운영이 되지 않는 학교 있습니까. 대통령도 교장처럼 호봉으로 정한다면 568 같 은 떨거지들이 무슨 수로 얼씬거릴 수 있겠습니까. 제도든 체제든 신 의 의지에 맞춰나가야 새 하늘 새 땅이 될 수 있지 않겠습니까."

"666을 따로 때려잡을 일이 아니라 체제와 제도를 바꾸면 저절로 잡히겠군요. 그렇지만 학교에서 세뇌당한 사람들을 상대해야 하는 일이니만큼 만만치가 않겠군요."

자유와 평등은 동복형제이다

"그런 자들도 있겠지만, 거기서 벗어난 자들도 천천만만이라고 하지 않습니까. 무지와 탐욕으로 파멸에 휩쓸려버리게 될 자들과 지혜와 화합으로 구원의 길로 접어들게 될 자들로, 예언해 놓은 대로 인류는 그 행로가 분명하게 두 갈래로 나눠지게 될 것입니다. 못된 생각에서, 의식에서 벗어나 우주의 중심을 향해, 신을 향해 그 어느 때보다 강렬하게 치달아가야 합니다. 그것이 진정한 회개에 이르는 길이라고 봅니다."

"권력이라고 하면 신보다도 더 전율하고, 화려한 전통이나 역사와 겉치레만 보고 절대적으로 숭상하는 무지한 자들에게 그런 일을 기대할 수 있을까요."

"가라지들이야 그러겠지만, 알곡들도 그러겠습니까."

"종말 시나리오를 봐도 그렇고, 주변에서 살아가는 사람들을 봐도 그렇고 아닌 사람들은 정말 아니더군요."

"사탄의 씨가 있고 신의 씨가 있다는 건 자명한데 왜 모르고 살고 있겠습니까. 우물 안의 개구리처럼, 플라톤의 동굴 속 인간들처럼 가라지는 가라지대로, 알곡은 알곡대로, 팥은 팥대로, 콩은 콩대로 그렇게 살아갈 수밖에 없지 않겠습니까. 박정희는 박정희대로, 김재규는 김재규대로 살아갈 수밖에 없지 않겠습니까. 성악설을 주장하는 사람은 죽어도 성악이고, 주기론자들은 죽어도 주기론 아닙니까. 기대승이가 퇴계한테 팔 년이나 왜 매달렸겠습니까. 그 누가 김 과장과 이 대리가 다른 족속이라고 보겠습니까. 직급만 다르고 연봉만 차이

199

난다고, 성질머리 하나 고약하다고 하는 거 말고는 모르잖습니까. 육체 유전자 검사처럼 정신 유전자 검사도 할 수 있는 기술이 있었더라도 인류가 인류의 한계에 스스로 갇혀버리게 되지는 않았을 것입니다. 가라지와 알곡이 같다며, 왜 그렇게 같다고 평등하다고 떠들어대겠습니까. 같지 않으니까 그러는 거 아니겠습니까. 누가 평등을 그렇게 떠들어대고, 누가 자유를 그렇게 떠들어대겠습니까. 누가 가라지인지, 누가 알곡인지 정신 유전자 검사해 볼 필요도 없이 다 나와 있지 않습니까. 자기들이 가라지들이다. 자기들이 알곡이다. 스스로 다 밝히고 있지 않습니까."

"신 말고 자기보다 자기를 더 잘 아는 사람이 어디 있을까요. 거기에다가 누가 어떤 인간인지 그 국개의원들을 통해 중계방송까지 해주니 세상에 고스란히 드러나잖아요. 자꾸 국개의원, 국개의원 하는데 우리나라 국개는 진돗개 아닙니까. 그런 국회의원을 그 똑똑하고 충직한 진돗개한테 비유하다니, 이거 진돗개에 대한 모독 아닌가요. 앞으로 나라도 쓰지 말아야겠어요."

"아무려면 그런 자들을 진돗개한테 비유했겠습니까. 망상이라는 뜻의 국개일 것입니다. 망상이 나라를 좌지우지하니까 그야말로 번뇌망상이지 않습니까."

"성악설과 성선설에 대해서 논쟁하는 프로를 본 적 있었는데 실제로 성악설을 주장하는 사람은 거칠게 막 덤벼드는 스타일이고 성선설을 주장하는 사람은 논쟁하는 마당인데도 침착하고 인상이 참 부드럽더군요. 누가 선한 사람인지, 누가 악한 사람인지 바로 알 수 있겠더군요. 대체로 좌파들이 성악설을 주장하고 우파들이 성선설을 주장하지 않겠나 싶더군요."

"인류가 인류에 관한 연구를 거기까지 이루어냈다면 인류에게 닥쳐오는 문제를 하나하나 풀어갈 수도 있었겠지만, 그런 연구한 사람 있는지 혹시 아십니까."

"인간은 신 앞에 평등하다고 그러는데 누가 연구하려고 하겠어요. 연구할 필요도 없이 신께서 사탄의 씨가 있고 신의 씨가 있다고, 가라지가 있고 알곡이 있다고 하지 않으셨던가요. 순자는 사탄의 자식이고 맹자는 신의 자식이겠지요."

"루소는 신의, 토머스 홉스는 사탄의, 그리고 주리론자인 퇴계는 신의, 주기론자인 율곡은 사탄의 자식이라는 사실을 그들은 몰랐겠지만, 역사는 다 알고 있지 않겠습니까."

"역사학자는 모르는 역사가 안다. 이는 선이고 기는 악이다. 자기 중심으로 생각하느냐, 우주 중심으로 생각하느냐 그 차이겠죠."

"이 우주 속에서 인간이란 그 크기나 존재가 미물만도 못하지 않습니까. 인간은 사실 없는 존재입니다. 인간은 그 시간과 공간이 유한하지만, 우주는 무한하지 않습니까. 무한대 속에서 유한한 것은 영에 수렴하니 없는 것이나 마찬가지지 않겠습니까. 제로에 도달하지 않은 제로 아니겠습니까. 없는 것이나 마찬가지인 인간이 자기가 우주라고, 신이라고, 인내천이라며 떠들어대지 않습니까. 인간이 하늘이라면 하늘이 인간이란 말입니까. 신을 인간으로 치부하다니 그것도 가라지로, 이런 흉악스러운 신성모독이 어디 있겠습니까. 주기론

201

자들이나 무신론자들은 우주의 질서를 망가트리는 범법자들입니다. 우주 질서를 도륙 내려고 몰려다니는 너무도 어이없는 역적 도당들이 아니고 무엇이겠습니까."

"역적 도당 주제에 자기주장이 얼마나 확고한지 아무것도 아닌 걸 갖고도 부러졌으면 부러졌지 절대로 굽히지 않더군요. 그거 굽히려다가 사람 잡지 말고 실실 꽁무니 빼는 게 상책이더군요."

"송시열이 그런 자들의 대표 아니겠습니까. 남인들이 그래서 실실 꽁무니 뺐던 것이 아니었을까 싶습니다. 주리론자들이 주기론자들과 상극인 이유가 거기에 있었던가 봅니다. 앞뒤도, 물불도 가리지 않는 그런 자들이다 보니 천 명이나 되는 선비들을 도륙 내는 만행까지 서슴지 않고 버젓이 저질러대지 않았겠나 싶습니다."

"기축옥사 말인가요. 신유사옥도 주기론자들이 주리론자들을 작살내버린 사건이니까 제2의 기축옥사라고 해도 될 듯하네요. 기축옥사 때문에 임진왜란이 일어났고, 신유사옥과 병인사옥 같은 것 때문에 경술국치를 당했다고밖에 볼 수 없지 않겠어요."

"가라지들이 알곡을 거덜 낸 결과 아니겠습니까. 서인, 노론이나 대원군, 명성황후 같은 자들은 권력에 눈이 완전히 뒤집힌 사탄의 자식 아닙니까. 동인, 남인 계열의 사람들은 이치와 도리를 추구하며 살아온 신의 자식 아니겠습니까. 자식을 잃으면 가슴에 묻는다고 하잖습니까. 그런 만행을 신께서 그냥 두고 보셨겠습니까. 이이제이로 왜놈을 이용해서 그 주기론자들, 노론을 치신 것이라고 봅니다."

"신립을 문경새재에서 탄금대로 내몬 것도, 원균을 칠천량에 가

두어 둔 것도 다 주기론자들에 대한 신의 응징으로 볼 수 있겠군요."

"서인들은 거의 다 패하고 동인들은 왜 거의 다 이겼겠습니까. '기'를 추구하는 자와 '이'를 추구하는 자는 근본적으로 그 능력의 차이도 크겠지만, 신께서 도와주기까지 하셨으니 그러하지 않았겠습니까. 이순신, 권율, 류성룡은 그들이 태어나기도 전부터 신께서 미리 준비해 둔 사람들이라는 걸 보고도 어찌 모를 수 있겠습니까."

"임진왜란이란 왜놈들을 비롯한 서인 같은 가라지들과 동인들과 같은 알곡들을 대비시켜 놓은 사건이라고 볼 수 있겠군요."

"알곡과 가라지의 전쟁, 이 전쟁이야말로 마지막 때의 예고편 아니었겠습니까. 가라지들을 왜 불사르고자 하는지 그 이유를 명백하게 제시하기 있는 사건 아니겠습니까. 왜놈 같은 자들과 서인 같은 자들에 대한 신의 경고 아니었겠습니까."

"역사책을 아무리 뒤져봐도 그런 내용이 없는 것으로 보면 인류란 사실에 의해 존재하는 실체가 아니고 허위에 의해 존재하는 실체라고 여겨지네요."

"신의 시선에서 기술되지 않고 인간의 시선에서 기술되었기 때문에 그럴 수밖에 더 있겠습니까. 그것도 주로 가라지들 시선으로 기술되었기 때문에 지금 역사전쟁 같은 것도 벌어지고 있는 거 아니겠습니까. 선이 있고 악이 있는데 누가 출세하려고 더 노력하겠습니까?"

"당연히 악이지 않겠어요. 욕심이 더 클 테니까."

어머니가 스승이면 구도장원공이 된다

"이이는 아홉 번이나 장원급제한 사람이고, 권율은 46세나 되어서 15등으로 급제한 사람인데 누가 선이고 누가 악이겠습니까? 권율이 이이처럼 벼슬에 목매달고 살았겠습니까. 모르시겠지만, 기축옥사의 발단은 이이입니다. 임진왜란은 남해안에 쳐들어온 왜구를 박살 내버린 정여립 일파를 선조가 고맙게도 일망타진해 준 데 대한 보답으로 터진 전쟁이라 할 수 있지 않겠습니까. 자기들에게 호랑이와 같던 그 천 명의 선비들을 싹 쓸어 주었는데도 바보 아니고 못 쳐들어올 놈이 어디 있겠습니까. 기축옥사가 임진왜란의 발단이라고 보지 않을 수 있겠습니까. 결국 이이로 인해 임진왜란이 일어났다고 볼 수 있지 않습니까. 그런 임진왜란을 누가 막아냈겠습니까. 이순신도 있지만, 직책상 도원수인 권율이라고도 볼 수 있지 않겠습니까. 이것이 선과 악의 차이 아니겠습니까."

"그래도 십만양병설을 주장했다고 하던데요."

"가라지들에게 가짜뉴스만 있겠습니까. 가짜역사도 천지 삐가리입니다. 그런 걸 주장했어도 문제지만, 실록에 나오는 것도 아니고 이이와 같은 당 사람이 쓴 책에만 나오는 걸 갖고 어떻게 믿겠습니까. 신립이나 원균 같은 서인이 말아먹은 걸 동인이 가까스로 회복시켜줬으면 고맙다고는 하지 못할망정 가짜뉴스를 퍼트리다니 조선시대에도 '나는 잔머리다'라고 하는 것이 있었다니, 인간은 정말 구제불능이라는 생각이 듭니다. 초록은 동색이 아니랄까 봐 당도 어쩌

204

면 그렇게 똑같습니까. 아무 생각 없이 그런 가짜뉴스나 여론 조작 같은 공작에 휘둘리지 말고, 정신 똑바로 차리고 사는 것만으로도 산속에서 수행하는 사람만큼이나 구원받을 확률이 높을 것입니다."

"역사 속에서도 가라지와 알곡이 그렇게 선명하게 존재하고 있었다니 놀랍군요. 그런데 기축옥사가 이이 때문이라니 납득하기 힘드네요. 대한민국 지폐 인물 중 한 사람이잖아요."

"이이가 불효자였기 때문입니다."

"예? 신사임당과 이이 관계를 모르는 사람 있나요."

"돈 많다고 어머니만 중요하고 돈 없다고 아버지는 중요하지 않다는 말입니까. 새엄마는 사람도 아니랍니까. 그것도 유학으로 밥 빌어먹고 사는 사람이……."

"오, 그러네요. 확실하게 불효자네요."

"정여립이 선조에게 이런 문제를 제기했다가 오히려 욕 얻어먹었다지 뭡니까. 어디에다가 우리 구도장원공을 험담하느냐며 펄펄 뛰지 않았을까 싶습니다. 인간의 법도를 바로 잡아서 나라를 온전하게 일으켜 세우려던 충정이 묵살당한 정도가 아니라 걷어차인 꼴이니 심정이 어떠했겠습니까."

"선조를 최악의 임금으로 꼽는 이들이 많던데 요즘 사람들처럼 고시 패스하면 대단한 것이 있는 사람으로 치는 쫀다 같은 사람이라서 그랬겠군요."

"자기 딴엔 이이는 다른 사람들하고는 다른 뭔가가 있을 것으로 생각했겠지요. 있긴 뭐가 있었겠습니까. 주기론자답게 쓸데없는 주장만 냅다 해대다가 그런 천재가 업무 하나 시원하게 처리하지 못해서 이빨 다 빠진 사람처럼 끙끙거리다가 죽었다지 뭡니까.”

“아무리 벼슬이 좋아도 나라도 선조 같은 놈하고, 이이 같은 놈하고 일할 마음이 떨어지겠네요. 그래서 낙향하였던 거군요.”

“임금이 신하한테 왕따당한 사건입니다. 10·26과 비견될만한 사건 아니겠습니까. 10·26이라고 친다면 이이는 차전차 격이라고 볼 수 있지 않겠습니까.”

“그건 좀 아닌 것 같네요. 이이가 어디 그렇게 포악스러웠나요.”

“차전차는 그래도 엄청난 효자였다고 하던데 이이는 엄청난 불효자 아닙니까. 더하기 빼기 하면 똑같지 않겠습니까.”

“수학은 잘하는데 산수를 잘못해서 잘 모르긴 하지만, 선조가 박정희처럼 이이를 끼고돈 것은 틀림없어 보이네요.”

“나중에는 말 같지도 않은 주장만 자꾸 해대는 걸 보고 이이의 실체를 알아차리긴 했던가 봅니다. 신춘문예 아홉 번인지 당선한 사람도 변변한 작품 보신 적 있습니까. 이런 마귀들의 장난에 순진하고 어리석은 인간들이 놀아나고 있는 현장 아니겠습니까. 축구 선수 감독이 자기 자식을 어릴 때부터 훈련 시키듯이 신사임당이 율곡을 어릴 때부터 과거 공부만 시켰으니 아홉 번 너무나 당연한 결과이지만, 그까짓 축구, 그까짓 과거가 인간의 가치에 얼마나 보탬이 되었겠습니까. 그 덕에 모자가 지폐에 얼굴을 올리긴 했지만, 가라지들 세상이니 그리될 수 있었겠지만, 알곡들 세상에서 어림없을 것입니다.”

“설사 그가 그렇게 대단한 사람이었다면 이 나라의 앞날을 위해,

십만양병설 같은 가짜뉴스 말고 진짜 뭔가 대단한 안건 한두 가지 정도도 나와서 정말 나라를 구했어야 하지 않았을까요. 구하기는커녕 임진왜란을 몰고 온 장본인이라고 여겨지지만, 문하생도 길러내고 저술도 활발하게 하지 않았나요."

"그만한 위치에서 그만한 것들은 저절로 되는 것에 지나지 않습니다. 이이가 자기의 실체를 드러내 보인 일화를 스스로 공개해 놓은 것이 있습니다."

"자기를 형편없는 놈이라고 했나요?"

남사고의 신인이 금강산에서 이이를 만나다

"이이가 열아홉 살 무렵 금강산에 갔다가 밥해 먹은 흔적도 없는 자그마한 암자에서 수도하고 있던 노승을 만난 적이 있었다고 했습니다. 말을 걸어볼 요량으로 '공자와 붓다는 누가 더 성인입니까?'라고 물어봤다고 했습니다. 여기서 바로 '이겨야 한다. 장원해야 한다.'라고 하는 속내가 고스란히 드러나지 않습니까. 머릿속부터 이기고 지는 생각으로 가득 차 있지 않고서 성인을 두고 성적을 매길 생각을 했겠습니까. 아무리 말을 걸 요량으로 물어봤다고 하지만, 나 같은 사람이어도 그렇게는 물어보지 않았을 겁니다. '공자와 붓다는 누가 더 잘 생겼습니까?'라고 물어 받던 들 '젊은이는 노승을 놀리지 마시오.'라고 했겠습니까. 그것이 얼마나 치욕스러운 말인지도 모르는 자가 천지를 논하고 우주를 논하려고 들다니 짬뽕이 어째서 거기 가서 웃고 있는지 모르겠습니다.”

“짬뽕! 아, 웃기는 짬뽕이라고요.”

“새파랗게 젊은 자가 글 좀 읽었더라도 노승에게 뭔가 좀 배워보려고 접근했다면 몰라도, 설사 아는 것이 더 많다고 치더라도 그렇지 논변을 해볼 요량으로 접근하였다니 기고만장하며 날뛰는 모습이 요즘 좌파들의 모습이랑 완벽하게 일치하지 않습니까.”

“기대승이가 까마득하게 차이 나는 퇴계에게 들이댄 것과 같은 맥락이겠군요. 고상하게 주기론자라고 하기보단 좌파론자라고 하는 것이 이해하기 편하겠군요.”

“‘솔개가 날아서 하늘에 닿고, 물고기는 연못에서 뛰논다.’라고 하기에 율곡이 확실히 대단한 데가 있기는 있는가 보다고 했는데 글쎄 시경에 있는 말이라지 뭡니까. 노승이 그 어약연비의 뜻으로 그 시점에서 왜 시를 지어달라고 했겠습니까. 유가의 묘한 것은 말로써 전할 수 없다고 의기양양하게 말해놓고서는 냉큼 받아먹어 버린, 노승에게 낚여서 지은 시가 ‘풍악증소암노승’이었습니다. 불교에 대한 유교의 승리, 노승에 대한 자신의 승리를 담아낸 시가 패자의 증거라는 사실은 몇백 년이 지났음에도 아직도 모르고 있는 한심한 놈이 율곡 이이이고 그런 좌파들이지 않습니까. 아직도 승리한 자신을 돌아보며 웃고 있을 것 같아 애석하기 그지없습니다. 시를 받아본 노승은 이렇다저렇다 말 한마디 없이 사람이 아직 있는데 인사도 하지 않고 돌아앉아 벽을 마주했겠습니까. 거기에 모든 답이 들어있습니다.

'시로써 유가의 도를 어찌 담아낼 수 있단 말입니까.' 하면서 스님의 청을 정중하게 거절했어야 했거늘, 거기까지 미치지 못하더라도 스님이 지어 달라고 한 거니 스님을 소재로 해야지 거기에 어째서 자기를 내세운단 말입니까. 주리론자여도 그랬겠습니까. 매사에 자기밖에 모르는 주기론자의 속성이 나무숲 사이로 파고드는 석양에 발가벗겨지고 있는 듯하여 측은하기가 이를 데가 없습니다. '노승이 새가 되어 온종일 물속에서 헤엄만 치며 놀다가 저녁 무렵에 물고기가 되어 서방정토로 날아드는구나.' 이이보다 공부를 백 분의 일도, 천 분의 일도 못 한 주리론자였어도, 이렇게만 써줬어도 의미를 떠나서 스님이 좀 좋아했겠습니까. 공도 색도, 이기고 지는 것도, 자신도 노승도 아닐진대 매정하게 그렇게 돌아앉아 버렸겠습니까. 밤을 지새워 가며 이야기 나누고도 다음에 또 보자고 하지 않았겠습니까. 그분은 분명 격암 남사고한테 나타나셨던 그 신인이 틀림없습니다. 자기 자신이 곧 색도 아니고 공도 아닌 진여체인데 바로 앞에서 보고도 못 알아보겠습니까. 이이, 주기론자, 노론, 무신론자, 좌파 빨갱이들의 실체를 그 석양이 이이를 비추듯이 이 시대에 비춰주기 위해 나타나셨던 것이 분명합니다. 밥해 먹은 흔적이 없다고 하지 않았습니까. 송충이도 아닌데 어떻게 솔잎만 먹고 살겠습니까. 그런 구도자가 수도하던 그 자리를 며칠 사이에 촐랑이도 아닌데 떠나버렸겠습니까. 그렇게 구도에 진심인 사람이 이이 같은 그렇게 대단한 사람을 만났다면 그 아무리 어리지만, 그 노승께서 오히려 찾아 나서지 않았겠습니까."

"괜히 찾아와서 시정잡배처럼 시비 거는 것이야말로 신처럼 되기 위해 선악과를 따먹는 행위라고 보이는군요. 몰래 따먹는 것도 아니고 따먹지 말라고 한 것을 코앞에서 대놓고 따먹다니. 무식하면 용감하다더니, 다시 찾아가서 본 걸 보면 자기도 뭔가 이상하다는 낌새가 들긴 들었었나 보네요. 그에게 신의 존재를 알려주려는 의도도 있었을 텐데 얼마나 멍청했으면, 인성이, 자질이 만들어지지 않았으면 신 앞에서 뻐기기까지 했을까 싶으니까 가슴이 다 뻐근해지네요. 하지만 진여체의 현상을, 신의 운행을, 그 스잔한 신의 심정을 이렇게 생생하게 뼛속까지 느낄 수 있게 만들어준 것에 대해서는 고맙다는 말을 꼭 전해주지 않을 수 없겠네요."

"'불교는 오랑캐 것이라 중국에서 시행할 수 없다,'라고 했다던데 이 한 대목에서만 봐도 이이의 의식이나 한계, 주기론자의 특성이 고스란히 드러나 있습니다. '순임금도, 문왕도 오랑캐란 말예요?'라고 물어봤으면 대답을 해야 할 거 아닙니까, 대선후보 토론장에서처럼 말을 잘라버리는 어떤 후보만큼이나 형편없는 자라는 사실이 분명하지 않습니까. 또 정신상태는 사대주의가 얼마나 극심했으면 종교에다가 대고 신분 차별까지 하려고 들겠습니까."

"타고나기를 그렇게밖에 타고 나지 못한 사람이 할 수 있는 건 공부밖에 없었겠지요. 공부밖에 모르는 자의, 스펙만 잔뜩 쌓은 자의 실체를 자기 스스로 고해성사하는 듯이 보이네요. 그런 자가 아홉 번이나 장원하는 걸 보고도 과거제도를 폐지하지 않는다는 것은 백성뿐만 아니라 역사까지 기만하는 행위라고 볼 수밖에 없겠군요."

"과거제도 자체야 무슨 죄가 있겠습니까. 과거 급제자들이 무슨 사화니, 옥사니, 역사를 완전히 기만하고 있지 않습니까. 얼마나 패악 무도한 자였으면 신을 놀릴 수 있겠습니까. 왜 아홉 번이나 장원한 사람이 정승도 되어 보지 못하고 죽었겠습니까. 금강산에서 신을 놀린 죄 때문인 줄을 저승에 가서도 모르고 있을 것입니다."

"요즘 세상이 엉망진창인 것도, 이이같은 자들을 고시니 뭐니 하는 것으로 골라서 뽑기 때문이지 않을까요. 열 번 찍어 안 넘어가는 나무 없다고, 죽어라고 고시만 찍어대는데 고시 못 할 놈이 어디 있겠습니까. 그런 자들은 벌목꾼으로 쓰지 않고 높은 벼슬자리에 앉혀놓으니, 나무 찍어대듯이 역사를 찍어대니 역사가 너덜너덜해지지 않고 배겨나겠습니까."

"몰랐었는데 이이, 그 친구 큰일 날 친구였었군요."

"큰일 낸 사람, 이이는 주기론자들, 무신론자들의 우두머리이니 결국 가라지들 전체의 우두머리라고 볼 수 있지 않겠습니까."

"대한민국 가라지의 우두머리는 이이다. 서양 가라지들의 우두머리는 니체라고 볼 수 있겠군요."

"남편이고 뭐고, 칠거지악이고 뭐고 과거 연습을 골프 연습시키듯이 시켰으니 조선이 아니라 세계에서도 최소한 한두 번은 장원하지 더 할 수 있었지 않겠나 싶습니다."

"이 나라 어머니들이 신사임당으로부터 그런 끼를 물려받았었나 보군요."

"오죽하면 어머니의 표상이니 뭐니 해서 지폐에까지 떡하니 박아서 모시고 다니겠습니까. 계시록에 나오는 음녀입니다. 가라지 우두머리의 어머니 아닙니까."

"기축옥사를 유발시킨 장본인인데다가 서인, 노론이 해놓은 짓거리나 요즘 좌파들이 해대는 짓거리에 비춰봤을 때 그 말이 틀리지 않겠군요. 음녀에게 가스라이팅 당한 자로 인해 역사가 꼬이고 뒤틀렸다고 볼 수 있겠군요."

"사실 이이는 억울합니다. 타고나기를 주기론자로 태어났을 뿐인데 어쩌겠습니까. 죄라면 가스라이팅 당한 죄밖에 없겠지만, 그를 내세운 서인들, 그 계열의 인간들이 역사를 갖고 장난질 치는 바람에 덤터기 쓴 면이 크다고 봅니다. 가라지 중에서는 그래도 선비에 최고로 가깝게 도달했다고 볼 수 있지 않겠습니까. 진짜 무서운 건 그를 추종하는 무리 아니겠습니까."

"음녀가 이이를 낳았으니 그 음녀야말로 가라지들의 진정한 신이라고 봐야겠군요."

"그러니 짐승을 상징하는 지폐의 최고가 자리를 차지하고 있는 것이 아니겠습니까. 하늘을 인식하지 못하고 땅밖에 인식하지 못하는 반푼이들의 신입니다. 반푼이들이니 골프나 피겨스케이팅, 축구 같은 것에 그 난리 치는 거 아니겠습니까. 신에 대해 그 난리 치는 거 본 적 있습니까. 이이의 그 '풍악증소암노승' 앞에서 얼마나 무식했으면, 얼마나 반푼이었으면 신 앞에서 유식하다며 한 번씩 쪼개보는 그 모습이야말로 무식의 극치 아니겠습니까. 반푼이의 극치를 그렇게 잘 표현하다니, 그것만큼은 칭송하지 않을 수 없습니다."

"칭송하지 마세요. 자꾸 그러니까 지폐에까지 오르내리잖아요."

"신이 아니어도, 노인이어도 그렇지 성리학을 공부했다는 자가 어른한테 맞짱 뜨겠다고 덤벼드는 꼴은, 정여립이 왜 불효자라고 했는지 이해가 완료되었습니다. 요즘 좌파들하고 싸가지 없기가 어쩌면 그렇게 딱 들어맞는지 신기할 따름입니다. 공부 좀 했다고 깝죽거리는 꼴은 시대를 초월해서 일치하는가 봅니다."

"그때의 장미꽃이나 지금의 장미꽃이 다를 리 있겠어요."

"계곡에 같이 놀러 갔던 한 친구가 말하길 '신이 어디 있어. 있으면 나와보라, 그래.'라고 했는데 갑자기 꼬꾸라지더니 돌부리에 이마를 정통으로 콕 찍어 버리지 뭡니까. 피가 나긴 했어도 심하진 않았지만, 움직이지도 않고 가만히 있었는데 그랬다고 했습니다. 주기론자들, 유물론자들에 대한 심판이 어떻게 진행될 것인지를 엿볼 수 있는 대목이 아니겠는가 싶었습니다."

"업무에 시달리다 병이 깊어져서 죽게 된 것으로 알고 있는데 과거시험은 그렇게 잘 풀면서 그깟 업무 하나 쉽게 풀지 못해서 죽다니, 참 아이러니하네요. 지방 관아의 아전 정도 맡았더라면 천수를 누릴 수 있지 않았을까요."

"구도장원공이 아전이라. 수명보다 관직을 택한 결과라고 보입니다. 신사임당의 집요한 욕심이 결국 아들의 수명까지 잡아먹은 것으로 보입니다."

"그 아들과 그 어미가 똑같이 47세에 죽었다는 건 음녀이고 가라지의 우두머리라는 우리의 생각에 대한 신의 응답이라고 여겨지네요. 죽은 시각까지도 같지 않을까 싶네요. 신께서, 그 금강산 신인께서 그러셨겠지요. 인간들에게 보내는 신의 메시지임을 놓치는 일이 있어서는 안 되겠군요."

"과거시험에만 매달리지 말고 권율 자당처럼 키웠더라면 업무뿐만 아니라 전쟁까지 풀 수 있지 않았겠습니까."

"요즘 강남 엄마들이 참고해야 할만한 대목이겠네요. 당쟁을 조절하려고 노력했다고 하던데 과거시험만큼 잘했으면 그거 하나 해결하지 못했을까 싶기도 하네요."

"정여립이 등과하고 나서 이이한테 물어봤다고 하였습니다. '서인만이 사대부겠습니까. 동인, 서인 나뉘었다고 그들을 짐승 취급할 필요까지는 없지 않습니까?'라고 하니 '내가 호랑이 새끼를 키웠나.'라고 했다지 뭡니까. 우리가 알고 있는 이이라고 하는 사람의 이미지와 부합됩니까. 그것이 이이의 실체인데 그런 자의 초상을 지폐에 모시고 다니다니 대한민국 사람들이 가련해서 어쩌면 좋습니까."

"결국 그 '호랑이 새끼'라는 말 한마디에, 호랑이가 되어 자기들을 덮칠까 봐 겁먹은 바람에 정여립뿐만 아니라 그 무리를 박살 내고 말았던 게로군요. 사람들도 마구 잡아 죽이는 놈들이니 그런 왜곡쯤은 일도 아니었겠지요."

"붕당을 조절하려고 했다는 자가 붕당을 하면 안 된다고 말한 것도 아니고, 그쪽 사람들도 인정해줘야 하지 않겠냐고 말하는 제자를 적대시할 수 있겠습니까. 그것도 새빨간 거짓말이라는 것이 들통나지 않았습니까. 실록까지 수정할 정도로 지독한 자들이었으니 그런 가짜는 누워서 떡 먹기식이었을 것입니다. 요즘 정치인들보다 더했으면 더했지, 못지않은 듯합니다. 그렇게 좋은 자리에, 위치에 있었으면서 그거 하나 바로 잡지 못했다는 건 결코 잡지 못한 것이 아니라 과거시험에 매달리듯이 더 매달린 것입니다. 그 결과, 지금까지도 이 나라 백성을 서니 동이니, 좌니 우니 하며 치고받게 만들어버리지 않았습니까. 정여립이야말로 진정으로 당파를 타파하기 위해 발 벗고 나섰던 인물로 여겨집니다.”

“머리도 그렇고 이이보다 몇 배는 더 뛰어난 인물이겠군요. 둘 다 주변 사람들로부터 어그로를 잘 끄는 스타일로 보이는데 이이는 주기론자의 특성이 도드라져서, 정여립은 주리론자의 특성이 도드라져서 그런 듯하네요.”

“그의 동문들은 그를 ‘드높은 의논이 바람처럼 과격하게 일어났다.’라고 했다던데 상황에 관한 판단과 부정에 대한 도덕이 너무 빠르고 너무 강렬해서 과격하게 비친 면 때문이었을 것입니다.”

“정형하고 닮은 듯하네요. 혹시 같은 집안 아닌가요?”

“경남 거창에 있는 어느 종가댁에 갔다가 들은 애기인데 조선 후기에 노론들이 장기 집권하면서 나라가 심하게 피폐해지자 더는 두고 볼 수 없다며 남인 계열 인사들이 거사를 도모했다고 하였습니다. 지각 있는 선비들이 왜 그러지 않았겠습니까. 정여립이는 속으로 골백번도 더 도모하려고 했겠지만, 겉으로는 절대로 도모하지 않았을 것이라고 봅니다. 하지만 영남 남인은 진짜였다고 했습니다. 준비를 완벽하게 마무리해놓고 나서 최종 단계로 승인을 받으려고 그들의 종주 격인 안동 유림을 찾아갔는데 단호하게 거절당했다고 했습니다. 사람이나 역사나 다 마찬가지로 계곡물처럼 소란스럽게 흐르기보단 강물처럼 흘러가야 하지 않겠습니까. 계곡물처럼 흐르더라도 강물처럼 흐르려고 애쓰고 노력해야 하지 않겠습니까. 전봉준이가 교주 최시형이가 말렸을 때, 그 남인들처럼 포기했더라면 역사가 비극으로 휘몰아치지만은 않았을 것입니다. 정여립도 폭포보다, 계곡물보다 강물처럼 흐를 수 있었다면 이이의 불효 같은 거 두 눈 찔끔 감고 넘어갔더라면, 그래도 임금인데 그런 놈한테 맞혀주는 듯 맞혀주면서 이용했더라면 붕당도 타파할 수 있었을 인물 아니었겠습니까. 현실에 대한, 상황에 대한 굴욕도 미래에 대한 예의일 수 있다고 봅니다. 생명과도 익기 전에 따먹으면 선악과가 될 수 있다고 하는 사실을 그는 우리에게 보여주고 싶었는지도 모르겠습니다. 저랑 닮은 데가 있어 보입니까?"

"자질 면에 있어서는 닮은 듯한데 성질 면에서는 많이 다른 듯하네요."

"자질이 그 정도까지 된다면 이러고 있겠습니까. 성질머리는 비슷한 면이 많은 듯도 합니다. 정신 하나 진짜로 똑바로 박혀 있으니 이이 같은 주기론자들 무리 속에 붙어있을 수 있었겠습니까. 세상이, 우주가 어떻게 돌아가는지 알아차렸을 텐데, 알고서 어떻게 그런 곳에, 사탄·마귀가 득실거리는 곳에 머물 수 있겠습니까. 그것이 바로 회개 아니겠습니까."

"주기론에서 주리론으로, 무신론에서 유신론으로 전향한 사람을 헤아려보면 회개한 사람의 수치가 나오겠군요. 그나저나 그 회개를 겉으로 드러낼 필요까진 없지 않았을까요. 아니꼽더라도 참고 미래에 대한 예의를 지켰더라면, 그렇다고 회개가 날아갈 것도 아닐 텐데, 천 명이라는 선비를 마귀로부터 구할 수 있었을 텐데, 그 천명이 천군만마가 되어, 호랑이가 되어 오히려 가증스러운 그 이이 무리를 쓸어버릴 수도 있었을 텐데 속이 쓰라리네요.”

"기축옥사로 죽은 선비들이 얼마나 억울했으면 동학농민으로 환생해서 다시 죽었겠습니까. 궁궁을을을 품고 또다시 죽어갔겠습니까. 이이 일당을, 서인, 노론 마귀들을 죽어서도 끝장내버리겠다는 결기 아니었겠습니까.”

"처연한 그 땅의 의지를 하늘의 의지가 두고만 볼까요. 궁궁을을을 품고 죽어갔다는 것은 땅의 그 의지가 하늘의 의지로 나타난 현상이지 않겠어요.”

"그런데 그 후손들, 그 지역 사람들이 철천지원수인 그 마귀한테 가서 다 달라붙어 버린 형세이니, 땅에다가, 하늘에다가 이 형세를 아무리 끼어맞춰 보려고 해도 맞아떨어지지 않으니 모골이 송연합니다. 친일파 프레임을 덮어씌워서 맞추려고 하는 사람도 있었지만, 친일했더라도 주기론자들이 더했으면 더했지, 주리론자들이 더했겠습니까. 독립운동한 사람들이 대부분 어떤 사람이었겠습니까. 나라를 팔아먹은 이완용 같은 자들은 노론, 주기론자들이었는데, 석주 이상룡처럼 만주로 가서 독립운동한 사람들은 남인을 비롯한 주리론자들이 대부분이지 않습니까.”

"그런 것보다가 정부지원금이나 각종 이권이 더 중요하다고 생각하기 때문이겠지요."

"부패의 온상을 제도적으로, 법으로 부추기고 있는 것이 어찌 나라이고, 국가겠습니까. 기축옥사 후손들을, 동학농민 후손들을 구명할 방법은 정치를, 그 666을 이 지구상에서 깨끗하게 몰아내는 일밖에 없습니다. 그 쓸데없는 정치를 왜 만들어 놓아서 착한 사람들을 함정에 빠트려서 지옥으로 굴러떨어지게 한단 말입니까."

"이권이 좋은지, 천국이 좋은지 결정해야 할 때인 것 같군요."

"모두 신께서 계획하신 일일 테지만, 퇴계 부인 권씨와 이이 서모 권씨에 대해서도 신께서 만들어내신 이야기 아니겠습니까."

퇴계 부인 권씨와 이이 서모 권씨는 신의 사자이다

"정신이 온전하지 않은 퇴계의 두 번째 부인과 이원수의 주막집 여자 말씀인 거죠. 그러고 보니 둘 다 권씨인걸 보면 신의 메시지가 분명하겠군요. 주리론자와 주기론자를 비교하기 위해 신께서 역사하신 일이 틀림없어 보이네요."

"퇴계의 삶 중에서도 그 부분에 있어서 가슴이 탁 막혀 숨쉬기가 힘들 정도였습니다. 온갖 것 다 따지며, 심지어 건강증명서까지 요구한다고 하는 요즘 사람들뿐만 아니라 그 시대 사람들조차 미친 여자하고 결혼하겠다는 사람이 어디 있겠습니까. 연산군에 의해, 무지막

지한 마귀에 의해 유토피아 같던 집안이 하루아침에 풍비박산 나는 걸 목도하고 있던 권씨. 그녀에게 있어서 그 집안은 하늘이고, 우주이고, 이치였을 텐데 그 이치가 틀어지는 현장에서 가녀린 한 여자가 할 수 있는 일이 무엇이었겠습니까. 틀어진 이치를 바로 세우기 위해 그녀가 할 수 있는 일이 무엇이었겠습니까. 세상이 틀어진 만큼 자기 정신을 뒤틀어서 이치를 바로 세우는 일이지 않았겠습니까. 잔 다르크, 유관순, 그 누구하고도 비견 되지 않을 정도로 위대한 영웅이지 않습니까. 그녀가 아니었더라면 이치가, 하늘이 와르르 무너져내리고 말았을 것입니다. 여기에 견줄만한 사람이 어디 있겠습니까. 절대적인 개념으로 절대적인 무개념을 내려친 아마겟돈과도 같은 전쟁이지 않았겠습니까. 그녀의 머리가 도는 순간이 연산군 모가지를, 마귀의 모가지를 내리쳤습니다. 퇴계가 보기에 주리론의 주리와 완전하게 일치하는 그녀보다 더 아름다운 여자가 이 세상천지에 어디 있었겠습니까. 장인이 모자란 아이이니 그냥 첩으로 드리라고 그랬음에도 기어코 본부인으로 들여앉힌 것만 봐도 그렇지 않습니까. 사랑에 대한 퇴계의 진정성은 아담과 이브로부터 로미오와 줄리엣, 이몽룡과 성춘향, 오늘날까지 샅샅이 다 뒤져봤지만, 그만한 사랑은 찾아볼 수 없었습니다."

"첩이 있어서 그러기도 했겠지만, 끝끝내 재혼하지 않은 것도 그의 그 사랑을 증명하는 것으로 보이네요."

"이것저것 따지는 사람들이 몇이나 그녀를 사랑할 수 있겠습니까. 진정으로 사랑할 수 있는 사람이 이 시대에 몇이나 되겠습니까. 누가 사랑한다고 말한다면 그가 퇴계가 아니라면 무조건 거짓말이라고 보면 정답일 겁니다. 당신이 미치지 않아서, 돈이 많아서 사랑한다는 것이 사랑이겠습니까. 개나 소나 다 사랑할 수 있는 건 아닙니다. 모든 것이 돈과 권력에 좌우되는 사탄·마귀들의 세상이니 진정한 사랑은 애쓰지 말고 포기하는 것이 속이라도 편하지 않겠습니까."

"진정한 사랑을 포기하는 사랑이 지혜로운 선택이라니 너무 서글프네요. 자업자득이겠지요."

"마귀를 몰아내면, 돈과 권력을 몰아내면 그 어떤 사랑도 진정한 사랑이지 않겠습니까. 무너지는 둑을 막아낸 동화 속 네덜란드 소년처럼, 무너지는 이치를 막아내기 위해 처절하게 몸부림치다가 미쳐가는데 '미치기는 왜 미쳐!' 하면서 손가락질하며 비아냥거리는 족속들, 주기론자들, 유물론자들……! 미치지 않았다고, 죽지 않고 살아남았다고 뒷방에 가서, 커피숍에 가서 혼자 낄낄대고 커피 마시고 있을 종자들……! 서글프다 못해 나도 돌아버리려고 그러는지 머리에서 지진이 납니다."

"예언가들 말에 의하면 자전축이 이동한다고 그러지 않습니까. 권씨 부인이 돈 그 정신의 회전력이 자전축에 도달하는 시점이 바로 자전축이 이동하게 되는 때라고 보면 되겠군요. 이와 기의 전쟁, 선과 악의 전쟁, 유신론과 무신론의 전쟁, 순수와 불순의 전쟁, 우파와 좌파의 전쟁이 바로 그녀의 정신이 회전하면서 일어나는 파장이라고 볼 수 있겠군요,"

"하늘을 알려고 들기는커녕 자기가 하늘이라고 우기질 않나 신을 무시하기까지 하며 자기밖에 모르고 살아가는, 돈과 권력만 추구하며 살아가는, 짐승의 표를 받은 자들은 그 결과가 어떠한 것인지, 몸소 겪어볼 수 있을 것입니다."

"어떤 예언가는 그런 걸 겪어보지 않고 미리 죽을 수 있어서 참으로 다행스럽다고까지 말했다더군요. 율곡의 서모 권씨는 술주정뱅이에다가 전실 소생들과 많이 다퉜다고 하는 걸 보면 퇴계 부인하고는 딴판이었던가 봐요."

"이원수도 그렇게 봤겠습니까. 그런 권씨와 역사적으로 칭송받는 신사임당 중에서 누구를 더 사랑했을 것 같습니까. 그래도 부모인데 왜 고분고분하지 않고 다투고 이이는 간다 온다 말도 않고 금강산으로 들어갔겠습니까. 나이도 어리고 더 예뻤을 테니까 더 사랑했겠지만, 그것만으로 다른 여자 드리지 않고 술집 여자랑 백년해로했겠습니까. 정신 나간 여자와 술집 여자, 퇴계와 이원수, 닮은 데가 있어 보이지 않습니까."

"양반이네 뭐네 하는 사회에서 술집 여자를 들인다는 건 퇴계만큼 파격으로 보이네요,"

"얼마나 인간다웠으면 그랬겠습니까. 반면에 신사임당은 얼마나 인간답지 않았으면 그랬겠습니까. 이원수도 진정한 사랑이 뭔지를 아는 사람이었음이 분명한 듯합니다. 돈이니 집안이니 신분이니 이런 걸 사랑에다가 들이미는 신사임당이 역겹지 않았겠습니까. 사람을 순수하게 바라볼 줄 아는 사람이 분명하였습니다. 신사임당을 겪어보지 못했다면 그러지 못할 수도 있었을 텐데 신사임당 덕택에 권

씨가 정말 천국처럼 느껴졌을 것입니다. 신사임당이 어떤 사람이었으며. 권씨는 또한 어떤 사람이었을 거란 사실이 이 대목에서만 봐도 훤하게 드러나지 않습니까."

"그 아비에 그 자식이라고 했는데 이원수의 자식들은 어째서 퇴계 자식들하고는 다른 걸까요."

"어느 가족과 나들이를 간 적이 있었는데 '야수와 미녀'처럼 남편은 지지리도 못생긴 데 반해 부인은 정말 아름다웠습니다. 그 딸은 그 두 사람의 딱 중간이었습니다. 젊은 딸보다 나이 든 그 엄마가 더 아름다운 건, 이원수 자식들이 이원수 보다 못났다는 건 신사임당이 그 못생긴 남편과 같은 존재였다는 뜻이 아니겠습니까."

"신사임당이 야수였고 이원수가 미녀라니 오만 원권 지폐 만든 사람이 들으면 뒤집어지겠군요."

"뒤집히고 자빠지는 건 그들의 자유겠지만, 사실을 뒤집고 자빠트리면 안 되겠지요. 야수가 아니고서야 자기 입으로 재혼하지 말라고 했겠습니까. 자기 사후까지 자기중심으로 돌아가게 하려고 한 거보면 살아서는 얼마나 심한 독종이었을지 짐작이 되지 않습니까."

"가난한 남편과 부자 부인이 만들어낸 풍속도겠군요. 아무리 엄중한 조선 시대의 위계라고 할지라도 돈, 그 마귀 앞에서는 무용지물이라는 사실을 엿볼 수 있는 장면이군요. 조선 양반, 여자한테만큼은 하늘이던 조선 남자 체면 말이 아니었겠어요."

"돈으로 휘어잡은 그런 여자가 무슨 선각자! 그 권 씨야말로 술집 여자였음에도 그 시대에 양반집 안방으로 들어가 앉았으니 선각자였으면 선각자였지 술집 여자한테도 밀린 여자가 무슨 선각자라니 페미니스트들의 그 시각에 진절머리가 납니다. 갑자기 여중군자가 왜 이렇게 그리운 건지 모르겠습니다."

"『음식디미방』을 저술한 장계향 말이지요? 신사임당에 대한 반작용인 듯하네요."

"칠거지악이 이 시대에 비춰봤을 때는 문제가 있어 보이지만, 그 시대의 트랜드였다면 거기에 따르는 것이 미덕일 텐데 그거 하나 따르지 못한 여자를 돈이면 돈, 교과서이면 교과서, 위인전이면 위인전 이런 난장판이 어디 있습니까. 술집 여자한테도 까인 여자를……. 장계향은 '성인도 사람이고 사람이 할 수 있는 일을 했다면 나도 노력한다면 성인이 되는데 무슨 문제가 있겠는가.'라고 하며 소싯적에 성인을 꿈꿨다고 합니다. 신사임당보다 모든 면에서 월등히 뛰어났던 그녀가 15세 이후에는 시문 서화가 여자 할 일이 아니라며 접었다고 했습니다. 시대를 인식할 줄 알았는가 하면 거기에 자기를 맞출 줄도 알았던, 그야말로 군자의 면모를 갖춘 분이니 '여중군자'라고 하는 것이지 않겠습니까. 페미니스트들의 그 시각이 이런데 맞춰줘야 진절머리가 나지 않을 텐데 장계향이가 누군지도 모르고 있을 것 같습니다."

"현실 정치에서도 그렇지만, 역사에서도 주기론자들이, 가라지들이 얼마 비벼댔으면 왜곡이 이렇게 심각할까 싶으니까 역사의 문을 닫아버리고 싶네요. 정치처럼 역사도 폐기하고 싶어지는군요."

"이런 분을 두고 남편으로부터 사랑 하나 받지 못한 여자를 우리

나라의 대표 여성이라, 막말로 신사임당한테 이긴 여자가 권씨니까 이긴 여자를 이 나라 대표 여성으로 삼든지 해야지 진 여자를 대표로 삼다니 말이 됩니까. 이원수보다 신사임당을 잘 아는 사람이 또 어디 있겠습니까? 오만 원권 지폐는 그 권씨 초상화로 교체되어야 마땅합니다. 그렇지 않겠습니까?"

"이참에 오천 원권도 이원수로 바꿔버리는 것이 좋겠는데요."

"우리도 운동 같은 거 한 번 벌립시다."

"그런데 그까짓 초상화, 누구면 어떻습니까. 그런다고 오만 원이 오천 원 열 장이 아니고 스무 장 될 리 없잖아요. 과거에 올인하는 엄마들의 롤 모델일 테니, 선악과를 따먹는 최고의 방법을 전수받을 수 있는 분이니, 그들의 우상일 테니 그들이 사는 방식을 우리가 왈가왈부하지 맙시다. 그것이 또한 그들의 자유 아니겠어요."

"알곡들에게 있어서 자유가 없다는 건 죽음보다 못하겠지만, 가라지들에겐 지옥보다가 자유가 없는 것이 더 낫지 않겠습니까. 선악과를 따먹거나 따먹는 방식은 다 그들의 자유겠지만, 몰라서 그런다면 알려줄 필요는 있지 않겠습니까. 알고서 그런다면야 할 수 없겠지만, 그렇다고 쳐도 29세에 등과시킨 신사임당보다는 24세에 등과시킨 정여립의 엄마를 훨씬 더 좋은 모델일 텐데 가라지들이란 참!"

"이이 패거리들이 정여립을 흉측하기 이를 데가 없는 놈으로 만들어 놓았는데, 신사임당은 갖은 미사여구를 다 갖다 붙여 꾸며놓았는데, 성공, 출세밖에 눈에 뵈는 게 없는 그런 자들이 역사의식이라는 게 있겠어요. 오만 원 초상화라는 것이 그들의 역사의식일 텐데, 그런 사람들에게 말 같은 소리로 들리겠어요."

"엄마가 자식을 아무리 어떻게 한들 장원 몇 번 더 시킬 수는 있겠지만, 아무리 그렇게 한들 타고난 자질이 바뀌겠습니까."

"그들이 눈독 들이고 있는 과거 같은 제도를 없애버려야 그런 파리들이 달라붙지 않겠군요."

"신사임당이 이이의 앞길을 탄탄하게 닦아가는 동안 이원수는 가정에서, 신사임당으로 해서 어떤 심정이었겠습니까. 그 끔찍한 곳에서 탈출한 곳이 권씨 아니었겠습니까. 이원수에게 있어서 그 권씨가 얼마나 소중한 존재였느냐에 따라 신사임당은 얼마나 무가치한 존재였는지 결정되지 않겠습니까. 이 시대의 가정이, 결혼이, 이혼이, 출산이 컨트롤하기 힘들 정도로 위기에 봉착하게 된 것은 주리론자와 주기론자가 한 지붕 아래 같이 살기 때문이지 않겠습니까. 국가가 제대로 기능을 하려면 이원수와 권 씨 같은 사람을 같이 살게, 이이와 신사임당 같은 사람을 같이 살게 관여하든지 조정해 주어야 그나마 위기에서 벗어날 수 있고 출산 문제도 해결할 수 있는 실마리를 잡을 수 있을 터인데 답답할 노릇입니다."

"집요하게 사느냐 태연자약하게 사느냐. 욕심을 부리면서 사느냐 욕심 없이 사느냐. 이것이 문제겠군요."

"이이와 신사임당이 태연자약하게 살 수 있겠습니까. 이원수와 권 씨가 집요하게 살 수 있겠습니까. 생긴 대로, 태어난 대로 살 수밖에 달리 무슨 수가 있겠습니까. 다만 세상을 이 혼돈 속에서 구하려면 둘로 나눌 수밖에 없습니다. 무슨 수로 둘로 나누겠습니까. 요한

계시록에서 그 답을 찾을 수밖에 없습니다."

"두 권 씨 이야기도 그렇지만, 지난번 대선에서 가까스로 이긴 것도 요한계시록과 무관하지 않은 것으로 봐야겠지요. 코로나 확진자를 육십만 명까지 끌어올리면서까지 대비하는 걸 보니 신사임당이 결혼까지 계산해서 했다고 하는 것과 일맥상통하는 것으로 보이더군요. 뿌리가 같으니 뿌리가 같으니 그럴 수밖에 없겠지만, 신의 의지는 참 신묘하더군요. 인간 세상으로 스며드는 신의 의지가 신묘한 예술작품을 감상하듯이 전율하게 되더군요. 지구 자체가, 그때그때마다 매 순간순간 하나의 작품인 듯하더군요. 그지없이 아름다운 것은 둘째치더라도 그 규모만으로도 가슴이 멎을 지경이지 않나요."

"보셨나요? 취임식 때 뜬 그 채운! 신의 말씀을 들으셨나요."

"아! 맞아요. 신께서는 이 세상을 구하기 위해 그렇게 분주하게 움직이고 계시는데도, 우리에게 직접 말씀해주고 계셨는데도 넋 놓고 막연하게 하늘도 축하해주시는구나! 정도로 생각했었어요."

"저 사악한 무리가 권력을 잡으면 법이고 뭐고 엉망진창이 되어버리고 말 것 같아 두려웠습니다. 그 두려운 마음에 두 손을 가슴에 모으니까 신의 피가 내 몸속으로 흐르는 듯하였습니다. 그로부터는 맘이 편안해져서 개표 중계도 보지 않았습니다."

"몇십 년도 더 해 먹을 수 있다고 장담하던 자의 말을 뜯어서 살펴보니 완벽한 부정 선거를 다 마련해 두었다는 뜻이더군요. 아무리 감염자가 육십만 명을 돌파했다고 하더라도 몸 사리며 이러고 있다간 큰일 나겠다 싶었어요. 마스크를 두 겹으로 쓰고 장갑에 비닐장갑까지 끼고 가서 투표하였는데, 그거 말고는 아무것도 한 게 없으니, 신을 도울 방도가 없어 전전긍긍하였었는데 정형을 만나고 나니 뭔가 할 수 있을지도 모를 것 같아 기운이 나네요."

"우리는 지금 저들의 원흉을 찾아내지 않았습니까. 지피지기면 백전백승이라고 했으니 우리는 이미 이겼습니다."

"그 원흉이라고 하면 이이를 가리키는 말이겠지요?"

"그 음녀가 신사임당 아니겠습니까. 신에 의해, 곧 '이'에 의해서 운영되고 있는 이 현상계의 모든 작용을 팔푼이가 아니고서야 어찌 마귀에 의해. '기'에 의해서라고 우길 수 있겠습니까. 우리가 아무리 못해도 그런 팔푼이 하나 넘어트리지 못하겠습니까."

"'기발이승일도설', 내가 주도할 테니까 신은 그저 자기를 따라오기만 하라는 뜻이 아니겠습니까. 이게 무슨 개소린가 했더니 팔푼이라서 그랬던 것이니 이해가 되네요."

"퇴계는 '이는 기가 발하는 상태에서 형이상학적으로만 간여한다.'라고 하는 성리학의 기본 명제를 폐기하고 기독교에서 말하고 있는 신의 명제 속으로 당당하게 뛰어들지 않았습니까. 요즘 사람들은 성경책을 들이대면서 신을 믿으라고 애걸복걸해도 믿지 않는 판인데 학문의 영역 속에서 신을 발견한, 콜롬부스의 신대륙 발견이나 뉴턴의 만유인력 같은 것과는 비교가 되지 않을 정도로 놀라운 발견이지 않습니까. 위인의 면모라고 하는 것은 바로 이를 두고 일컬어지는 말이 아니겠습니까. 깨달음이라고 하는 것이 바로 이런 것이 아니겠습니까. 그는 거짓의 영역에서 벗어나 참의 영역으로 자신을 강력하게 편입시켜버린 인류 역사상 또다시 보기 힘든 인물입니다. 한국 성리학의 양대 거두라니, 어디에다가 그런 팔푼이와 비교한단 말입니까. 어디에다가 신과 사탄을 비교한단 말입니까."

불효자가 장원을 거듭하면 옥사가 발생한다

"기축옥사는 정여립이가 선조에게 율곡은 불효자라고 한데서부터 시작된 것으로 봐야겠지요."

"기축옥사는 정여립과 이이의 싸움입니다. 자식이 부모 보기 싫어서 집 나갔다면 그 부모는 얼굴 들고 어떻게 돌아다닙니까. 그런 자가 성리학을 했다니 믿기지 않습니다. 율곡이 제대로 된 인간이었다면 정여립처럼 똑똑한 사람이 왜 돌아섰겠습니까."

"서인들 속이 부글부글 끓어 올랐겠네요. 자기들을 배반하고 동인 쪽으로 붙어버렸으니……. 그렇지 않아도 기를 내세우는 자들이었으니 그 분통으로 터져 나오는 기의 모양새가 꼭 불꽃놀이하는 듯하군요. 요즘 진보 진영 영수를 욕하면 들고 일어나는 좌파들의 모양새와 똑같은 꼴이네요."

"그때 인간이나 지금 인간이 어쩌면 그리도 똑같습니까. 특히 성질머리 더러운 정철이가 씩씩거리는 소리, 들리지 않습니까?"

"'씨익 씨익' 하는 이 소리?"

"예, 신기하지 않습니까? 16세기 소리가 지금 여기에 들리다니……!"

"이건 풀벌레 소리 같은데요."

"정철이가 풀벌레로 환생해서 지금까지도 술 처먹고 분을 삭이지 못해 질러대는 소리입니다. 저, 하찮은 풀벌레가 천 명이라고 하는 고귀한 인명을 살상한 살인마입니다. 아니, 많게는 백만 명이라고 하는 조선의 생때같은 목숨줄을 앗아간 천인공노할 악마입니다."

"동인 백정이라고는 하지만, 백만 명이라니요?"

"천 명이나, 마귀들이 참된 선비들을 아작냈잖습니까. 물 건너에서 호시탐탐 노려보고 있던, 정여립 일당을 호시탐탐 노려보고 있던 서인 같은 왜놈들이 그런 기회를 놓칠 리 있겠습니까. 호박이 넝쿨째로 굴러떨어졌는데 가만히 보고만 있었겠습니까. 선조와 정철, 송현, 송익필 같은 왜놈들에게 이 나라는 정여립 일당처럼 쑥대밭이 되고 말았잖습니까. 정여립이 살아있었다면 일어나지 않았을 임진왜란이 일어난 건 왜놈들이 일으켜서가 아니라 이 나라 임금과 서인들이 연기법에 따라 일으켰기 때문이었습니다. 기축옥사의 또 다른 이름으로 저질러진 주기론자들의 만행임이었음이 하늘에 아로새겨져 있지 않습니까. 왜놈들에게 분노를 터트리기 이전에 그놈의 서인들에게 저주를 퍼부어대야 합니다."

"그래서 신께서도 주기론자들을 몰살시켰던 것이겠군요. 주리론자들을 통해 나라를 구할 수 있게 했던 것이겠군요. 정철이는 굶어 죽었다지요. 거지도 굶어 죽지는 않은 판에……."

잠잠하던 바람이 거세져서 초가을 느낌이 들었다.

"의기충천한 그 천 명들이 목숨을 초개같이 던지며 분개했을 텐데, 그들이 살아서 눈을 시퍼렇게 뜨고 있었던들 감히 쳐들어올 엄두도 내지 못했을 텐데, 그런데 고맙고 고맙게 그런 그분들을 모조리 죽여버렸으니, 선조를 비롯한 그 무리는 왜 나라의 적을 천 명이나 몰살시킨 왜놈들의 영웅들이었습니다."

"이 나라 임금이 적국의 영웅이었다니, 그런데도 왕릉을 만들어 놓고 제사까지 지내겠지요. 이거 미친 거 아닌가요."

"술 처먹던 그 주둥이로 우리나라 역사 한 토막을 말아먹은 그런 끔찍한 놈의 글을, 그것도 임금한테 아첨이나 떠는 내용을 교과서에 실어놓고 가르치고 있는 놈들이니 미치기만 했겠습니까. 왜놈들이 이 금수강산을 짓밟아버린 것처럼 이 나라 학문을, 문학을 쑥대밭으로 만들어 놓고 자기가 최고라고 뻐기는 꼴이 아닙니까. 1,001등 하는 놈이 1,000까지 모조리 없애놓고 자기가 1등이라고 하는 꼴이 아니겠습니까."

"왜, '재 너머 성 권롱 집에'라고 하는 시 있잖아요?"

"고등학교 교과서에 나오는……."

"파주에 살고 있던 성혼이 동인 몰아내고 자기들이 권력 차지할 궁리 어떻게 좀 해보자고 고양에 살고 있던 정철이에게 술 한잔하자고 불러서 갔다는 얘기잖아요. 소를 타고 갔다는 그 말 한마디밖에 없는 걸 시라고, 그게 그렇게 좋다고 하다니 인간들이 모조리 미쳐서 돌아가는 봐요. 누운 소를 발로 차다니, 여기서도 '나는 개차반'이라고 말해주고 있잖아요. 같은 계열에 속하겠지만, 진보좌파들이 동물

학대죄로 고소한다고 야단도 아니겠지요. 머슴이 어른일 텐데 아이라고 하질 않나 굶어 죽을 놈이 의기양양하게 시를 쓰고 있는 모습을 상상하니 같은 인간이라는 사실이 참을 수 없으리만큼 모욕적이군요. 저런 시가 좋게 느껴지는 사람은 주기론자들일 테고, 나처럼 시 같지도 않게 느껴진다면 주리론자들일 것 같네요. 문학은, 시는 더더욱 아니겠지만, 역사이기는 할 수 있겠구나 싶어요. 정철을 욕하기 이전에 인간들의 수준이 너무 서글프네요. 무식은 확실하게 죄가 아닐 수 없다고 하는, 최소한 죄의 동조자가 아닐 수 없다고 하는 사실을 만들어내는 명제라고 말하지 않을 수 없을 것 같네요. 기축옥사가 거기에서 처음 기획된 것이라고 본다면 그 시는 역사의 한 장면을 생생하게 기록한 다큐멘터리 아니겠어요. 역사의 전개 과정에 대입해 보면 이 시에서 누워 있는 소는 동인이고 걷어차는 짓은 역모로 엮어 넣겠다고 모의하는 장면을 묘사한 문건이라고 보이는군요."

"문건이 있다면 지금이라도 당장 수사해야 하지 않겠습니까. 정여립도 그렇지만 이발의 자식이나 그 어머니, 그 원혼을 지금이라도 달래주어야 하지 않겠습니까. 그들이 왜 만났고 무슨 얘기를 했는지 정말 다큐멘터리를 보듯이 훤합니다. 그런 자들이 자연을 노래하고 백성들의 농사일을 논했을 리 만무하잖습니까. 그 집 머슴한테 다 물어봤습니다. 아니 여쭤봤습니다. 농사 농 자도 입 밖으로 흘러나온 적이 없었다고 했습니다."

"악마도 시인이 될 수 있을까요?"

"악마는 시인이 될 수 없습니다. 악마도 글은 쓸 수 있겠지만, 절

231

대로 진정한 시인은 될 수가 없습니다. 시는 진리이기 때문입니다. 악마를 때려잡는 것이 바로 진리이기 때문입니다."

"비진리 속에서 살아가는 자들의 말이나 글들은 모두 진리에 어긋나는 것일 테니까 모두 폐기해야 마땅하겠네요."

"주기론자들이 쓴 모든 책은 혹세무민하는 것들로서 분서갱유 해야 합니다. '자본론'을 필두로 유물론자들, 무신론자들의 책들, '권력의 의지'라니, 인간뿐만 아니라 사회를, 국가를 피폐하게 만든 그런 책들은 범죄자입니다. 분서갱유 해야 마땅합니다."

"오천 원권도 함께 폐기해야 하지 않을까요. 정여립이한테 빼찌 당한 이이 같은 사람을 모시고 다녀야 한다니 영 거북하네요."

"지폐공사에서 만드느라 애썼을 텐데 아깝지 않습니까. 그럴 바엔 주기론자들, 좌파들 전용 지폐로 재활용하면 좋지 않겠습니까? 이걸 짐승의 표로 쓰면 딱 좋겠습니다."

"짐승의 표가 뭔가 그랬어요."

"일 인당 몇 장씩 돌아갈지 모르겠지만, 정부지원금 받는 기분이겠습니다. 주리론자들이 부럽겠습니다. 자기들은 천 원짜리로 받아야 하니…… 요즘 진보좌빨들이 하는 짓거리들을 보면 어쩌려고 저러나! 저렇게 행악질해대도 되는 건가 싶었는데 짐승의 표를 받기 위해 저러는 것인 줄 몰랐습니다."

"천 원권은 그러면 신의 인이겠네요? 우리나라 지폐로 요한계시록을 풀어낼 수도 있을 것 같네요."

"선조실록에 보면 '이이는 관직이 높아지자 점차 교만해졌다. 또

232

한 능력도 없으면서 막중한 책임을 떠안자 조치를 적절하게 취하지 못하였다. 자기 생각만 옳다고 주장하는 외골수였다.'라고 적혀 있는 걸 보면 장원할수록 무능하고 낙방할수록 유능하다고 볼 수 있지 않겠습니까. 요즘도 보면 별 떨거지들이 고시 하나로 다 해 처먹고 있지 않습니까. 그런 걸로는 인재를 가려낼 수 없다는 사실이 자명하지 않습니까."

"내 주변에 있는 좌파들을 한번 살펴보니 모조리 이이 같은 자들이었어요. 길치에다가, 쌈닭인데다가 교만하고, 무능하고, 외골수였어요. 이이를 보면 좌파를 알겠고 좌파를 보면 이이를 알겠더군요, 완전 판박이더군요."

"세상에는 좋은 사람이 있으면 나쁜 사람이 있지 않겠습니까. 좋은 사람은 누구겠습니까. 나쁜 사람은 누구겠습니까. 답답해서 미칠 것 같은 사람들을 보면 대부분 주기론자였습니다. 태극기부대 같은 그런 사람들 말고 진짜 보수, 순수한 우파들을 보면 근접하기 어려울 정도로 근엄한 어떤 태가 있었습니다. 알곡의 권위 같은 것이었습니다. 신의 수, 십을 내포하고 있는 사람들이었습니다. 그 수로 만들어진 지폐가 바로 퇴계의 천 원짜리이지 않겠습니까. 오는 사탄의 수이고 그 수로 만들어진 것이 오천 원, 율곡은 지폐로도 어떤 사람인지 확인할 수 있지 않겠습니까."

"일 하나 시원하게 처리하지 못하는 사람이 장원을 그렇게 많이 했다니, 감당하지도 못하는 자리 왜 그렇게 욕심내다 빨리 죽는지 그런 인간들의 심리는 알다가도 모를 일이에요."

"머리가 제대로 돌아가는 사람이라면 신이 있는 걸 왜 모르겠습니까. 머리가 자기 밖으로는 죽었다 깨도 돌아가지 않으니까 주기론자이고 무신론자, 유물론자, 좌파들이 될 수밖에 없지 않겠습니까. 그들의 DNA가 바로 사탄의 씨이고 가라지 아니겠습니까. 정철에 대한 실록을 보면 '일을 처리하는 지혜가 부족해 산골 수령이나 했으면 딱 적당했는데 능력에 맞지 않게 정승에 올랐으니 이는 잘못된 인사였다.'라고 같은 서인들이면서도 수정까지 해서 쓴 실록에다가도 이렇게까지 적고 있는 걸 보면 그들의 무능은 가히 특허감이지 않습니까. 주기론자들의 전매특허인 듯합니다. 좌파들에게서 장원! 고시! 연상법! 암기! 무식! 쪼다! 이런 단어들이 떠오르는 건 그들과 마귀의 관계를 특정 지어주는 말이라서 그러는 듯합니다."

"머리 나쁜 놈들이 장원하고 수석하는 거, 이거 참 큰 문제네요. 머리 나쁜 걸 완벽하게 속일 수 있는 방법이니……! 똑똑한 줄 알고 큰일 맡겼다가 낭패 보는 경우가 허다하잖아요. 세상이 왜 이 모양이 꼴이겠습니까. 시를 수백 편이나 외우고 있다는 어떤 진보 진영 시인은 모두 천재라고들 했는데 알고 보니 아이큐가 평균 이하하더군요. 머리 나쁜 걸 속이는 건 범죄에 해당하지 않는지 모르겠네요."

"그들이 무슨 죄가 있겠습니까. 알아보지 못하고 부러워하고 추종하는 자들이 범죄자이지 않겠습니까. 아무리 아홉 번 장원했다고 하더라도 정여립은 단번에 알아보잖습니까. 그런데 진짜로 나쁜 놈들은 알면서도 오히려 더 지지하는 좌빨들이나 보수꼴통들이지 않겠습니까. 이들이 바로 신의 심판에서 벗어나지 못하는 장본인들인

걸로 여겨집니다.”

“공부를 그렇게 했으면 어디에서 발을 한 발짝 빼야 하는지, 얼마나 아둔한 자였으면 그런 것도 몰라서 죽었겠습니까. 아둔한데다 외골수라서 그렇게 죽지 않을 수 없었겠다 싶습니다. 장원보다 더 탐냈던 영의정 한번 못해보고 안타깝지 않습니까. 금강산에서 만난 스님, 그 신인이 하신 일이니 안타깝다고 할 일은 아닌 것 같습니다. 신사임당도 사십칠 세에, 모자가 똑같은 나이에 죽은 것이 우연이겠습니까. 모르긴 해도 죽은 시도 똑같지 않았을까 싶습니다. 신께서 우리에게 보내는 분명한 메시지이지 않겠습니까. 주기론자들에 대한, 무신론자들에 대한, 지독하게 출세하려고 하는 자들에 대한 신의 생각을 우리에게 전해주기 위한 메시지 아니겠습니까. 신께서 제게는 양손에 짐을 들고 있다고 해서 현관문까지 열어주셨습니다.”

“현관문을! 어떻게 열어주셨는데요?”

“생수하고 장을 봐서 양손에 들고 엘리베이터를 타려고 현관문으로 가는데 내 걸음걸이에 정확하게 맞혀 현관문이 저절로 스르륵 열리지 않겠습니다. 카드키로 열어야 하는 곳이었거든요.”

“와! 무슨 우연이겠지요. 아니면 방제실에서 보고 있다가 열어 준 거 아닐까요?”

“저도 그리 생각했었는데 그 생각까지도 아시고 그렇지 않다는 걸 보여주기 위해서 다른 데서도 그러셨습니다.”

“성령님이셨군요. 관세음보살님! 그럼. 여기에도 세상 그 어디에도 그 누구에게도 다 계시겠군요. 그런데 정여립은 왜 가만히 두고 보셨던 걸까요?"

"정여립을 가만히 두고 보신 것이 아니라 선조와 서인들의 실체를 보여주기 위해서이지 않겠습니까. 그리고 신사임당이 그 당시 풍속을 다 따르지 않았던 것처럼 정여립도 선비로서, 그 당시 백성으로서 지켜야 할 덕목을 다 하지 못했기 때문일 겁니다. 정여립 사건은 대부분 조작된 것이겠지만, 그에게 모반의 의도가 있고 없고를 떠나서 왕정 시대에서 민간인이 군사훈련을 한 것이나, 백성이 주인이라고 한 것은 너무 설쳐댄 것으로 여겨집니다. 현실을 무시한 채 자기의 우월성을 과도하게 드러낸 점이 신으로부터 보호받지 못한 이유이지 않을까 싶습니다. 한 가지는 완벽하게 아는 정말 똑똑한 사람이었지만, 그 한 가지 위에 있는 또 다른 한 가지를 까맣게 모르고 있었다는 것이 참사를 몰고 온 불씨였다고나 할까. 평면적으론 천재였지만, 입체적으론 바보였습니다. 이이가 나쁜 놈이란 사실을 확신했겠지만, 너무나 확실하니까 임금한테 애기하지 않을 수 없었겠지만, 모든 것이 거기에, 직설에, 평면에 걸려 넘어진 겁니다. 자기처럼 올바른 선비는 내치고 이이 같은 소인배하고 나라를 다스리겠다니, 울화통이 터지지 않았겠습니까. 선조가 아니고 정조나 세종이었다면 정여립은 만고의 충신이었을 겁니다. 선조는 참, 이리 보나 저리 보나 만고에 천인공노할 놈이 아닐 수 없어 보입니다."

"정여립과 선조를 비교하니까 선조라는 인간의 실체가 고스란히 드러나는군요. 누가 선이고 누가 악인지 너무나 뚜렷하게 드러나는데 역사는 왜 모르고 있는 걸까요. 역사가 무식해서 그런 걸까요. 개

넘이 무식해서 그런 걸까요."

"개념이 어떻게 무식할 수 있겠습니까. 그래도 지폐에다가 선조나 정철이 초상화 그린 것보다가야 훨씬 낫지 않습니까."

"그렇더라도 이이는 아니지요. 이이가 불효자였던 건 외가 쪽 유산 때문이었다고 느껴지는군요. 그런 거 저런 거 다 따져보면 이이는 학자가 아니고 기술자. 성리기술자인 듯하네요."

"사실 주기론자들이 학자가 되기는 그 특성상 힘들고 어렵습니다. 순수해야 학문을 제대로 추구할 수 있을 텐데 주기론자들이 어떻게 순수해질 수 있겠습니까. 연구조사는 해보지 않았지만, 주기론자 중에는 기술자들이 많고 주리론자 중에는 학자들이 많을 것입니다."

"기술자들이 공자 왈, 맹자 왈 하니까 주자학에서 한치도 벗어나지 못하게 그 작단을 쳐대느라 사화를 터트리기까지 하고 그랬던 게로군요. 그렇게 천하게 여기던 기술자들하고 나라를 다스렸으니 나라가 기계가 되어 날이 갈수록 감가상각이 되고 있어서 낭패겠네요. 오늘날에 이르러 도저히 돌아갈 수 없을 지경에 이르렀으니 이제 폐기할 수밖에 없게 되었는데 이거 어쩌죠."

"엉터리 역사 속에서 산다는 것은 구정물 속에서 사는 거나 마찬가지입니다. 선악과를 끊임없이 따먹어대는 인간들로 하여금 인류역사는 구정물이 되고 말았습니다. 지구환경이 이 지경에 다다른 것은 엉터리 역사 때문입니다. 특히 정철이 같은 놈은 선악과를 한꺼번에 천 개나 따먹었음에도 배 터져 죽지 않고 배고파 죽지 않았습니까. 지구가 낡아서 오작동한 것입니다."

"세상이 돌아가는 소리도 전쟁이다, 탄핵이다. 너무 시끄러워서 잠을 못 잘 지경이에요."

"부정 선거를 파헤치려고 하지 않고, 파헤치려 한다고 듣고 일어나는 경우가 어떻게 있을 수 있겠습니까. 지구가 오작동하지 않고서야 어찌 이런 일이 발생할 수 있겠습니까. 아무리 오작동이라지만, 이건 예삿일이 아닌 것 같습니다. 신께서 관여하지 않고 일어날 수 있는 일은 아닌 듯합니다."

"드디어 신께서 계획을 실행하시려나 보네요. 가라지와 알곡을 확실하게 가려내는 방법이겠군요."

"임진왜란 때도 신립 장군이 문경새재에서 진을 쳤더라면 공신이 되었을 텐데 기축옥사의 원혼이 그를 탄금대로 유인해서 몰살시켰다고 하던데, 그것도 마귀에 속해 있는 서인이기 때문에 신께서 하신 일인 것으로 보입니다. 열세 척의 배로 어떻게 수백 척의 배를 쳐부술 수 있었겠습니까. 난중일기에 보면 이러이러하면 지니까 저렇게 이렇게 하라고 신께서 직접 알려주셨다고 하지 않습니까. 신의 뜻이 일본에는 전혀 없고 조선에 있다고 하는 사실이 확실하지 않습니까. 서인에게는 전혀 없고 동인에게 있다는 사실이 명확하지 않습니까. 주기론에는 전혀 없고 주리론에 있다고 하는 사실을 신께서 우리는 알려주고 계시지 않습니까."

"신의 뜻이 정여립이에게는 없었을까요?"

"선조나 이이, 서인들과 같은 사특한 무리와 어울리지 않는 것만으로도 신의 뜻에 부합하고도 남음이 있는 인물입니다. 군자가 어떻

238

게 소인배랑 어울릴 것입니까. 퇴계가 왜 그렇게도 벼슬을 사양했겠습니까. 권력이 싫어서, 세상을 외면하기 위해서, 아닙니다. 소인배들하고 어울리지 않기 위한 몸부림이었습니다. 이것 하나만 봐도 정여립이가 얼마나 예리하고 탁월한 식견을 지닌 인물인지를 능히 헤아리고도 남지 않겠습니까. 구정물 속에 있는 황금을 주우려 그 구정물을 마셔가며 서로 물고 뜯으며 뒤지는 인간들을 바라보면서 스스로 황금이 되려고 했던 인물이었습니다. 역사적인 인물 중에서 이만큼 매력적인 인물이 어디에 또 있겠습니까. 한 가지만 빼면 호남의 퇴계였습니다."

"정감록에 나오는 정도령처럼 모호한 인물로 여겼었는데 그런 대단한 인물이었기에, 이이 말마따나 호랑이가 될까 봐 서인 놈들이 지레 겁먹고 일을 저질러버렸던 것이겠군요. 전라도 어디에서는 자기 지역 사람을 그렇게 도륙 낸 정철이 유적을 자랑질해대고 있던데 이것도 오작동에 의한 현상인 듯싶더군요. 그런 오작동에 의해 우리는 점점 더 깊은 수렁으로 빠져들고 있겠군요. 그들이 시퍼렇게 살아서 칼을 휘두르고 있는 절정이 이번 탄핵국면이 아니겠는가 싶군요. 퇴계와 정여립은 그런 잡놈들로부터, 망나니들로부터 벗어날 수 있었는데, 우리는, 역사는 왜 그런 것들로부터 벗어나지 못하는 걸까요?"

"사람들은, 특히 주기론자들은 자기라고 하는 늪에 빠져서 사는 존재들이지 않습니까. 인간관계나 온갖 사회에 관한 문제가 발생하는 것도 그 때문이겠지요. 늪이라고 하는 특성은 몸부림치면 칠수록 구렁텅이 속으로 빠져들고 말지 않습니까. 주어진 상황 속에서 서로

239

인내하고 맞혀주고 수용하면서 살아간다면 충분히 벗어날 수 있을 터인데 더 많이 가지려고 발버둥 쳐대니……. 그들이 누구겠습니까? 이 세상이 구조가 불가능한 상태가 되어버린 것은 온전히 그들 몫입니다. 늪에서 빠져나올 수 있는 방법은 스스로 자기 정신을 헤치고 빠져나오는 방법밖에 없습니다. 고리타분한 정신에 안주하고 있었다간 영원히 지옥의 늪으로 빠져들게 될 것입니다. 정신을 혁명해야 합니다. 최소한 김재규 같은 결단이 있어야 합니다."

"퇴계나 정여립처럼 다 비우고 떨쳐내면 늪인들 뜨지 않을 수 있겠습니까. 벼슬을 향해, 권력을 향해 늪 속으로 맹렬하게 날아드는 벌떼를 거슬러 요리조리 피하면서 하늘하늘 하늘로 날아오르는 나비, 지구상에서 일어나는 그 어떤 현상 보다가도 아름답지 않습니까. 그 결과 퇴계는 이 땅에 주리론을, 신의 실상을 학문으로 정립하여 이 땅과 하늘에 랜선을 깔아주는 위대한 업적을 남겼습니다. 정여립은 벌떼에 부딪혀 처참하게 죽었을지언정, 사악한 무리를 세상 밖으로 색출해낸 엄청난 전과를 거두었습니다. 정여립 아니었던들 주기론자들의 속성을, 좌파들의 근성을 어찌 알 수 있었겠습니까. 퇴계나 정여립이 못 되더라도 진득하게 가만히 있기라도 했다면 파멸하지 않아도 될 터인데, 누가 구해줄 수도 있을 터인데, 그저 자기만 살려고, 자기만 더 잘 살려고 발버둥 치니까 자기뿐만 아니라 이 세상마저도 수렁에 빠트리고 말았잖습니까. 결국 종말에서 벗어날 수 없는 지경을 만들고야 말았잖습니까."

"자기만 살려고, 자기만 더 잘살려고 발버둥 치지말고, 같이 살려고 같이 더 잘살려고 발버둥 친다면 아무리 사탄·마귀들이 득실거리는 고해 속이라 할지라도 오히려 그 사탄·마귀들을 자양분으로 연꽃처럼 활짝 피어날 수도 있지 않겠어요. 심판을 염려하지 않아도 될 터인데, 세상을 아름답게 구현할 수 있을 터인데……!"

"자기 그거 하나 벗어나지 못해 심판을 받아야 한다니, 신께서 그렇게도 일러주고 타일러주었거늘 한심한 인간들, 학폭이다 미투다……. 저기 보십시오. 땡전 한 푼도 없는 놈이 권력으로 어마어마한 돈을 갈취해서 그 돈으로 권력을 사느라고 설쳐대는 저 미꾸라지. 돈이면 다 되는 세상의 실체를 너무 노골적으로 드러내 보여주고 있어서 보는 사람이 낯뜨거울 지경 아닙니까. 어린아이에게 19금을 보여주는 것 같지 않습니까. 우리가 보고 있기에도 힘든데 신께서 참을 수 있겠습니까."

"그런 것 속에서도 연꽃을 피울 수만 있다면, 선악과를 따먹지 않고 수도하듯이 살아간다면 신께서 찾아주고 불러주실 터인데, 인간들은 왜 고해 속으로, 늪 속으로 자꾸 빠져들기만 하고 빠져나오지 못하는 걸까요?"

"무식하기 때문입니다. 늪이라는 건 한번 빠지면 더 빠지게 된다는 걸 다 알지만, 무식하여서 그것이 늪인 줄 모르고 발버둥 치니까 빠져 죽을 수밖에 더 있겠습니까. 신이 있는 걸 있는 줄 모르고 있는 거, 어두침침하면서도 음흉스럽기 짝이 없는 것이 무식입니다. 모르기만 하면 다행인데 거기에다가 알려고 하질 않는 거, 진리가, 진실이 그들에게로 가면 무시하거나 피해버리는, 무지렁이가 되고 싶어

안달하는 자들입니다. 여기까지는 무식한 자들이라고 보긴 어렵지만, 남들이 자기한테 손가락질할 거라는 걸 까맣게 모르고 있다는 사실입니다. 이것이 바로 무식의 전형입니다. 잔머리 굴리는 거, 남들은 그걸 알 도리가 전혀 없다고 믿기 때문에 별짓 다 뻗으며 살아가는 자들입니다. 선악과 따먹는 건 잔머리 굴리는 것보다가 더 모를 텐데 하면서 마구 따먹는, 이것이 바로 마귀의 실체입니다. 무식이 진화한 것이 마귀입니다. 언제나 빛을 피해 교묘하게 어둠으로 존재하는, 굳이 피하지 않더라도 빛에 무조건 반대만 하면 저절로 어둠이되는 이치를 터득한 것이 그들의 주특기입니다. 그들은 자기들의 특기에 고무되어 나아가서 찬양까지 하는 존재들입니다."

"요즘 TV에 보면 가짜뉴스에다가 히죽거리기까지 하는 자들이 있지 않습니까. 이 나라에는 참 이상한 사람들이 사는 나라인가 싶더군요. 그러면 그자는 정치 생명이고 뭐고 바로 끝장나야 하는 건데 오히려 후원금이 쏟아져 들어온다고 하니 세상이 어떻게 돌아가는지 종잡을 수가 없더군요."

"세상이 마수에 놀아나기 때문에 생긴 현상입니다. 그러니 신께서 그들과 전쟁을 벌이지 않을 수 없게 된 것입니다. 인간을 창조하면서부터 저들의 행태를 다 아시고서 성경에, 불경에 진작부터 기록해 놓으신 거 아니겠습니다. 그것도 모자라 수많은 예언가를 통해 알려주고 있지 않습니까. 불량품은 수거해서 폐기해야 하므로 아마겟돈을 일으키지 않을 수 없게 되지 않았습니다. 자기 자신이 만든 인간과 신이 만든 인간과의 전쟁입니다. 주기론자들과 주리론자들 간

242

의 전쟁입니다."

하늘은 주리적으로 주기를 튼다

"주기론자들은 신이 만든 자들이 아니니까 신이 만든 세상에 침입해서 사는 불법 거주자겠는데요."

"이 세상의 모든 것은 신의 것이 아닌 것이 없습니다. 상속받을 자격이 없는 자들이 재산을 갖고 있다는 건 모두 무단으로 점유한 것들입니다. 거기에다가 신의 자식들의 재산까지 끊임없이 강탈해 가는 자들의 죄는 가중처벌 받게 될 것입니다."

"그 될 자들의 뿌리는 에덴동산의 그 뱀이겠지요."

"신께서 예수와 석가모니를 보냈듯이 그 뱀은 니체와 이이를 보냈다고 볼 수 있지 않겠습니다. 퇴계와 주리론자들은 아담과 이브처럼 뱀에게 넘어가지 않고 꿋꿋하게 실체적 우주를 추구하고 있지 않습니까. 그 우주의 원리가 바로 '이'이고 그 '이'가 바로 신이지 않습니까. 우주의 질서를 지키고 있는, 우주의 법을 준수하고 있는, 신을 믿는 자들이지 않겠습니까. 우주, 즉 신과 주파수가 연결되어 있는 자체가 구원이지 않겠습니까. 보수우파 계열의 사람은 주로 이가 발하는 사람들인데, 진보좌파 계열의 사람은 주로 기가 발하는 사람들이지 볼 수 있을 것입니다."

"성선설로 타고난 사람은 주리론자들이라서 특별히 수행하지 않더라도 구원받을 수 있는 걸까요?”

“주리론자들은 수행에 의해 살고 주기론자는 욕망에 의해 사는 사람들이라고 봅니다. 깨닫고 회개한다는 것은 어떤 사람에게 있어서는 차 한 잔 마시는 것처럼 쉬울 수도 있겠지만, 어떤 사람에게 있어서는 죽을 만큼 힘들 수도 있지 않겠습니까. 주리론자들은 원석이 다 이아몬드라 할지라도 다듬어야 보석이 되듯이 그들은 다듬기만 하면 쉽게 깨달을 수 있는 사람들이라고 봅니다.”

“맹자와 루소, 퇴계와 같이 ‘이’를 기반으로 학문을 형성한 분들과 순자와 토머스 홉스, 율곡같이 ‘기’를 바탕으로 학문을 형성한 분들과의 차이를 따져보면 모든 것이 분명해질 것 같은데 어떤가요? 그들이 살아가면서 순간순간, 과정과정마다 어떻게 판단하고, 어떻게 결정하며 살아왔는지를 확인할 수 있다면 그 차이가 분명하게 드러나지 않을까 싶은데요.”

“그런 걸 여기서 무슨 수로, 설사 같이 살았다손 쳐도 확인하기 힘들 것입니다. 자기 자신들도 모를 테니까요. 퇴계는 벼슬을 끊임없이 사양한 데 반해 율곡은 더 급제할 필요도 없는데 또 장원하려고 응시했다가 빈축을 사기도 했다는 것으로 보면 어떤 인간이었는지 미루어 짐작하고도 남지 않겠습니까.”

“율곡처럼 여러 번 신춘문예에 당선한 어떤 시인을 보면 율곡이 어떤 사람인지 우리 앞에 소환해서 마주 보고 있는 듯하겠네요. 그런 분이 이 나라 지폐에 한 자리를 차지하고 있다니, 저는 괜찮지만, 대한민국이 너무 부끄럽지 않나 싶습니다. 허난설헌과 허균의 부친인

허엽은 율곡을 가리켜 '예절과 근본도 모르는 인간'이라고 했다 합니다. 삼사에서는 '교만하고 일 처리를 멋대로 한다.'라고 하여 탄핵한 적도 있다고 하더군요. 그릇이, 타고난 것이 그것밖에 안 되는 자들은 아무리 공부를 많이 한들, 그것도 과거나 고시 같은 공부는 쓸데없는 짓이라는 것이 증명되고도 남음이 있을 듯합니다."

"그런 자들이 인재고 선비라고 한다는 건 인재를, 선비를 디스하는 짓이니 조심해야겠어요."

"생태적으로도 주기론자들은 자기 위주로 살아가는 자들이기 때문에 거기에서 선비나 군자가 나올 수가 없습니다. 공산주의자나 좌파 중에서 선비 있는 거 보셨습니까."

"기축옥사만 보더라도 자기들이 권력을 독차지하려고 무모하게 반대당 사람들을 마구 척살한, 백정보다도 못한 놈들을 선비라고 한다면 지나가는 새가 웃고 지나가네요."

"이 밤중에 새가 어디 있습니까."

"자다가 우리 얘기 듣고 깬 새 한 마리 있었어요."

"그렇다고 칩시다. 고봉 기대승이가 주기론만 갖고 퇴계한테 팔 년이나 대들었잖습니까. 아무것도 없는데 그럴 수 있었겠습니까. 자신의 근본이 있었으니 물러날 수가 없었던 것입니다. 자기는 아무리 보고 보고 또 봐도 사탄의 씨인데 대학자라는 사람이 하늘의 씨라고 우기니 답답할 노릇이었을 것입니다."

"사탄의 씨와 하늘의 씨, 그거 하나 구분 못 해서 몇 시간이면, 아니 몇 분이면 끝날 일을 팔 년씩이나, 가라지가 알곡이 되기 위해서

245

는 최소한 팔 년이 걸린다는 애기겠군요."

"퇴계 제자가 된 것은 맞지만, 주기론에서 주리론으로 돌아섰다고 하는 이야기를 들어보지 못한 걸로 보면 고봉이 회개하거나 환골탈태하지는 못한 것으로 보입니다. 젊은 나이에 객지에서 죽은 것만 봐도 그렇지만, 퇴계도 '기대승 같은 이가 글을 쓴다면 분명 장황하게 써서 웃음거리가 될 것이다.'라고 하여 자기 묘갈문을 짓는 것을 꺼렸다고 한 것으로만 봐도 팔 년으로 해결될 문제가 아니라 씨의 문제이니 하늘의 문제로밖에 볼 수 없을 듯합니다."

"주기론자들이, 좌파들이 여덟 시간이면, 아니 팔 분이 끝날 일을 팔 년 동안이나 매달리니 세상이 평온할 날이 있을 수 있겠는가 싶네요. 주리론자는 본질을 추구하니 선비일 수밖에 없겠지만, 주기론자는 현상을 추구하니 쌍놈일 수밖에 없는데 자기들이 양반이고 더 선비라고 우겨대니 같이 살 수는 없겠군요."

"그래서 신께서 준비해 놓으신 것이 마지막 때가 아니겠습니까. 돈과 권력을 추구하는 쌍놈이 선비가 될 수 있는 방법은 돈과 권력을 멀리하는 길밖에는 없습니다. 주기론자가 주리론자로, 좌파가 우파로 전향하는 방법밖에 구원받을 방법은 없을 것입니다."

"동인이니, 남인이니 하는 주리론자 중에서도 돈과 권력을 추구하는 사람들은 겉만 주리론자이고 속은 주기론자이고, 서인이니, 노론이니 하는 주기론자 중에서도 돈과 권력을 멀리하는 사람들은 겉만 주기론자이고 속은 주리론자라고 볼 수도 있겠지만, 사회구조가 모두 돈, 권력에 벗어나지 못하도록 짜놓아져서 돈, 권력에 초연하게 사는 사람이 몇이나 될까요."

"그렇게 짜여 있더라도 나무는 필요한 만큼의 햇빛과 물만 있으면 되듯이 사람 또한 필요한 돈과 권력만큼만 있으면 더이상 뭐가 더 필요하겠습니까. 그 이상 가진 사람들은 모두 남의 것을 약탈해 간 사람들입니다. 그런 약탈자들로 인해 이 세상이 요지경 속이 되어버리지 않았겠습니까."

"좌파 논리 같은데 좌파들은 돈, 권력에 목숨 걸고 있는 자들이니 완전히 다르겠군요. 좌파 논리에서 돈과 권력만 제거하면 이상적이겠군요."

"그런다고 쳐도 자기들 중심으로 살아가야 하는 존재들이라서 요지경 속을 벗어나긴 힘들 것입니다. 자기중심에서 벗어나 신의 중심으로 살게 된다면 이상적인 세상이 될 수 있을 것이라고 봅니다."

"나의 중심에서 우리의 중심으로, 세상의 중심으로, 우주의 중심으로 하나하나 찾아들면 신의 중심이 나타나겠군요. 그런데 자기중심도 못 잡고 넘어지고 자빠지는 사람들이 대부분인데 세상 거참, 참 담하군요."

"제 주머니에, 제 아가리에 처넣으려고 눈을 부라리고 설쳐대는 저 몰골들, 뭐가 잘못되었겠습니까. 인류는 애초부터 단추를 잘못 끼웠습니다."

"그놈의 그 선악과가 단추였겠군요. 인류의 실체를 어릴 적 우리 동네 팔푼이와 맞춰보니 딱 맞아떨어지는군요. 맨날 단추를 잘못 낀 옷을 입고 돌아다녔거든요. 인류의 이미지가 추억의 장면처럼 마음

속으로 확 들어차 오르네요. 그런데 그분은 맨날 휴지를 줍고 다녔어요. 그래서 시청에서 청소부로 고용하였는데 환경미화부에서 최고 엘리트가 되었다지 뭡니까. 그리고 얼마나 효성도 지극하였던지 천덕꾸러기로 여기던 사람들이 동네 보물이라고 자자하게 칭송하더군요. 단추를 잘못 끼웠지만, 인류에게 희망이 있다는 증거 아니겠어요. 장담하는데 그는 절대로 선악과를 따먹지 않았어요. 성적을 따먹은 적이 단 한 번도 없었어요. 단추를 잘못 낀 옷을 입고 휴지 쪼가리를 줍고 다니는 모습, 인류에게 그나마 그런 모습이 있었기에 구원에 이를 수 있다고 생각하니 딱딱하게 굳어져 있던 몸이 풀리네요. 나른하네요."

"잘 시간이 됐나 봅니다. 율곡 이이가 떠오릅니다. 누가 알곡이고 누가 가라지인지 확실하게 대비가 됩니다."

"도대체 어째서 그런 알곡은 놀려 먹어대면서 이이 같은 가라지는 추종하는지 알 수 없군요. 직위, 권력 때문일까요?"

"북에서 넘어온 강도식이란 분이 그러던데 '종북주의자들이 어떻게 있을 수 있는 것인지 도저히 이해가 되지 않아 머리가 빠개질 듯하다.'라고 했습니다. 인권을 그렇게도 부르짖고 다니는 진보좌파들이 어떻게 김씨 일가 편을 들 수 있는 건지 머리가 돌아버릴 지경이라고 했습니다. 비정상적인 것에 대한 정상적인 반응이 가슴을 치더군요. 거기에다가 천안함 유족들 심정이 느껴지니까 고통스럽기까지 하였습니다. 옛날 같았으면 그런 자들이 어떻게 살아서 버젓이 돌아다닐 수 있겠습니까. 모조리 능지처참을 당했겠지요. 민주주의!

이 무슨 개떡인지, 개똥인지 모르겠습니다."

민주주의는 선동꾼을 낳는다

"비정상적인 것들도 정치하겠다고 설칠 수 있게 판을 깔아주고 있는 것이 민주주의겠죠. 민주주의가 정상적일 수 있을까요. 소크라테스도 퇴락한 정치라고 한 것을 그걸 무슨 신줏단지처럼 끌어안고 살다니 정말 개떡인지, 개똥인지 모르겠네요."

"누군가가 '개돼지'라고 했다가 혼난 적이 있었지만, 진짜 개였다면 천안함 장병들이 죽어 나가는 걸 보고만 있었겠습니까. 덤벼들어 잡아먹었겠지요. 개돼지보다 못한 것들이 민주주의! 이거 정말 골칫거리가 아닙니다. 골 때리는 것입니다."

"가라지에 맞는 체제와 알곡에 맞는 체제가 다를 텐데 같은 체제에서 같이 살고 있으니 잡음이, 문제가 끊이지 않을 수 있겠습니까. 해결할 수 있는 방법은 가라지는 가라지들끼리, 대부분이 좌파들이니까 공산주의를 하든지 하면 될 것이고, 알곡은 알곡들끼리 민주주의든 뭐든 하면 되겠지만, 신을 중심으로 체제를 마련해야 신을 맞이할 수 있지 않겠습니까. 우리의 기도가 이루어지지 않겠습니까. '아버지의 나라가 임하시오며 뜻이 하늘에서 이루어진 것같이 땅에서도 이루어지이다.'"

"가라지들은 누리지 못할 세상이겠군요. 방법은 잇겠지요?"

"성악설로, 사탄의 자식으로 태어난 사람들은 계곡물입니다. 누에입니다. 고치가 되어 각고의 고행을 거쳐 강물로 빠져나가야, 고치를 뚫고 빠져나가야 진리를 만날 수 있습니다. 진리는 공기와 중력과 의미입니다. 날지 않으려야 날 수밖에 없습니다. 자유롭지 않으려야 자유로울 수밖에 없습니다. 각고의 수행을 통해 이 과정을 통과한 사람에게 자유는 현실입니다. 그 과정을 통과하지 못한 사람에게 있어서 자유는 비현실입니다. 개념에 불과합니다."

"'진리가 너희를 자유롭게 하리라.'라고 하신 그 말씀이겠네요. 번뇌 망상에 갇혀 있는 것만 해도 그런데 거기에다가 용까지 쓰며 사는 중생들 모습이 인류의 마지막 장면처럼 느껴져서 숨이 막히네요."

"못난 인간들을 그래도 구제하시겠다고 애태우는 신의 심정을 헤아려보니까 숨이 막힐 지경이 아니라 넘어갈 것 같습니다."

"부처님도, 예수님도 그렇게 이르고 일렀음에도 귀신 씻나락 까먹는 소리로밖에 여기지 않으니 어쩔 도리가 없겠지만, 인간 말고 다른 동물들은 어떨 거로 보시나요?"

"인간은 다르다고, 특별히 존엄한 존재라고 말하는 사람들이 많겠지만, 생물학 공부를 조금이라도 해본 사람 같으면 별개의 생명체가 아니라는 사실을 누구나 다 알지 않겠습니까. 위장이나 뇌나 눈이나 다 같지 않습니까. 똑같은 동물이라고밖에 인정하지 않을 수 없을 겁니다. 말이 통하지 않는다고 해서, 돈이 없다고 해서 인간이 아닌 것은 아니지 않습니까. 신이 아담에게 다가서기 전에는 아담은 다른 동물과 똑같은 짐승이었습니다. 짐승 중에서 성품이나 두뇌가 영리

한 아담을 선택해서 자신을 닮은 인간을 창조하기 위해 말씀을 주셨습니다. 짐승과 다른, 동물과 다른 인간을 만들기 위해 '선악과 프로젝트'를 시행하신 것이었습니다. 언약을 지키는 자와 지키지 않는 자, 알곡과 가라지를 가려내기 위한 프로젝트였습니다. 개들은 한 번의 훈련만으로 '먹지 마!' 그러면 절대로 먹지 않잖습니까. 사람들은 훈련이 되지 않아서일까요? 육천 년 동안 훈련하고 있잖습니까. 그런데도 눈 씻고 찾아봐도 눈먼 돈 단 한 푼도 본 적이 없었습니다. 전 인류가 회계사가 아닌가 싶습니다. 권력도 엔간히 붙들고 늘어져야지 진절머리가 납니다. 선악과 따먹는 데 있어서 인간들은 하나 같이 전문가이고 달인들입니다. 선악과를 따먹지 않는 훈련을 한 것이 아니라 육천 년 동안 선악과 따먹는 훈련을 하였으니 오죽하겠습니까. 이 세상은 선악과 따먹지 않으려는 사람들은 밀려나고 밀려나 뒷전이고, 선악과 따먹어대는 사람들이 모조리 장악하고 있습니다. 그런 주제들이면서 자기들은 존엄하다고요. 선악과 따먹은 사람들 생각만 했는데도 배탈이 난 것 같습니다."

"인간은 신의 모습으로 창조하려고 하는 대상이고, 다른 동물은 그 대상이 아니다. 신의 모습으로 창조된 인간, 알곡으로 추수하게 되는 인간만이 다른 동물들과 구별할 수 있다. 인간으로 창조되지 못한 가라지들은 그냥 그대로 동물이다. 짐승이다. 이런 얘기겠군요."

"나비를 비롯해 삼라만상은 이미 창조가 끝났지만, 인간은 신과 소통할 수 있는 정신을 창조하느라 지체되고 있습니다. 신의 나라가 지상에 임하게 될 때 인간 창조가 완성된다고 봅니다. 우리는 아직 인간으로 창조되는 과정에 있습니다. 가라지들은 네안데르탈인처럼 멸절하게 되겠지만, 알곡들은 고치를 뚫고 날아오른 나비와 함께 하늘이 임한 나라에서 거주하게 될 것입니다. 은혜를 알고, 예의까지 아는 고양이와 강아지들과 함께 새 땅의. 새 하늘의 주인이 되어 살게 될 것입니다."

"인간들이 신과는 셋톱박스나 주파수로 통할 수 있다지만, 동물들 하고는 어떻게 통할 수 있을까요?"

"우파와 좌파가 서로 통하지 못하는 것은 서로 다르기 때문 아니겠습니까. 모든 동물이 자기 자신과 다르지 않고 똑같다고 생각한다면 이심전심이면 주파수가 맞아떨어지듯이 통하게 될 것입니다. 노예도 해방되었잖습니까. 이제는 동물 차례입니다. 우리에게서 동물을 우리와 동등한 존재로 해방시켜준다면 그들이 우리에게로 먼저 다가올 것입니다. 우파, 좌파 갈라져서 사는 것도 서글픈데 동물하고도 나 몰라라 하며 산다는 건 비참하지 않습니까."

"진보좌파들은 동물보호를 내세우는 건 자기들이 동물보다 우위에 있다고 노골적으로 단정하고 있는데 아무래도 계급을 좋아해서 그러지 않겠나 싶습니다. 보수우파는 동물해방을 내세워 동물과 동등하다는 걸 부르짖어야겠군요."

"좌파하고 소통하는 것보다 동물들하고 소통하며 사는 것이 훨씬 쉽고 편하지 않겠습니까. 이 세상은 지금 극도로 이기적인 자들이 무지몽매한 자들과 결탁해서 투표니, 뭐니 하는 걸 이용해서 세상을 손안에 틀어잡고 있습니다. 게다가 수천 년 동안 마음속에 갇혀 지내던 사악한 심보가 인터넷이 깔리니까 물 만난 물고기처럼 마음대로 꼼수 부리고, 마음대로 여론 조작하고, 마음대로 가짜뉴스 만들면서 판치고 있습니다. 인터넷 바다를 휘저으며 떼지어 다니는 저 포유류들이 배설해 놓은 저 난삽하고 저 메스꺼운 오물들이 이 세상을 온통 악취의 도가니로 만들고 있습니다. 동물들이 아무리 소통이 된들 이런 인간들하고 친해지고 싶겠습니까."

"악플 냄새! 그거 진짜 지독하던데 그런 게 바로 선악과 따먹고 싸놓은 배설물이겠군요. 동물들이 왜 인간들을 피해 다니고 멀리 떨어져서 사는지 이해가 되네요."

"인간이라고 하는 실체가, 육천 년이나 속에다가 그런 욕지거리를 파묻어두고 살아오느라 얼마나 고통이 극심했을까. 오히려 가엽고 불쌍하지 뭡니까. 악플 다는 그 인간들이야말로 모조리 가라지들이지 않겠습니까. 인터넷이라고 하는 바다에서 대어를 낚으려고 키보드를 씹어 삼킬 듯이 두들겨대는 마귀들을 보고 '하! 종말의 풍경이라는 것이 이런 것이구나.' 싶었습니다."

"인간들의 정신머리들이 아담으로부터 지금까지 썩고 썩어 문드러져 왔으니 그 가스가 오죽할까 싶네요. 그런데 인터넷이라고 하는 분출구가 생겼는데 폭발하지 않고 배길 수 없었겠지요. '인터넷화산폭발'이라고 해야겠군요."

"선악과를 따먹어대는 그 비열하고 치졸한 정신머리들로부터 뿜어져 나온 가스이고 화산재이니만큼 여기저기에서 죽어 나가는 사람들이 엄청날 것 같습니다."

"특히 연예인들이 많이 죽어 나갔잖아요."

"인간들한테 인터넷이라고 하는 도구를 들이미니까 그동안 위장하고 숨기며 살아왔던 그 내면이 깡그리 드러나는 듯합니다. 거기에다가 짐승주주의라고 하는 장막까지 쳐놓고 표현의 자유라며 보호하고 있으니 세상이 그들 손에 넘어가지 않을 수 있겠습니까."

"짐승주의, 짐승주주의! 첨 들어보는 말인데요?"

"짐승을 보고 민이라고 할 수 있겠습니까. 민주주의는 짐승을 국민으로 위장한 말입니다. 짐승이 아니고 사람이라면 민주주의 못할 것도 없겠지만, 선악과를 따먹었다고 하지 않습니까. 짐승이 되었다고 하지 않습니까. 지금 이 세상은 짐승들이 주인 노릇을 하는 곳입니다. 데모, 시위, 파업, 태업, 전쟁, 짐승들이 주인 노릇을 하는 이 비참, 이 처참한 세상, 짐승 수 자를 써서 유식하게 수주주의라고 하는 것이 더 근사할 것 같습니다. 민주주의는 틀린 말입니다. 수주주의가 맞는 말입니다."

"아무리 짐승이라고는 하지만, 부패한 권력에 맞서기 위해, 사용자들의 부당한 처사를 두고 볼 수 없어서 부득이하게 데모도 하고 그러는 거 아닐까요. 3·1독립만세운동도 그렇고 4·19혁명도 그렇고······."

"권력자들은 큰 짐승이고 백성들은 작은 짐승입니다. 한 마리의 사자와 열 마리의 하이에나가 물고 뜯는 형국으로 보이지 않습니까. 지금 수시로 광화문을 어지럽히고 있는 저 시위가 3·1이나 4·19와 같은 그런 숭고한 정신, 자기희생을 감내하면서 비롯된 것으로 보입니까. 그저 자기들이 더 뜯어먹고 더 차지하려고 광분해서 떠는 꼴로 보이지 않습니까. 저런 시위로 자기들은 몇 푼 챙겨 먹을 수 있을지 모르겠지만, 국가는, 우리는 막대한 손실을 보고 있지 않습니까. 왜 저런 떨거지들 주머니 챙겨주느라고 우리가 피해 봐야 합니까. 자기 피해를 감수하면서까지 분연히 일어난 저 3·1운동과 저 4·19의거에 저따위들을 어떻게 갖다 붙일 수 있단 말입니까. 저런 꼴값을 떨고도 수치스러워할 줄도 모르는, 오히려 대단한 일을 하는 척 뻐기는 듯한 저런 낯짝들을 보고 있자면 허기가 져도 밥 먹고 싶은 생각이 싹 사라집니다. 내가 조사해보니 저런 시위에 참여한 자들이 3·1운동에도 참여한 경우는 단 한 명도 없었습니다.”

“조사가 아주 정확하시군요. 자기 이익을 위해 데모하고 파업하는 자들이 설사 그 시대 살았다손 치더라도 3·1운동에는 단 한 명도 가담하지 않았을 테니까요. 그나저나 우리가 언제까지 저런 꼴을 보고 살아야 하는지, 군사독재정권이 다 그리워질 지경이네요.”

“데모꾼들이 그립다는 말입니까. 군사독재정권이나 데모꾼들은 똑같은 자들 아닙니까. 말이 안 되는 말을 하니까 독재니, 데모니 하는 것들이 설쳐대는 거 아닙니까. 신이 계시는데 수주주의라니, 민주주의라니 말이 된다고 보십니까. 이 세상은 유사 이래로 신을 중심으로 돌아가고 있는데 짐승 중심으로, 인간 중심으로 돌리려고 하니까 이 지경을 면치 못하는 거 아니겠습니까.”

무신론은 음주운전이다

"수도나 수행 같은 건 애초부터 엄두도 내지 않을 뿐 아니라 정신적으로 박약한 자들이 그들의 그런 입장상, 그리고 편의상 무신론자가 되고 마는 것은 아닌가 싶더군요. 그들을 보면 말하는 것도 그렇고, 생각하는 것도 그렇고, 정말이지 속 빈 강정, 쭉정이, 허깨비더군요. 작년 여름에 남자 세 명이 계곡을 찾아간 적이 있었는데 한 사람이 교회에 다닌다고 하면서도 '에이, 신이 어딨어, 있으면 나와보라고 해.'라고 하더군요. 그가 물에 발 담그고 서 있었는데 갑자기 앞으로 꼬꾸라지더니 뾰족한 돌부리에 이마를 정통으로 찍혀버리고 말았어요. 피가 나긴 했지만, 괜찮다고 하니 천만다행이었는데 왜 넘어졌냐고 하니까 자기도 모르겠다고 하는 거예요. 그냥 가만 서 있는데 자기도 모르게 그렇게 되었다고 하더군요."

"신은 어디에도 계신다는 증거 아니겠습니까. 그 사람한테 보여주기 위해서가 아니라 선배님한테 보여주기 위해서 나타나신 것을 보입니다. 인간의 법으로는 고소하겠다느니 피해배상을 받겠다느니 하겠지만, 신의 법으로는 오히려 처벌하신 것이 아니겠습니까."

"'신이 어딨어.'라고 하는 말을 듣는 순간 그 사람 몸에서 무게가 모조리 빠져나가 허깨비처럼 느껴지더니만 그러더군요. 안 됐다 싶은 생각보다 너무 당연하다고 생각되지 뭡니까. 일 년 정도같이 다니면서 보니까 귀중한 물건을 잃어버리지를 않나 말벌에 쏘이지를 않나, 이건 가볍기만 해서 생긴 문제가 아닌 듯하더군요. 쭉정이라고 다 그렇지는 않겠지만, 이 자는 남을 엄청나게 위해주는 척하면서도 상대방을 이용하려고, 정치하는 놈들처럼 틈만 나면 잔머리 굴리는 놈이었어요. 그런 자와 계속 어울리고 싶은 생각도 없었지만, 신께서 싫어하시는 것 같아서 끊어버렸었죠."

"이 세상 모든 것은 신과 관련지어져 있지 않은 것이 없겠지만, 니체는 자기 자신이 왜 그렇게 살았고 왜 그렇게 죽었는지 꿈에도 모를 겁니다."

"율곡이랑 니체의 삶이 여러모로 닮은 것 같더군요."

"같은 무신론자라서 그러지 않겠습니까."

"요즘 니체나 이이 같은 자들과 그런 자들을 추종하는 자들이 설쳐대는 꼴들이 심상치가 않더군요."

"말세라고 하는 증거 아니겠습니까. 말세의 풍경화 아니겠습니까. 666과 적그리스도, 두 짐승이 춤추는 풍경화입니다. 정치와 돈과 권력이 춤추는 느와르 영화입니다. 한국판 대부 아니겠습니까."

"퇴계와 칸트는 누릴 복은 다 누린 사람들인데다가 심지어 칸트는 죽음을 맞이하면서 '아! 좋다.'라고 했다잖아요."

"칸트가 한 말이라기보단 신께서 한 말이 아니었겠습니까. '참 잘 살았구나.' 그에 반해 사르트르는 욕을 하며 죽었다고 합니다. 무신론자들의 말로가 너무나 생생해서 숨이 막힐 지경이지 않습니까. 그런 것으로 보아 유신론, 무신론의 문제는 그 인간의 그 인격과 직접적으로 결부되어 있는 것으로 보입니다."

"범죄자들이니, 미투니 심지어 자살이니 하는 것들이 놀라울 정도로 좌파 쪽에서 주로 터져 나오는 것도 직접적으로 결부되어 있기 때문이겠네요. 바르게 사는 사람들이 유신론자들이고, 유신론자들이 바른 사람들이라는 명제가 만들어질 수 있겠군요. 그르게 사는 사람들이 무신론자들이고, 무신론자들이 그른 사람들이다. 좌파들이 다 무신론자들은 아니겠지만, 이렇게 정의할 수 있겠네요."

"요즘 철학자 중에서 니체가 제일 잘 나간다고 하던데 사르트르나 율곡 같은 좌파 철학자에 연루된 자들이 지나칠 정도로 많던데 안타깝습니다. 그들을 바라보는 마음이 복잡합니다. 미적분으로 풀어봐도 모를 것 같습니다."

"늦기 전에 회개하는 사람들 감안해서 풀어야겠군요."

"속아서, 뭣도 모르고 연루된 자들이라면 쉽게 회개할 것입니다. 하지만 무신론자들 말 한마디 한마디가 뼛속까지 내리꽂히는 그런 자들에게 있어서 하늘은 구제할 수 있는 어떠한 수단도 갖고 있지 않은 것입니다. 그들은 철저하게 사탄의 씨로 태어났기 때문입니다."

"좌파 중의 한 분인 박승옥 시인이 사람들을 모아 퇴계 기행을 가는데 같이 가지고 해서 따라간 적이 있었어요. 퇴계를 자기들 같은 운동권이었다며, 연산군한테 반기를 든 사람이라며 추켜세운 반면에 율곡은 신랄하게 까대더군요. 그런데 좌파인듯한 어떤 사람이 몹시 난감해하면서 말을 막고 나서더군요. 어떤 TV프로를 보니까 학자도 아니면서 퇴계를 연구한 사람과 골수 좌파 두 명이 고봉 기대승과의 사단칠정 논쟁에 대해 잡담하는 시간이었는데 좌파 둘이서 퇴계를 찍어누르려고 애쓰는 모습과 똑같더군요. 한참 후에 그 박 시인을 만나서 율곡에 대해 자세히 물어봤더니 퇴계에서 율곡으로 완전히 넘어가 버렸더군요. 좌파들의 속성은 진리도 사실도 이해관계 앞에서 무용지물이라는 진리와 사실을 깨닫게 되었지요."

"왜 콩 심은 데 콩 나고 팥 심은 데 팥 난다고 했겠습니까. 사탄의 씨로 태어난 자들까지 우리가 굳이 걱정할 필요는 없지 않겠습니까. 신의 씨로 태어난 자들이 회개하지 못할까 봐 그것이 걱정이라서 예수님도 그렇고 부처님도 그러셨던 것이 아니겠습니까."

"'하늘은 스스로 돕는 자를 돕는다.'라고 했듯이 사탄의 씨로 태어났어도 스스로 도우면 하늘로부터 도움을 받을 수 있지 않을까요?"

"그 누구의 수명이나 삶 또한 신에 의해 결정되는 것이겠지만, 칸트는 결혼하지 않은 것이 자기를 도울 수 있는 능력이었습니다. 또한 '살아 있는 시계'라고 하잖습니까. 퇴계도 벼슬을 고사한 것이 바로 그런 능력입니다. 활인심방 같은 것도 그런 능력에서 비롯된 것이지 않습니다. 니체나 율곡은 스스로 도울 능력도 없었으면서 이 세상 능력을 다 가진듯이 뻐겨댄 자들 아니겠습니까. 세상을 제대로 볼 수 있는 능력이 있었더라면 남들보다 먼저 죽었겠습니까. 퇴계는 병약했음에도 자기 몸을 스스로 도울 수 있었던 것은 세계를 바로 인식할 수 있는 능력이 있었기 때문입니다. 이상하리만큼 주변에 있는 진보 좌파들을 보면 하나 같이 모자라는 자들이었습니다. 율곡처럼 욕심이 많아서 공부만 해대서 그런지 출세한 사람은 많았지만, 길을 헤매도 완전히 헤매버리고, 뭐 하나 제대로 처리하는 꼴을 본 적이 없었습니다. 권력만 가지면 최고라고 생각하는 등신들이었습니다. 요즘

259

국회에서 하는 짓거리들만 봐도 확연하지 않습니까. 자기 스스로 존재할 수 없는 자들, 영화 '기생충'처럼 거짓을 이용해서 남한테 감쪽같이 빌붙는 것을 천재적이라고 생각하는, 우월하다고 생각하는 기생충들, 그런 돌대가리들 집단이 좌파들 집단이 아니겠습니까."

"니체나 율곡은 천재가 아니고 돌대가리겠군요. 돌대가리가 그만한 책을 지었으니 대단하긴 대단하군요. 세상의 수준이 낮을수록 종말의 시간은 빨라지겠지요."

"교육이라고 하는 것이 그러잖아도 바닥에 있는 인간들의 인식을 땅속으로까지 끌어내려서 파묻어버리는 판국에 무슨 수가 있겠습니까. 니체와 율곡은 그 누구보다도 땅속 깊이 파묻혀 있는 인간들이지 않습니까. 하늘이 버젓이 버티고 있는데도 땅속 깊이 파묻혀 있는 그런 자들을 내세우고 있는 판국이니 세상의 수준을 끌어올릴 엄두가 나지 않습니다."

"미국의 윌리엄 제임스도 그렇고, 기축옥사에 연루된 정여립도 그렇고 그들을 인간 취급하지 않는 사람들도 있으니까 그들끼리만으로라도……."

"아직 땅속에 묻히지 않은 사람들, 바닥에서 스스로 벗어난 인간들, 많지는 않겠지만 있을 터이니 그들에게 불씨 같은 희망을 걸어볼 수는 있겠지만, 그 수가 문제 아니겠습니까."

"하여튼 희망을 걸어볼 수 있는 사람과 희망을 걸어볼 수 없는 사람으로 구분되겠군요."

"그것이 가라지이고 알곡이지 않겠습니까. 신께서 성경을 비롯한

260

여러 예언서에 복선처럼 깔아놓은 이유가 바로 우리에게 그 한 가닥 희망을 주시기 위한 장치 아니겠습니까."

"타고나기를 유물론이나 주기론으로 타고났더라도, 사탄의 씨로 태어났더라도 스스로 그 늪에서 빠져나오는 사람들을 가리켜 회개한 사람, 해탈한 사람이라고 할 수 있겠군요."

"그런 사람들이 분명히 있겠지만, 한때 다니던 교회 소그룹 팀장이 예전엔 조폭이었다고 했는데 개과천선해서 독실한 크리스천이 되었다고 했습니다. 얼마나 친절하고 착하던지 예배보다가 그 사람 만나기 위해서 거리가 꽤 멀었는데도 불구하고 예배 시간을 기다려가면서까지 열심히 다녔습니다. 그런데 그 그룹에서 내 위상이 차츰 높아지고 인기도 생기니까 그 사람이 그 사람이 아니었습니다. 내게 그렇게 잘해주던 사람이 하루아침에 돌변하여 나를 찍어 눌렀습니다. 왜놈들이 쳐들어온 줄 알았습니다. 북한 괴뢰군이 쳐들어온 것만큼이나 충격적이었습니다. 개과천선! 고욤이 어찌 감하고 같겠습니까. 자신한테 감나무를 접붙여서 환골탈태한다면 모를까 그렇지 않고서는 어림 반푼어치도 없습니다."

"가라지에 알곡을 접붙인다면 가라지도 구원받을 수 있겠군요."

"아무거나 갖다 붙인다고 다 되는 건 아니지 않습니까. 니체한테 칸트를 접붙였는데 유신론자가 되었습니까. 율곡한테 퇴계를 접붙였는데 주리론자가 되었습니까."

"고봉 기대승은 온전하진 않지만, 퇴계를 스승으로 모신 걸로 보면 접붙이가 성공한 예로 볼 수 있지 않을까요."

"아까도 얘기했지만, 퇴계가 아무리 수용하고 받아주었더라도 신께서 인정하지 않으면 무슨 소용이 있겠습니다. 그의 죽음을 통해 신께서 답을 내려주신 것으로 알고 있습니다."

"바뀔 수 있는 사람 같았으면 팔 년까지 가지는 않았을 것 같네요. 결국 주기론은 주기론대로, 주리론은 주리론대로 쭈욱 갈 수밖에 없겠군요. 신은 알파이자 오메가인데 누가 주기론자이고 누가 주리론자인지 그거 하나 모를까요. 누가 알곡에서 가라지가 될지, 누가 가라지에서 알곡이 될지 그거 하나 모를까요. 다 예정되어 있을 수밖에 없겠는데 어찌하여 회개하라 회개하라고 하신 걸까요."

"신께서 누구에게나 우주라고 하는 암자를 지어주셨습니다. 그 암자에 들어가서 우주를 깨우치기 위해 수행하며 살기를 바라시지만, 알곡이든 가라지든 선악과 따먹느라, 돈과 권력을 서로 더 차지하려고 나돌아다니기만 하고 있습니다. 청개구리 모양 속 썩이며 살고 있습니다. 나쁜 짓 그만하고 신의 품으로 돌아와 진리를 추구하며 살려고 하지 않습니까. 신께서 주신 생명과 따먹으면서 사는 것이 회개 아니겠습니까. 그만 속 썩이고, 그만 신의 품으로 돌아와 본질이 뭔지, 진리가 뭔지 헤아려보며 살라는 것이 아니겠습니까."

"신은 알파이자 오메가이니 누가 선악과를 따먹고 누가 생명과를 따먹는지 그들이 태어나기도 전부터 훤히 알고 계시지 않겠어요."

"누가 집을 떠나고 누가 돌아오는지 탕자의 비유로 우리에게 알려주고 있지 않습니까. 누가 회개하고 회개하지 않는지 다 알고 계시지 않겠습니까. 우리는 스토아학파에서 얘기했듯이 배역에 따라 살아가는 배우, 출연자들입니다. 집으로 돌아오는 그 둘째 아들 정도 배역은 탐하며 살아야 하지 않겠습니까."

"무척 착해 보이는 노인한테 신이 존재한다고 믿으시냐고 물어봤더니. 며느리 때문에 교회는 다니지만, '바보 아니고서야 그걸 누가 믿어.'라고 하시더군요. '바보 아니고서야 믿지 않을 수 있겠습니까.'라고 쏘아붙였지만, 집이 있는 줄도 모르고, 암자가 있는 줄도 모르는 저들을 아무 데나 내동댕이쳐놓은 듯하여 마음이 천근에서 만근으로 자꾸 무거워지더군요"

"바보는 미친놈입니다. 완전 무신론자인데다가 완전 유물론자인 골수 좌파 남자와 골수 우파 여자를 태우고 행사장에 가던 길이었는데 전쟁을 일으킨 놈더러 그런 바보가 어딨느냐고 욕을 하기에 그랬습니다. '신이 옆에서 지켜보고 있는데 총질이라니, 미사일 쏴대다니 미친놈이 아니고서야 그러겠습니까. 신을 믿지 않는 놈들은 모조리 미친놈들입니다.'라고 했더니 잠잠하였습니다. 너무 잠잠해서 귀가 먹먹할 정도였는데 집에 오니 엘리베이터 문이 또 저절로 쓱 열리지 뭡니까. 성령께서 '잘했다. 잘했어.'라고 하시는 것 같았습니다. 그 탕자는 돌아갈 곳이라도 있었지만, 그들은 돌아갈 곳도 없이 떠도는 부초 아니겠습니까. 의지를 갖지 못한, 존엄성이 소멸한 상태로 존재하다 존엄성이 소멸한 것처럼 소멸하고 말 걸 생각하니 가슴이 먹먹합니다. 점잔빼며 살다가 죽음 앞에서 발작하며 욕까지 해대며 온갖 추한 몰골로 죽어간 사르트르를 떠올려보니 무신론자들의 최후가 얼마나 비참하였으면 이 멀쩡한 산천이 비애로 휩싸인단 말입

263

니까.”

　불을 꺼버리듯 계곡이 갑자기 어두워졌다. 낮게 떠 있던 먹구름 한 조각이 해를 가려버렸기 때문이다. 어둠이 이 강토로 왜놈들이 쳐들어오듯이 이 심정으로 총칼을 들고 쳐들어오는 듯하였다.

　“사르트르, 지성인의 표상처럼 여겨졌었는데 너무 어이없군요. 열심히 공부하고 아마도 최선을 다해서 살았을 텐데 그 모양이라니, 신을 믿는 노예보다도 못한 인생을 살려고 그리도 바둥대며 살아왔을 걸 생각해보니 애처롭기도 하고 웃기기도 하는군요.”

　“무신론자들이 아무리 금자탑을 쌓아 올린들 사상누각입니다. 철저하게 헛살아온 삶입니다. 그들의 삶은 욕되지 않지만, 그들의 죽음은 욕됩니다.”

　“그래서 사르트르가 욕을 했겠군요. 신을 모르고, 부정하고 살아온 자기 자신한테 퍼부어대는 욕이지 않았을까 싶군요.”

　“신이 아니라 한평생 돈이나 권력, 명예에 사로잡혀 살아온 사람들이 공부를 아무리 한들 의식이 높아질 리 있겠습니까. 다른 차원으로 들어갈 수 있겠습니까. 어떤 교회 권사는 자기 교회 목사가 사악한 놈이라고 욕을 하면서도 계속 다니고 있었습니다. 왜 그러냐고 했더니, 그 교회에서 이뤄놓은 자기 위상을 버릴 수 없어서 그런다고 했습니다. 사탄은 그런 것들로 인간들을 묶어놓고 있습니다. 신이 파고 들어갈 자리가 있을 것 같습니까. 정신의 뿌리를 사악하고 더러운 곳에 내리고 있으면서 신을 찾다니, 이런 어불성설이 어디에 또 있단 말입니까.”

"어떤 철학자가 '마음이 가난한 자는 복이 있다.'라고 하는 성경 구절에 대해 대놓고 비웃더군요. 무식한 자들이 철학자가 되는 것인 줄 알고 깜짝 놀랐어요. 그런 자들이 철학자가 될 수 있는 이 세상이 그 철학자보다 더 웃겨서 더 크게 비웃었더니 보약을 먹은 듯이 건강해지는 느낌이더군요."

"비웃는 건 담배 피우는 것만큼이나 건강에 해롭습니다."

"감정을 빼고 비웃기 때문에 비웃더라도 그냥 웃는 거나 마찬가집니다."

"감정 없이 비웃다니, 선배님은 확실히 도인이십니다."

"도는 나보단 정형이 몇 단 더 높지요. 콜럼버스가 신대륙을 발견하고 기분이 얼마나 좋았겠어요. 이 세상에서 신대륙을 발견하듯이 그런 철학자를 발견한 일인데 기분 나쁠 리 있겠어요. 도라긴 보단 발견이지요. 콜럼버스를 보고 도인이라고 하지는 않잖아요."

"하하하, 세상을 까는 얘기만 진탕 해대서 마음이 칙칙했었는데 일부러라도 웃으니 마음이 한결 밝아지는 듯합니다. 미국의 희극배우 '밥 호프'를 면접하던 그 면접관들도 그랬을 것 같군요. 지쳐 있던 면접관 앞에서 대기하고 있는 응시자들에게 '인제 그만 집에 가서 식사하세요. 제가 채용되었습니다.'라고 했다지 않습니까. 아무리 커피를 마시고 피로회복제를 마신들 그렇게까지 활짝 깨어날 수 있었겠습니까. 누가 밥 호프처럼 웃겨주지 않더라도, 일부러라도 자꾸 웃어야겠어요. 으하하하."

박태운 씨가 산문 어귀 그 자리에서 그를 불렀다.

"주혁아! 밥 먹으러 가자."

"마귀들에게 짓눌려 사는 우리도, 마귀들을 까대는 우리도 우울증에 걸린 듯한데 웃음소리를 들으니, 일부러 웃는 소리라도 치료가 되는 듯하네요. 하하하!"

"밥의 그 한방에 우리는 탈락이지만, 웃기는 건 밥에게 맡겨두고 우리는 밥이나 먹으러 갑시다. 밥을 보고 웃어야 할 것인지 먹어야 할 것인지 헷갈립니다."

하늘의 문은 사랑이어야 열린다

"단군 신화에 나오는 곰처럼 수행하고 수도해야 사람이 될 터인데 입시 공부하고 고시 공부해서 사람이 될 수 있겠어요. 여태 살아오면서 줄곧 '시험공부 해라.'라는 말만 들어봤지 '수행해라, 수도해라.'라는 말은 집에서도 학교에서도 들어본 적이 없었어요."

"곰보다 호랑이, 인간보다 짐승을 만들고자 그러지 않았겠습니까."

"그들의 이면에 도사리고 있는 사탄이 다 보이는군요. 저 사탄을 잡아서 처단하면 되겠군요."

"사탄이란 인간들이 선악과를 따먹는 심정으로 만들어진 존재이기 때문에 그런 인간을 처단하면 모를까 잡을 수 있는 대상도, 처단할 수 있는 대상도 아닙니다. 인간들이 선악과를 따먹는 행위를 중단

하면 사탄은 물거품처럼 사라지게 됩니다. 사라지고 없는 사탄을 어떻게 처단할 수 있겠습니까."

"신께서 돈 따먹지 말라고, 권력 따먹지 말라고 못이 박히도록 얘기했음에도 걸려오는 전화마다 주식에다가 보험에다가 심지어 보이스피싱까지 가만히, 조용히 살 수도 없는 세상이더군요."

"자기들 스스로 이 세상을 그렇게 만들어 놓고선 고해라느니, 고통스러워서 못 살겠다느니 어쩌고저쩌고하는 꼴을 보고 있자면 이건 완전 코미디 아닙니까."

"친구하고 한 약속도 그러할진대, 신과의 약속을 저버리면서 신을 만나겠다니, 신이 아니라 가라지들인들 만나주겠습니까."

"입시 공부만, 고시 공부만 한 사람들, 왜 저 모양인가 했더니만, 그것도 결국 선악과 따먹는 행위였다고 볼 수 있겠군요. 천동설이 아니라 지동설인 것처럼 자기중심으로 돌아가는 세상이 아니라 신 중심으로 돌아가는 세상이라는 사실을 깨닫는다면, 이기심을 제거하는 수술을 받았다면 구원받을 길은 열려있겠군요"

"인류가 꿈꿔오던 꿈같은 세상을 누릴 수 있지 않겠습니까."

"이타심만 갖고 살아가는 데 문제가 없을까요?"

"맹장 수술했다고 해서 살아가는 데 문제 있습니까. 이기심이나 욕심은 맹장 같은 것이라서 아무런 문제 없습니다. 통신망 하나 개설하더라도 환경이 맞아야 하는 것처럼 신과 통할 수 할 수 없었던 것은 이기심 때문입니다. 신과 커뮤니케이션이 이루어지는 그런 세상이 바로 지상천국 아니겠습니까. 선악과를 따먹지 않는 사람, 자기 자신을 위해서 공부하는 사람이 아니라 남을 위해서, 인류를 위해서 공부하고 일하는 사람들이 사는 세상이 바로 지상낙원, 대동세계, 용화세계 아니겠습니까."

"'공부해서 남 주냐.'라고 하듯이 자기를 위해서 공부하는 사람들이 대다수겠지만, 그래도 남을 위해서, 홍익인간을 위해서 공부하는 사람들도 조금은 있지 않겠어요. 그런 사람들과 수행하는 사람들은 어떻게 다른 걸까요."

"소승불교와 대승불교에 끼어맞춰 볼 수 있지 않겠습니까. 소승은 똘똘 뭉쳐져 있는 이기심을 하나하나 해체하는 작업이라면, 대승은 이기심이 해체된 그 자리로 이타심을 하나하나 채우는 일이 아닐까 싶습니다."

"성선설로 태어나든 성악설로 태어나든 다 그렇게 될 수 있을까요?"

"해체 작업이 수월하냐 어려우냐 차이는 있겠지만, 누구에게나 불성이 있다고 하였으니 누구나 가능하지 않겠습니까."

"동자 부처님처럼 누구나 부처가 될 수 있을 정도로 순수하던 인간들이 살아가면서 왜 심각하게 변질할 수밖에 없었던 것일까요."

"인간들이 스스로 짜놓은 사회구조, 교육제도 때문이지 않겠습니까. 제 무덤을 제가 파놓은 덕입니다. 이런 사회의 구도 속에서 천사인들 옳게 살아갈 수 있을까 싶습니다."

"666만 때려잡으면, 정치만 없애버리면 걱정할 일이 없어 걱정이지 않을까 싶네요."

"가라지들이 길길이 날뛰는 모습을 구경할 수 없어서 좀 아쉽기는 하겠지만, 기생충 같은 영화 만들어서 보면 되지 않겠습니까."

"총알도 없는 총구 붙들고 늘어지는 것보다가야 그게 훨씬 더 재미있겠군요. 정치도, 학교도 때려잡으면 문제가 해결될 듯도 싶은데 경제는 어떻게 하면 좋을까요. 광고 홍수 속에서 살지 않습니까. 그 소중한 인생을 호객하는데, 호객 당하는 데 허비하며 살다니, 몇 푼 더 벌려고 그러고 사는 정신머리를 보니까 물어뜯고 싸우지 않고 사는 방법은 없어 보이네요."

"자기만 더 잘 먹고 더 잘살기 위해서, 아니면 먹고살기 위해 하는 수 없어 그러겠지만, 자기만 더 잘 먹고 더 잘살려고만 하지 않는다면 최소한 먹고살기 위해 그러지는 않아도 되지 않겠습니까. 선거관리위원회 같은데 아까운 세금을 왜 퍼부어댑니까. 정치나 학교만 때려잡아도 호객행위가 아니라 무료로 나눠줘도 득 보지 않겠나 싶습니다. 기업들도 자기만 잘 먹고 잘살아서 뭐 하겠습니까. 남하고 기술도 공유하고 어려운 데 있으면 인력도 파견시켜주며 그렇게 지낸다면, 특허니, 기술 유출이니 뭐니, 애들 장난도 아니고 무슨 문제가 되겠습니까. 사해가 동포인데 기업과 기업인들 한집안이 못 될 이유가 어디 있겠습니까."

"홍익인간의 세상이 펼쳐지겠군요. 사람들이 옷장마다 몇 년이 지나도 한 번도 꺼내입지 않은 옷들을 가득 끌어안고 살던데 그거 모두 내다 놓고 누구나 골라서 입게 한다면 사람들이 옷 걱정하지 않고 살아갈 수 있지 않겠어요. 옷이든지 돈이든지 자기만 끌어안고 살겠다고 하지만 않는다면 인류에게 의식주가 무슨 문제겠어요. 의식주가 문제가 되지 않는 것이 천국이지 않겠어요. 학교에서 세뇌당한 정신을 해체시킨다면 인류에게 홍익인간의 세상이, 꿈같은 세상이 펼쳐지겠지요."

꿈을 꾸었다. 나무마다 온갖 옷들이 주렁주렁 열려있었다. 신발이며 양말, 모자들이 과일처럼 열려있었다. 새들이 내 어깨 위로 날아와서 쩩쩩거리고, 사람들이 가든파티를 열고 있는 무대에서 여우와 늑대가 블루스를 추고 있었다.

흐르는 강물처럼

꿈의 여운을 간직한 채 아침 공양하고 나서 그와 개울가 벤치에 자리하였다.

"몰랐는데 보니까 여기가 전망대였습니다."

"계곡전망대?"

"아뇨, 인간전망대!"

"그러려면 저 건너편에 가서 봐야지요."

"이분들이야 전망대에서 보는 것보다 더 잘 보이잖습니까. 도시에 사는 인간들을 구경하는 전망대 말입니다. 명동이니, 강남역이니, 홍대 앞이니 불야성인 걸 보니 사람들이 강물처럼 흐르기를 거부하고 이 계곡물처럼 흐르기를 갈구하고 있는 것으로 보입니다."

"그런 게 다 보이나 보죠. 내 눈에는 도통……."

계곡 건너편 숲을 뚫어지게 쳐다보았다. 풀과 풀이, 잎사귀와 잎사귀가, 나무와 나무가 하나하나 합쳐지더니 공간이 사라졌다. 사라진 그 공간으로 사람들이 살아가는 풍경이 하나하나 들어찼다.

"와! 보이네요. 시끄럽고 복잡한 곳엔 젊은이들이, 조용하고 한적한 곳엔 늙은이들이 모여드네요. 끼리끼리네요."

"밀물과 썰물 같아 보이니까 바다인 것 같기도 하고, 기압골이 형성되어 있는 걸 보니 구름인 것 같기도 하고, 좌파와 우파가 대치하고 있는 걸 보니 사바세계 같기도 합니다. 좌파는 이 계곡물처럼, 우파는 강물처럼 흐르고 있습니다. 신께서 흐르는 강물처럼 살라고 하신 걸로 보면 우리 보고 우파로 살라고 하신 것 같습니다."

"신께서 그런 말씀을 하셨나요?"

"저에게는 분명히 그러셨습니다."

"신을 만나 뵈신 건가요?"

"산타클로스 할아버지로 꿈속에 나타나서 선물로 '흐르는 강물처럼' CD를 주셨습니다."

"신께서……. 와! CD를 주셨다면 소설이 아니고 영화였겠네요?"

"CD를 주셨다기보다 '흐르는 강물처럼' 살라고 하는 메시지를 주신 것이 아니겠습니다. '흐르는 계곡물처럼' 살지 말라고 하는 메시지이지 않았겠습니까."

"유명한 어떤 건축가가 계곡이 너무 근사해서 그 옆에 근사한 저택을 지었다가 계곡물 소리 때문에 미칠 지경이라고 하더군요. 어떤

남자가 너무 아름다운 진보 좌빨 여자와 결혼해서 살았는데 사사건
건 시비를 거는데 하루도 편할 날이 없어 고통 속에서 살아야만 했다
고 하더군요. 어느 동창이 그러던데 얌전한 줄 알고 결혼했다가 학을
뗐다더군요. 좌파하고 산다는 건 여간내기가 아닌 것 같더군요. 걸핏
하면 고소한다고 그러질 않나. 아무리 젊다손 치더래도 누가 시끄러
운 걸 좋아하겠습니까. 진보좌파들도 시끄럽게 사는 거 원치 않을 텐
데 왜! 그렇게 사는지 알다가도 모를 일이에요."

"멋있지 않습니까. 바윗덩이 틈으로 매끄럽게 빠져나가면서 부딪
치고 부서지며 흐르는 저 계곡물 아름답지 않습니까. 외형상으로는
아름답지만, 어찌 보면 한 치도 양보하지 않고 흐르는 저 모습이 섬
뜩하지 않습니까. 아름다움 보다가는 마음을 비우지 못하고 서로서
로 이기려고 덤벼드는 저 속성을 카메라에 담고 싶습니다. 인간의 원
초적인 본능 같지 않습니까."

"선악과를 따먹는 모습 같네요. 이 계곡에 끌려 이곳으로 찾아들
었는데 이 계곡의 속성을 깨우치고 나니 너무 괴기스럽고 소름 돋네
요. 아름다운 좌빨녀한테 홀려 결혼한 느낌입니다. 이혼해야 할 텐데
어쩌면 좋죠?"

"모레 이혼하기로 했다 하지 않았습니까."

"내일입니다. 하루라도 앞당겨야겠어요."

"우파끼리 만났으니 망정이지 좌파하고 만났더라면 싸움 났을 것
입니다. 물은 물이기 때문에 그 상황과 그 여건에 맞춰 흐를 수밖에
없지 않겠습니까. 그런데 진보 진영에 묶이고 보수 진영에 묶이겠다

는 것은 그런 상황을 무시하고 자기 진영 이익만 밀어붙이겠다고 하는 의지 아니겠습니까. 계곡에서 강물처럼 흐르고, 강에서 계곡물처럼 흐르면 어떻게 되겠습니까. 지금 이 세상이 돌아가는 모양새가 이렇지 않습니까. 물이 물이어야 하는데 물이 정치가 되어버리지 않았습니까. 이 혼돈! 이 아비규환!"

"저 사바세계를 관통해서 이 전망대로 울려 퍼지는 목소리가 들리네요. '물질을 추구하지 말라.' '정신을 추구하여라.' '마음을 닦아서 강처럼 넓고 잔잔하게 살아라!'"

"내 귀에는 들리지 않는데……."

"귀로 듣지 말고 생각으로 들어보세요. 아까 나처럼 비유의 늪에 빠져보세요."

"아! 밴댕이 소갈딱지로 살지 말라.'고도 하네요. 계곡물도 물이니까 중력에 따라 이치에 맞게 흐르기는 하지만, 그 바탕이나 배경으로 인해 이기려고 덤벼드는 유물론적인 속성을 지닌 반면에 강물은 서로서로 양보하고 배려하며 흐르는 관념론적인 속성을 지닌 듯하지 않습니까."

"태어나면서부터 타고나긴 하지만, 다듬을 생각 없이 계곡물처럼 평생 소리 지르고 악을 쓰며 살 것인가. 다듬고 다듬어서 계곡에서 벗어나 강으로 스며들 것인가. 계곡물처럼 산다는 것은 아무 생각 없이 약속이고 뭐고, 진리이고 뭐고 간에 몸이 가고, 마음이 끌리는 대로 살아가는 아담 같은 사람들이겠지요. 깨달음이란 개개인의 의지에 달린 문제이겠지만, 다듬고 다듬지 않으면 살아서도, 죽어서도 번

뇌 망상에서 벗어날 방도는 없겠지요."

"저기 군중들 좀 보세요. 거리로 뛰쳐나와 집단으로 악을 쓰는 사람들이 파노라마처럼 일렁거리는 모습이 장관입니다. 도시에 저런 절경이 있는 줄 여태 몰랐습니다. 서울 시내에 저런 계곡이었다니, 믿기지 않습니다."

"시내 볼일이 있어서 나갔다가 한번 봤는데 정말 대단하더군요. 소담계곡을 옮겨다 놓은 듯하더군요. 한쪽은 보니 여기 물처럼 청정한 데 반해 다른 쪽은 냄새까지 지독해서 구경은커녕 도망치고 말았어요. 이기심과 권력에 대한 집착이 융합하여 화학반응을 일으키니까 암모니아 같은 냄새는 냄새도 아니더군요."

"여기 물은 소용돌이치며 흐르긴 해도 덕 보려고 하지 않으니까 이렇게 깨끗한데 저기 저 물은 모조리 덕 보려고 흐르는 물이니 냄새가 나지 않을 수 있겠습니까. 물은 물입니까?"

"물은 물이지요. 계곡물은 계곡물이고 강물은 강물이겠지요. 이 세상에는 나쁜 사람들은 나쁜 사람들이고, 좋은 사람들은 좋은 사람들이겠지요. 다 같은 물이지만, 다 같은 사람이지만, 흐르는 것은 그 근본대로 흐르겠지요."

"도시에서는 바로 옆에 있어도 보이지 않았는데 여기에서 보니까 사람들이 왜 백화점에 가고, 왜 대형할인마트에 가고, 왜 편의점에 가는지 카메라 초점이 맞춰지듯이 뚜렷하게 보입니다. 동선이 너무 이상하고 너무 수상한 사람들이 왜 저렇게 많은지 모르겠습니다. 이 사람들은 왜 여기에 왔는지 이제야 눈에 보입니다. 신께서 인간들을 속속들이 들여다보는 것과 같이 인간들이 속속들이 들여다보이는 것 같습니다. 이런 것들을 카메라에 담고 싶습니다. 우리에게 부여된 거리, 위치, 시각이라고 하는 기능을 이용해서 우리의 처지를, 우리의 상태를 낱낱이 확인하고 낱낱이 느낄 수 있을 것만 같습니다. 지하철을 타고 가는 어느 아주머니에게 이 개울물을, 시장에 가는 어느 대학생에게 저 돌탑에 박힌 돌을 대입해 보니 내가 왜 여기에 있는지, 내가 누구인지……! 지금의 나와 좀전의 내가 누구인지 모를 정도로 낯섭니다. 그 낯섦이 여명처럼 세상으로 밝아오는 듯합니다."

　주변에 있던 사람들이 모두 강당으로 몰려갔다. 우리 둘만 고립무원에 떨어진 기분이었다. 그 기분 속으로 한 번도 듣지 못했던 소리가 들려왔다. 온갖 풀벌레 소리와 여울물 흐르는 소리를 화음으로 해서 점점 크게 울려 퍼졌다. 환한 하늘에서 펼쳐지는 별들의 연주였다. 자미성의 지휘 아래 빠르고 높게, 천천히 낮게 그러다 더 높이는. 천천히 낮게, 빠르게 높이는가 싶었는데 더 천천히 울려 퍼지는 리듬이 가슴에서 가사를 자아내며 울려 퍼졌다. 이 계곡을 공명으로 나비 효과처럼, 연기법처럼 세상으로 퍼져나갔다. 그와 나는 말 대신 침묵으로 노랫말을 지어갔다. 얼마나 지났을까?

음악은 새 세상을 자아내는 마중물이다

"나 보기가 역겨워 가시려거든 가라지

말없이 고이 보내 드리오리다.”

살금살금 불어오던 바람이 그가 입을 떼자 딱 멈추어 선다. 그 자리에서 회오리를 일으키고선 사라진다.

“너는 너인 것을 나는 나인 것을
상엿소리 흐드러진 영변 약산으로
가시거들랑 가라지
폴란드 망명정부의 지폐라도 가시는 길에
한 아름 뿌려줄 터이니
가시는 걸음걸음 놓인 그 돈을
한 장 한 장 주우며 가라지
가시는 길에 심순애라도 만나거들랑
돈이 어디가 좋더냐고 물어나 보라지
나 보기가 역겨워 가시려거든 가라지
죽어도 아니 눈물 흘리오리다”

“제목이 진달래꽃인가요?”

“가라지입니다. 가라지라는 뜻이 이별이라는 것을 이제야 알았습니다.”

벚꽃이 얼마나 늦게 폈으면 아직도 버찌가 달려있을까! 계곡물이 자기들끼리 끊임없이 얘기하며 흘러간다. 저 물들이 하는 얘기를 듣고 싶었다.

탁자에 팔꿈치로 기대고 앉아 있는 오른손바닥에 뭔가가 떨어졌다. 누군가가 내 손에 쥐여주듯이 떨어진 버찌였다. 벚나무가 한번 먹어보라며 건네준 것 같았다. 까만 작은 열매가 입안에서 터지자 버찌 씨만 한 지구가 입안에서 굴러다닌다. 광막한 우주 안에서 고적하게 떠돌고 있었다. 저렇게도 조그맣게, 저렇게도 가련하게⋯⋯! 가슴이 무너져내릴 것만 같은 그런 지구 속에 내가 그 지구와 같이 광막한 세상 속에서 고적하게 떠돌고 있었다. 이렇게도 조그맣고 이렇게도 가련하게⋯⋯! 버찌의 맛은 우주 속에 있는 나의 좌표였다. 나말고는 이 지구의 맛을 누가 느낄 수 있으리까. 인간들의 세상은 과즙으로 사라지고 지구만 저 혼자 떠돌이처럼 내 입안에서 굴러다니고 있었다. '퉤'하고 뱉어내니 지구는 유성이 되어 개울물로 사라졌다. 지구 속에 있던 나도 사라졌다. 사라지고 없는 나의 빈자리로 의식이 솟아올랐다.

버찌를 몇 개 따서 정형한테 건네주었다.

"이거 한번 먹어보세요. 명약이네요."

"어디에 좋습니까."

"의식에 직빵입니다."

"의식!⋯⋯?"

횅해진 경내로 몰아치던 거대한 적막이 사막으로 변했다. 사막 한가운데에 어린왕자처럼 단둘만 뎅그렇게 앉아 있었다. 그 사막을 가로질러 우리는 스님 거처로 향했다. 스님은 행사 주최 측 인사들과 차를 마시고 계셨다.

"스님은 다음에 만나 봬야겠습니다. 동자암에나 한번 갔다 오지 않겠습니까."

"그러면 오후 강의도 제칠 건가요."

"어차피 반이 다르지 않습니까. 뭐! 여기 강의보다가 동자 부처님한테 듣는 법문이 훨씬 낫지 않겠습니까. 그나저나 동자 부처님께서 출타하지 않고 계실지 모르겠습니다."

"나이 먹지 않으시려고, 순수성을 유지하시려고 시간이 흐르지 않는 곳으로 가셨나 보더군요. 직접 대면할 수는 없겠지만, 그 순수성은 만날 수 있을 거예요."

"그런데 나도 그렇고 캐주얼화인데 괜찮을까요?"

"이 정도면 양호합니다. 우리 시동인 모임에서 어느 원로 시인이 그러던데 자기가 샌들을 신고 동자암에 갔다가 왔다는 기사가 신문에 대문짝만하게 떴다고 호들갑을 떨더군요. 행사차 여기에 왔다가 젊은 여류 시인들이 간다기에 따라나섰다가 혼쭐이 났나 보더군요. 샌들 끈이 끊어져서 발에 묶고 기다시피 해서 내려왔는데 거기에다가 해까지 떨어져서 죽는 줄 알았다고 하더군요. 얼마나 혼구멍이 났으면 신문 기삿감이라고 너스레를 떨었겠어요. 그 친구처럼 여자를 밝히시는 분이었는데 그래서 당한 봉변이 아니었겠나 싶더군요. 캐주얼화를 샌들에 비하겠어요."

동자는 선악과 이전 사람이다

흐르다 고이고 고이다 흐르는 열 개의 열 개로 이어져 있는 못을 따라 우리는 오르다 머무르고 머무르다 올랐다. 절경이 절경을 낳고 있는 장면을 그는 놓치지 않고 찰칵찰칵 담아내고 있었다. 내 눈에는 풍경이었지만, 그의 눈에는 자연의 흔적이었다.

물도 챙겨오지 않아서 목이 바짝바짝 말라가고 있었는데 지나가던 어느 중년 아주머니가 우리에게 오이를 건네주었다. 우리가 어떤 상태인지 보기만 해도 척 아시나 보았다. 그 오이는 우리에게 생명수와도 같았다. 관세음보살님이 틀림없었다. 정형은 성령님이라고 했다. 인생이란 이처럼 등산하듯이 사는 것이 인생이구나 싶었다. 편한 길도 있고 험한 길도 있고, 인간과 자연을 생각하면서 아름다움을 느끼기도 하면서, 어려울 때 이웃으로부터 도움도 받고 도와주기도 하면서 신으로부터 은총도 받으며 신을 만나러 구도의 길로 가는 것이 인생이겠구나 싶었다. 오이로 목을 축이며 오르다 보니 점심때가 지나서 동자암에 당도하였다. 당도하자마자 우리 앞에 진수성찬이 차려져 있었다. 별개의 세상 같은 이곳에 국밥에다가 수박, 참외, 사과, 떡까지, 관세음보살님께서 베풀어주신 은덕인 듯싶었다. 지나가는 비구니스님에게 한번 여쭤보았다.

"천도재가 있었나 보죠?"

"천도재가 아니고 동자 부처님이 돌아오시기로 한 날이어서 잔치하고 있습니다. 부처가 되시고 나서 사바세계를 살펴보시겠다며 떠나셨는데 이십팔 년 후 오늘 돌아오시겠다고 하셨거든요."

"그러면 삼십삼 세가 되시겠네요."

"그렇지요."

"이분이 삼십삼 세인데……!"

그 스님께서 정형을 가까이 다가가서 보다가 뒷걸음질 쳐서 보고, 이리저리 살펴보더니 땅바닥에 엎드려 정형한테 삼 배를 하였다. 정형이 말려보았지만 막무가내였다. 그리고 나서는 하던 일이 있다며 바쁘게 어디론가 떠났다. 이제 스님들과 많은 사람이 정형 앞으로 모여들 것으로 기대하였는데 아무도 찾아오지 않았다. 아무도 쳐다보지 않았다. 아까 그 스님이 일을 보고 돌아가기에 여쭤보았다.

"부처님이라고 해서 놓고선 접대하지도 않고 대접도 하지 않으니 이상합니다."

"부처님은 남의 대접을 받는 분이 아니시고 스스로 대접하는 분이십니다."

스스로 대접한 결과 이 산중에서 수박, 떡, 국밥을 먹을 수 있었나 보았다. 그 덕에 나도 호강하였던 것이고……. 하늘은 이런 듯 스스로 돕는 자를 돕는다는 생각이 떠올랐다.

바위에 앉아 수정과를 마시며 하늘을 바라보니 거기에 사미산이 담겨 있었다. 사미산에는 동자암이 담겨 있고, 동자암에는 우리가 담겨 있고, 우리 속에는 동자승이 담겨 있었다.

"석가모니는 엄청난 고행을 통해 깨달음에 이르셨는데 동자승은 그런 고행도 없이 그것도 다섯 살에 부처가 될 수 있었을까요?"

"어리니까, 돈을 알겠습니까. 권력을 일겠습니까. 돈을 추구하겠습니까. 권력을 추구하겠습니까. 그런 순수한 영혼이, 순수한 의식이 깃들 수 있는 곳이 어디겠습니까. 부처 아니겠습니까. 아이들 대부분은 부모로부터 보호받으며 아쉬움 없이 자라므로 그들이 가진 순수성을 발현시킬 기회를 상실하거나 지나쳐버리며 자라기 마련이지만, 먹을 것도 떨어진 혹독한 추위 속에 갇혀 혼자 살아갈 수밖에 없는 그 아이의 상황은 석가모니의 고행과 비견할 수 있지 않겠습니까. 싯다르타는 그 아이처럼, 그 아이는 싯다르타처럼 절대 순수하였기에 부처가 가능하지 않았겠습니까. 추위를 추위로 느꼈다면, 배고픔을 배고픔으로 느꼈다면 부처는 불가능하였겠지만, 절대 순수하였으므로 추위도 더위도 똑같이 인식할 수 있었지 않겠습니까. 날씨가 어떻고 온도가 어떻고 그런 걸 배웠더라면 절대로 부처가 될 수 없었을 것입니다.”

“‘물을 물로 보려면 절대 순수해야 볼 수 있을 텐데 절대로 순수하지 않으니 어쩌면 좋을까요?’”

“우리는 다섯 살에서 너무 많이 벗어났잖습니까. 삼십 대니까 까마득하게 벗어나 있으니 절대 순수에서도 까마득하게 벗어나 있다고 볼 수 있을 것입니다. 타임머신도 없으니 우리가 돌아갈 방법은 요원합니다.”

“권력과 돈이 그 순수를 갉아먹은 기생충이겠군요. 성경에 보면 ‘돌이켜 어린아이들과 같이 되지 아니하면 결단코 천국에 들어가지 못하리라’ 하였으니 어린아이처럼, 다섯 살로 돌아가는 방법은 있다는 말씀이 아니겠어요?”

“출세하려고 하지 않고, 성공하려고 하지 않는다면 그나마 희망이 좀 보일 수도 있겠지만, 누가 그러겠습니까. 서로 출세하고, 서로 성공하려고 눈이 시뻘게져서 작당질까지 쳐대는 판인데, 심지어는 신께 출세시켜달라고, 성공하게 해달라고 애걸복걸하면서 매달리는데. 그런 그들이 돌이킬 수 있겠습니까."

"매달릴수록 더 멀어지는 아이러니컬한 현상이네요. 기복신앙은 구원에서 탈락한 것으로 보면 되겠군요."

"우리도, 절대 순수하지 않더라도 석가모니처럼 하면 가능할 것입니다. 그것도 신에 의해 그렇게 선택받은 사람에 한해서 그럴 수 있을 것입니다."

"부처 되는 건 포기하는 것이 현명하겠군요. 부처는 포기하더라도 마귀는 되지 않아야 하지 않겠어요. 뱀의 꼬드김에 넘어간 짐승이 되지는 않아야 할 텐데, 넘어간 자들, 짐승이 된 자들 보면 가관이지 않습니까. 잔머리에다가 꼼수, 거기에서 한 걸음 더 나아가 미투 짓까지, 수학 공식이 하나 만들어지는군요. 인간의 역사를 이 공식에 대입해 보니 무슨 요술 부리는 듯이 딱딱 맞아떨어지네요."

"이 사회구조는 그런 이기적인 세포 덩어리들이 형성되어 있으니까 우파, 좌파가 생기지 않을 수 없었겠네요. 뉴스를 보다 보면 이건 뉴스가 아니라 '동물의 왕국'을 보는 듯하더군요."

"그런 동물들이, 그런 잡놈들이 권력을 가만 내버려 두겠습니까. 예전에 뽀빠이가 그랬습니다. 창피해서 못 살겠다며, 대통령 집에 개가 한 마리 있는데 짖지를 않더래요. 하도 짖지를 않아 물어보니 주인이 도둑놈인데 누구보고 짖으라는 거냐고 하더랍니다. 어떻게 개만도 못한 놈을 대통령으로 뽑아놓았냐고 통분하는 개그를 들어본 적이 있었는데, 개만도 못한 놈이나, 개만도 못한 놈을 뽑은 놈들이 나 그들을 가만두고 봐야겠습니까. 에고! 이를 어찌합니까?"

"왜요?"

"나도 그 민관식인지 뭔지 하는 놈 찍고 말았습니다. 이거야 원! 처벌받아야겠습니다. 처벌해주세요."

"내가 처벌할 자격 있나요. 나는 다른 사람 찍었으니 처벌할 자격 있겠군요. 그럼 뭐 서울에서 만나 밥이나 한 끼 사주세요."

"무슨 판결이 그렇습니까. 최소한 징역 1년, 실형을 선고해야 합니다. 거기에다가 올바른 국민 정서와 역사를 훼손한 데에 따른 손해배상, 추징금 도합 천만 원을 부과해야 합니다."

"그러면 투표자 절반 정도가 감옥에 들어가야 하는데 나라가 돌아가겠어요?"

"나라가 문을 닫는 한이 있더라도 원칙에서 한 치도 벗어나선 안됩니다. 추징금이 어마어마하니까 그 돈으로 더 잘 먹고 더 잘 살 수도 있습니다."

"정 그러시다면 면회는 자주 갈게요."

"시범케이스는 봐주는 것이 원칙이니 이번에는 밥 사주는 걸로 넘어가십니다."

"왜, 겁나세요? 감옥 정도는 무서워하지 않을 줄 알았는데……."

"정의를 지키기 위해서라면 죽음인들 두렵겠습니까."

"정형한테는 안중근이나 김재규 같은 면모가 서려 있다고 봤는데 과연 그렇군요. 법이 아직 초보 단계인데다가 마귀들이 자기 입맛에 맞게 뒤틀어놓아서 그렇지 완성단계에 이르면 투표 잘못한 자들을 모조리 가려내어서 처단하게 되지 않을까요.”

“잘못 찍는 줄 알면서 찍는 놈들이니 완전 범죄자들입니다. 권력에 빌붙어서 나랏돈을 강탈하려고 드는 강도들입니다. 일 년에 두세 번은 콘도에 가서 시동인 모임을 하였는데 거기에 처음 참석한 고위 공직자 출신이 있었습니다. 자녀들이 누굴 찍으면 좋겠냐고 묻기에 그는 ‘그 후보나, 그 후보의 측근 중에서 아는 사람이 있거나 조금이라도 자기한테 득이 될 수 있는 쪽을 찍어라.’라고 가르쳐주었다고 하였습니다. 자기 딴에 자랑스럽게 하는 말이었지만, 너무 역겨워서 속이 니글거렸습니다. 그런데 채 한 달도 지나지 않아 그분이 죽었다고 하지 뭡니까. 암이 있긴 있었다고 했지만, 초기인데다 너무 멀쩡하였는데 불가사의한 일이었습니다. 신이 내린 벌이겠구나 싶었습니다. 우리에게 메시지를 전해주기 위한 신의 역사가 분명한 듯하였습니다.”

“신께서 역사하셔도 그것을 아는 사람이 없으면 허사일 수밖에 없겠지만, 알아보는 사람이 있기에 역사하지 않았을까요.”

“그렇지 않아도 그분과 가깝던 사람이 부고를 전해주면서 그 죽음이 나랑 무슨 관계가 있는 것처럼 말하지 뭡니까. 너무 황당해서 문상도 가지 못했습니다.”

“신사임당도, 이이도 그러하셨듯이 신의 뜻을 온 세상에 알려주라는 신의 명령이지 않겠어요. 그분처럼 죽을 수밖에 없는 가라지들을 위한, 한 명이라도 더 구원하기 위한 신의 심정이지 않겠어요.”

"온 세상에……! 어떻게 알려줄 수 있겠습니까?"

"지금 나에게 말해주었듯이 만나는 사람마다 신의 뜻을 일일이 전해주면 어느 순간 온 세상으로 퍼져나가게 되겠지요. 선악과를 따먹으면 죽는다는 사실을 직접 보여주신 것으로 여겨집니다. 우리나라에는 고등학교밖에 안 나온 대통령이 몇 있잖아요. 그 사람들이 대통령 되기 위해서, 권력을 잡기 위해서 얼마나 집요하게 살아왔는지를 살펴보면 너무 끔찍스러워서 숨이 막힐 것 같더군요. 초등학교조차 나오지 못해도 링컨하고는 근본이 다르잖아요. 인간은 누구나 자기 근본에 딱 들어맞게 살 수밖에 없을 듯하더군요. 박정희도 근본이 바로 서 있었던들 자기 측근한테 총 맞아 죽는 일은 없었을 테지요. 근본을 보고 대통령이든 국회의원이든 뽑아야 그나마 탈이 없을 텐데 그걸 수치로 가려낼 방법이 없는 게 문제겠네요."

"눈치가 수치 아닙니까. 인간들 눈치가 몇 단인데 그런 거 하나 모르겠습니까. 모르고 그런 사람을 찍었다면 감형 사유가 되겠지만, 왜 다른 당 사람은 조금만 잘못해도 죽일 놈이고, 자기 당 사람은 죽을 짓을 해도 모른 척하겠습니까. 비열하기 때문만으로 그러겠습니까. 그들이야말로 범죄자 아니겠습니까. 건수 하나 생기니까 이게 웬 떡이냐고 와와 달려들어 물어뜯는 꼴을 한번 보십시오. 그런 짓거리 하는 자들한테 국밥까지 사주는 건 부정 선거보다 더한 짓이 아니겠습니까. 신께서 그 사람이 왜 죽어야 하는지, 왜 우리에게 알려주었는지 이 대목에서 우리는 그냥 넘어가지 말고 곰곰이 생각해봐야 합니다. 진짜 나쁜 놈한테는 꿀 먹은 벙어리더니 진짜 좋은 사람한테는 왜 저러는지, 남을 짓밟고 함부로 하고 싶은 짐승의 욕구가 태어날 때부터 심정 속에 도사리고 있기 때문이지 않겠습니까. 저들을 없앨 수는 없습니다. 권력만 없애면 저들은 저절로 없어질 것입니다."

아까 그 비구니스님이 망고, 아보카도, 약과를 쟁반에 담아 포크까지 챙겨서 우리에게로 왔다.

"이것 좀 드시면서 얘기 나누세요."

"와! 여기에 이런 것도 있었습니까."

"대접해주지 않는다고 핀잔주셔서 이렇게 좀 챙겨왔습니다."

"핀잔하고 교환하시겠단 말씀이군요. 어떻든 감사합니다. 바쁘지 않으시면 여기 좀 앉으시지요."

우리 또래 되어 보이는 스님과 나란히 앉아 그 과일의 생산지와 까마득하게 멀고 먼 깊고 높은 이 온대지역에서 열대 과일을 먹을 수 있다니, 관세음보살님께서 주신 것이라고 여겨졌다.

"이분이 진짜 그 동자 부처님 맞습니까?"

"친구분이실 텐데 모르셨어요. 후광이 비치잖아요."

처음 봤을 때부터 얼굴 뒤편이 좀 환하다는 느낌이 들긴 들었다. 머리숱이 적어서 그런 건가, 잘 생겨서 그런 건가 싶었는데 지금 보니 그런 것만도 아니었다.

"부처님은 스스로 대접하는 분이라고 하셨는데 이렇게 대접하시는 이유가……?"

"이건 제가 대접하는 것이 아니라 스스로 대접하시는 부처님의 심부름입니다."

"이 사람은 기독교 신자인데 부처님이 될 수 있나요?"

"예수님을 성경에다가 맞추지 말고 불경에다가 맞춰보니 영락없이 이분 모습이 나오네요. 말투는 다섯 살 정도밖에 되어 보이지 않고요."

"아니, 부처인 나를 그렇게 유아틱하게 봐도 되는 겁니까?"

"어리게 본다는 뜻이 아니라 순수하게 보인다는 뜻이지요."

"아! 앞으론 부처답게 말귀를 잘 알아먹도록 노력하겠습니다."

"진짜 부처님은 아니시니까 애쓸 필요까지는 없습니다."

"부처라면서요. 삼 배까지 하셨잖습니까."

"저의 간절한 마음에 나타난 형상한테 예를 올린 거지요. 그 형상 역할을 해주셨을 뿐이시지요."

"에고, 불교로 개종까지 하려고 했더니, 저를 마음껏 갖고 노셨습니다."

"그렇게 생각하신다면 정말 죄송하고요. 그렇게 생각하지 않으신다면 정말 행복하겠습니다."

"무슨 말씀인지 모르겠지만, 스님의 행복을 위해 그렇게 생각하지 않도록 하겠습니다."

"후광이 느껴진다고 했잖아요. 진짜 삼십삼 세 맞으세요?"

"그럼요."

"생각 없이 내뱉은 말이었는데 딱 들어맞은 걸 보면 부처님이 보내주신 분이 틀림없는 것 같습니다. 친구분이 보시기에는 어떠신 거 같으세요?"

"예사 분이 아닌 건 틀림없습니다. 스님도 28년이라고 하신 걸 보면 예사 분이 아닌 것이 확실해 보이네요. 불교에서 재림주를 어떻게 생각하시나요?"

"절 입구에 '불이문'이 있잖아요. 진리가 둘이 아니라는 뜻이지요. 세상도 하나이기 때문에 신도 한 분일 수밖에 없겠죠. 기독교 진리가 따로 있고, 불교 진리가 따로 있겠습니까. '불일문'이라면 모를까! 불교에서는 수행을 중심으로 부처님 가르침을 받고 있지만, 기독교를 믿던, 불교를 믿던 진리를 제대로 추구한다면 결국 한 곳에 도달하지 않겠어요. 뭘 믿고 안 믿고가 중요하겠어요."

정형이 말을 받아 던졌다.

"스님은 지금 교회에 가서 예배드릴 수 있겠습니까?"

"그럼요. 다만 우물을 파도 한 우물을 파라는 말이 있듯이 한 우물만 파야 진리에 이르는 길이 수월하고 빠르지 않겠습니까. 한 사람만 사귀어야지 양다리 걸치면 되겠어요. 때가 다 되었는데 이리저리 방황했다간 죽도 밥도 안되지 않겠습니까."

"때! 어떤 때 말입니까?"

"옳고 그름, 좋고 나쁨이 뒤섞여 있으니까 혼돈이 가중되고 있잖아요. 분리하고 구분해서 정리해야 혼돈에서 벗어날 수 있지 않겠어요. 집 안을 너무 오랫동안 내버려 둬서 엉망진창이 되었어요. 이제는 치울 건 치우고 버릴 건 버리고 정리 정돈 깨끗하게 해야 하지 않겠어요. 저는 이만 일어나 봐야겠어요. 할 일이 많이 남아 있는데 이러고 있네요. 이렇게 함께 얘기 나눌 수 있어서 정말 감사합니다."

288

"아닙니다. 우리가 정말 소중한 말씀 듣고 이런 산중에서 호의호식한 듯하여 너무 행복하였습니다."

"덕분에 부처님도 되어 보고 영광스러운 시간이었습니다."

하늘을 무심하게 올려다보니 맛있게 먹었던 그 과일과 약과와 그 말씀이 구름 속으로 빠르게 안겨들었다. 바람은 잔잔한데 구름의 흐름이 심상치가 않았다.

"비가 올 것 같습니다."

"밤에 온다고 했는데, 저녁 공양 전에 도착하려면 서두릅시다."

정형은 흐르는 구름을 배경으로 동자암 사진을 여러 장 찍었다. 구름이 진짜로 흐르는 듯한 사진이었다. 동자암은 요동치며 흐르는 그 구름과 시간 속에 꿈쩍도 하지 않고 붙박여 있었다. 사진을 어떻게 찍었기에 동영상처럼 느껴졌다. 사진 찍는 기술이 달인의 경지에 다다른 듯하였다. 그중에 우리를 빤히 바라보고 있는 아이도 찍혀있었다.

"이것 좀 보세요. 와! 동자 부처님이십니다."

"저 아이는 오늘 못 내려가겠는데요."

"내려가긴 왜 내려갑니까. 여기가 자기 집인걸……."

"아 참! 그렇지……."

우리는 그 꼬마, 동자 부처님의 배웅을 받으며 하산하였다. 단숨에 내려왔지만, 비를 피하지는 못하였다. 다행스럽게 옷이 흠뻑 젖을 정도는 아니었다. 젖은 부위는 가을이 되어 내 살갗에 들러붙곤 하였다. 한여름에 핀 가을꽃 같은 느낌이어서 좋았다. 공양 시간까진 아직 시간이 많이 남아 있어서 무섭 스님을 찾아뵙기로 하였다. 마침 홀로 계셨다.

사미산에는 시간을 그리는 스님이 산다

언제나처럼 삼 배 하려고 하면 '됐다. 한 번만 하거라.' 하셔서 일 배만 하고 우리는 방석에 자리하였다. 무구한 시간과 무한한 공간을 압축해 놓은 표정으로, 그 표정을 닮은 다탁 앞에 앉아 우리에게 보이차를 따라주셨다.

"마셔들 보시게나."

그 옥안만큼이나 역사의 흔적이 뚜렷한 다탁을 통해 볼 때마다 느끼는 것이지만, 차와 스님의 관계가 심상치가 않았다.

"음, 제가 마셔본 보이차와 다르게 엄청 부드럽습니다. 스님과 차는 보통 관계가 아닌 듯싶습니다."

"차가 스님 같고 스님이 차 같이 느껴지네요."

"평생 같이 살았으니 내 조강지처 아닌가. 살면 살수록 질리기는 커녕 날이 갈수록 정이 더 소록소록 생기니 천생연분이야."

"그동안 거쳐 간 수많은 과객이 다 스님과 이 차의 자녀들이겠습니다."

"아니야. 성관계한다고 다 자식 낳던가. 그랬다간 지구가 콩나물 시루 되게. 배란기가 있듯이 나에게는 평생 두 번 나오는 배씨기가 있다네. 그래서 내 자식은 자네 둘 뿐이야. 우리가 처음 만난 지가 삼년 되었던가."

"예, 백이 스님과 처음 찾아뵀었지요."

"그럼 정주혁이 보다 삼 년 맏이겠구면."

"실제 나이도 삼 년 터울입니다. 그런데 제 이름을 어떻게? 상륵이 형님이 말해주셨나 봅니다."

"부처님이 가르쳐주셨다네."

눈이 휘둥그레지더니 그가 나를 보며 자세를 고쳐 앉았다.

"제 이름도 알아맞히셨어요."

"부처님뿐만 아니라 고래로부터 자네들 이름을 알고 있는 사람들이 많았다네. 나를 아비로 여겨 주겠는가."

"고매하신 스님께서 보잘것없는 저를 아들 삼아 주시겠다니, 이런 영광이 세상 어디에 또 있겠습니까. 아들 노릇 제대로 할 수 있을지가 염려스럽습니다."

"자네들에게 내가 준비해 둔 것이 있어."

"준비! 무슨?"

"재단을 하나 만들어 두었어."

"재단! 무슨 일을 하는 재단인가요?"

"문학도 문학이지만, 사바세상을 잘 일깨워 극락정토로 한번 일궈 보시게나."

"스님! 무슨 말씀이신지요? 몽상가도 그런 말씀은 하지 않으실 텐데요."

"둘이서 손만 잘 잡는다면 가능하다네. 산문 초입에 짓고 있는 게 바로 그 재단으로 쓸 건물이라네."

"규모가 어마어마하던데 재단 명칭이 어떻게 됩니까?"

"가칭으로는 소담타운이라고 했네만, 무슨 좋은 이름 있겠는가?"

"스님이 만든 것이니 무섭타운, 무섭재단이 좋지 않을까요."

"내 법명은 가섭존자에서 따온 것이니 가섭재단, 그거 좋겠구먼, 이 일에는 마가 많이 낄 테니 특별히 조심해야 할 것이야. 특히 내 주변에서 얼쩡거리는 자들을 조심하게나. 감언이설이 난무하고 중상모략도 서슴지 않을 자들이야."

"스님같이 고매하신 분 곁에 어찌하여 그런 자들이 꼬인단 말씀입니까."

"특히 이대신이라고 하는 분과 가까우시다고 들었는데 돈하고 여자를 너무 밝힌다고 사람들이 비난하니까 '사람 중에서 돈 싫어하는 사람 어디 있고, 남자 중에서 여자 싫어하는 남자 어디 있냐'고 도리어 반박하더라고 하더군요."

"아이고, 박태운 같은 사람인가 봅니다. 뭐 하는 사람입니까. 내쳐 버리시면 될 일 아닙니까."

"큰 사업은 아니어도 돈은 야금야금 잘 버나 보던데요."

"그래도 중인데 오는 사람 어찌 내치겠는가. 올 때마다 뭘 잔뜩 사 들고 오던데 속이 다 보이지만, 그래도 어쩌겠는가. 필요한 구석도 있고 해서 내버려 두었다네. 그 사람을 특히 조심하게나."

"그분은 온몸에 온통 명품을 걸치고 다니시던데 그러면서 스님께

구걸하려고 그러시다니, 진짜 돈에 환장한 작자겠구먼요."

"명품 거지겠습니다."

"법 냄새를 풍겼더라면 그런 자들이 싹 사라졌겠지만, 돈 냄새를 너무 풍겨대서 그리된 걸 어쩌겠는가. 부덕의 소치이기는 하지만, 내가 존재하는 이유가 또한 그러한 것이라 어쩔 도리가 있어야지."

"존재하는 이유라 하시면?"

"아무리 자네들인들 아무것도 없이 극락정토를 열어갈 수 있겠는가. 부처님께서 자네들을 도우라고 하셨네. 돈암사도 그래서 사놓았던 것이야."

"지난번 그 경찬회에 참석하려고 부단히 애썼지만, 그 행사기념품 제가 다 쌓는데도 그 이대신이라고 하는 작자가 방해하는 통에 참석하지 못했어요."

"일이 있었던 게 아니었던가."

"얼마나 가고 싶어 했었는데요. 스님께서 그 절 위에 있는 저택으로 밥 먹으러 오라고 하신 연유를 알 듯하군요. 고기 생선 없이도 어쩌면 그렇게 푸짐하던지 진시황도 그런 밥상은 받아보지 못했을 거예요. 아삭하면서도 쫀득한 그 요리 한 점을 밥술에 올려다 주시던 스님의 그 손길을, 그 의도를 이제 알 듯합니다. 저는 그때부터 스님을 이미 생부처럼 여기고 있었습니다."

"'세상이 하나니까 종교도 하나여야 하지 않겠냐'고 했던가."

"결례인 줄 알면서도 스님의 생각을 듣고 싶었습니다. 셀 수도 없이 많은 종교에 세상을 맞추려면 세상도 그만큼 많아야 하지 않겠습니까. 나라야 쪼갤 수 있겠지만, 세상을 쪼갤 수야 없지 않겠어요. 그래서 여쭤봤었습니다. 윤덕만 시인이 찾아오는 바람에 그만,"

"천부경을 아시는가."

"'일시무시일'로 시작해서 '일종무종일'로 끝나는⋯⋯! '처음은 처음이 아니고 마지막은 마지막이 아니다.'라고 우리나라 경전이잖습니까."

"'나는 알파와 오메가요. 처음과 나중이요. 시작과 끝이니라.'라고 하는 성경 말씀과 같아 보입니다."

"'만법귀일 일귀하처'라고 하는 화두하고도 다르지 않은 말로 여겨지는데요."

"이 세상을 반으로 줄이고, 그 반을 또 반으로 줄이고, 그 반을 또 반으로 줄이고 줄여 더 줄일 수 없는 상태에 이른 것이 바로 그 천부경 여든한 자 아니겠는가."

"소설 '흐르는 강물처럼'에서도 그 아버지가 두 아들에게 글짓기 공부를 시키면서 그렇게 말씀하시더군요"

"하나가 둘이 되고 둘이 넷이 되듯이 기하급수적으로 늘어난 것이 종교뿐만 아니라, 이 세상 모든 것이 그러한 것 같습니다. 시 한 줄 제대로 지을 줄 모르는 자들이 세상에다가 자꾸 요상한 것들을 지어대니 세상은 문장이 되지 못하고 낙서가 되어 버린 듯합니다."

"사이비종교 같은 것들이 대표적인 낙서겠군요."

"낙서뿐만 아니라 비문투성이, 사족과 같은 세상 속에서 살고 있으니 사바가 아닐 수 있겠습니까."

"그런 쓰잘머리 없는 그런 것들을 퇴고하고 탈고해서 이 세상을 여든한 자로 만들어야겠군요. 천부경이야말로 이 세상의 본질이라고 여겨지네요."

"자네들이라면 이 세상을 여든한 자로 충분히 만들 수 있을 게야."

스님의 말씀에 우리의 몸은 굳어져서 석상이 되어갔다. 그 누군가가 세상에다가 낙서 하나를 추가하고 있을 즘, 주혁이가 몸을 털며 석상을 뿌리치고 나오면서 말하였다.

"둘째가 되었으니 저도 그런 밥 한번, 아니지 제가 진시황 수라상보다 더 나은 밥상 한번 차려드리겠습니다."

"허허, 흐뭇하구먼. 아들이 된 것보다야 자식을 얻은 게 훨씬 더 기쁘니 저기 공사가 곧 마무리될 걸세. 거기에서 우리 삼부자 식사 한번 하세나. 자네들 말마따나 시 한 줄, 지을 줄 모르는 인간들이 만들어 놓은 세상이니 얼마나 흉흉하겠는가. 퇴고하고 탈고하는 것일지라도 매사에 조심하고 성심을 다해야 할 게야."

몸속 가장 깊은 곳에 있는 세포, 그 핵에 불이 붙었다. 불길이 온몸으로 활활 타올랐다.

"불길이 온몸으로 활활 타오른 듯합니다."

주혁이한테도 불길이 타오르다니…….

"허허허, 그 불을 새 세상 열어가는 데 쓰도록 하게나, 허허허!"

주혁의 그 불길이 하늘로 옮겨붙어 마주하고 있는 산과 산, 그 사이로 계곡을 타고 활활 타오른다. 저 아래 저 들녘으로 번져 저 도시로 활활 타오른다. 비가 멎은 뒤라서 그런지 산골 노을 풍경도 장관이었다. 주혁의 의지가 저 노을로 상영되고 있었다. 아름다움이 행복이라는 단어와 내 유년으로 끼어 들어와 오징어 사이방을 하며 논다.

아마겟돈은 홍익인간을 낳는다

스님께서 같이 공양하자고 하셨지만, 다른 분들과 하시는 데 방해될까 봐 사양하고 벚나무 밑 벤치에 나란히 자리하였다. 시장기가 좀 있긴 하였지만, 사람들이 좀 빠지고 나서 공양하기로 했다.

"지난번 선거 보니까, 남북분단처럼 나라가 완전 두 쪽 나서 싸우던데 6·25 전쟁 못지않더군요."

"전쟁은 젊은 남자들만 나서면 되지만, 선거는 부녀자들도 노인네들도 싸움판으로 몰아넣어 버리는 흉측한 짓이지 않습니까. 사탄이 짜놓은 덫입니다. 누가 된들 몇몇 빼고는 더 생길 것도, 더 먹을 것도 별로 없을 텐데 왜 그러는지, 특히 진보좌파들의 열성은 혀를 내두를 지경이지 않습니까. 이런 판국에서는 뒷짐 지고 점잔 빼는 보수우파가 불리할 수밖에 없으니 선거제도 자체가 불공정하다고 볼 수밖에 없습니다. 불공정한 것을 왜 그냥 두고 보는지 기가 막힐 노릇 아닙니까. 그런 무신론자들이, 유물론자들이, 진보좌파들이 그 열성으로 무슨 짓인들 못 꾸미겠습니까. 예상하고 어긋난 적이 거의 없던 선거 결과가 전혀 들어맞지 않아 참 이상하다 싶었는데 부정 선거 이슈가 터지는 걸 보고 이해가 되지 뭡니까. 어떤 무리가 사탄의 무리이고 신의 무리인지 확실하게 헤쳐모이지 않습니까."

"그 무리와 무리의 전쟁이 아마겟돈이겠군요. 지옥으로부터 탈출이겠군요. 드디어 이 세상은 고해로부터 벗어날 수 있겠군요. 인간들이 아무리 추악해도 그렇지 범죄자를 어떻게 추종할 수 있는지 말문이 막히네요."

"아무도 추종하지 않으면 적그리스도가 어떻게 존재할 수 있겠습니까. 적그리스도가 존재하기 위해서는 그런 추악한 인간들의 존재가 필수적입니다. 그래야 선과 악의 전쟁이 벌어질 수 있지 않겠습니까. 아마겟돈은 적그리스도가 등장하던 시점부터 이미 시작되었습니다. 우리나라를 시발로 해서 전 세계로 퍼져나가게 될 것입니다."

"인류의 시대를 관통해 오면서 스스로 지상 지옥을 건설하느라 피땀 흘리고 있는 가라지들의 모습이 너무도 민망스러워서 바라볼 수가 없군요."

"전쟁입니다. 직시하십시오. 적을 알아야 승리할 수 있지 않겠습니까. 부처님도 나서고 예수님도 나셨습니다. 우리도 그분들을 따라 나서야 합니다. 전륜성왕이 선전포고를 하셨습니다. 출정 준비하십시오. 저는 준비 끝났습니다."

"저도 준비되어 있습니다. 그렇지만 무작정 쳐들어가는 것보다가 전략을 짜야 하지 않겠습니까."

"그런 건 신께서 다 짜놓으셨습니다. 전륜성왕의 선전포고까지 다 신께서 짜놓은 전술입니다. 우리의 역할도 다 짜여 있으니 최선을 다해 수행하면 될 것입니다. 무섭 스님께서도 이 전쟁을 위해 우리에게 재단을 만들어주신 것입니다. 각오 단단히 하십시오. 우리는 이순신처럼 싸우다가 죽으면 될 것입니다."

"죽어야 하나요?"

"걱정하지 마십시오. 삼 일 후에 부활하게 될 것입니다. 우리가 부활하면 사탄·마귀는 전멸하게 됩니다. 홍익인간의 세상천지에 펼쳐지게 될 것입니다."

"살신성인의 정신이 우리에게 필요하겠군요. 홍익인간의 세상을 펼치는데, 우리 몸이 필요하다면 수십, 수백인들 못 받칠 이유 있겠어요."

"하드웨어적인 전쟁은 신께서 직접 수행하실 것으로 보입니다. 우리는 소프트웨어적인 전쟁을 맡아서 치르면 될 것입니다."

"소프트웨어! 수행 같은 건가요?"

"수행도 그렇지만, 정치나 경제, 그리고 우리가 얘기했듯이 교육 이거 엉망진창이지 않습니까. 이런 구질구질한 구조와 제도 갖고 지상천국! 용화세계! 말이 되겠습니까."

"이 세상을 지옥으로 만들어 놓은 것이 바로 그것들이니 잘못 구운 도자기 깨부숴버리듯이 깨부숴버려야겠지요."

"새 술은 새 부대에 담아야 한다지 않습니까. 새 세상 만들려면 새 체제를 구축해야 하지 않겠습니까. 그동안 사탄이 만들어 놓은 체제 속에서 돈 따먹기, 권력 따먹기 이런 노름판을 뒤엎어버려야 합니다. 노름이라니, 미치지 않고서 어떻게 신 앞에서 노름을 할 수 있단 말입니까. 그런 자들로 해서 파괴되어버린 본질을 회복해서 생명과를 따먹도록 해야 합니다. 이것이 우리가 치러야 하는 전쟁입니다."

"사탄이 저질러놓은 이런 쓰레기들을 깨끗하게 쓸어버리려면 우리만으로 가능할까요."

"144,000명이나 있지 않습니까. 그들과 함께 이 세상을 본질에 맞추기만 하면 신께서 약속하신 복이 인간들에게 굴러들어오게 될 것입니다. 가라지들이 우리를 감당할 수 있는 방법은 없을 것입니다. 가라지들이 구원받을 수 있는 방법은 재세이화밖에 없습니다. 세상에 존재하기 위해서는 '이'로 변해야 합니다. 주기론자에서 주리론자로, 무신론자에서 유신론자로, 좌파에서 우파로, 자기중심에서 신중심으로 돌아서는 방법밖에 없습니다."

"단군 때부터 '이'가 아니면 이 세상에 존재할 수 없다고 못 박아놓은 것이겠군요. '이'로 돌아서지 않으면, 바뀌지 않으면, 회개하지 않으면 다 불살라지겠군요. 아무리 가라지라고 할지라도, 그들이 그렇게 긍지를 갖고 있던 존엄한 존재인데 너무 애처롭군요."

"그렇지 않습니다. 선악과를 따먹어서 죽었으니 존엄한 존재가 아니라 무생물입니다. 죽어서 완전히 무생물이 되어버린 사람은 어쩔 수 없겠지만, 그런 흉측한 마귀들 빼고 대다수는 독이 든 사과를 먹고 의식불명에 놓여 있는 백설 공주 같은 상태일 테니, 그들에 대한 애처로운 마음을 소거하려면 왕자가 되어 백설 공주를 구해주듯이 구해주면 될 것입니다."

"일이 갈수록 태산이네요."

"그리 어렵지 않습니다. 우리는 그저 그들에게 신을 찾아가는 길만, 길까지 아니더라도 신이 존재한다는 사실만 알려줘도 됩니다. 선악과를 따먹지 않고 생명과를 따먹는 것은 그들의 몫입니다."

"생명과는 천도복숭아이고 선악과는 사과인가요?"

"선악과는 이기주의이고 생명과는 이타주의입니다. 돈과 권력이 선악과이고 신이 바로 생명과입니다."

"사바세계라는 이기주의로 짜놓은 그물이잖아요. 교육, 정치, 경제를 보면 거의 완벽한 이기주의 구조라서 이 세상에 태어나는 족족 누구나 걸려들 수밖에 없겠더군요. 세상이 사바고, 고해가 아닐 수 있겠어요. 이 세상을 내팽개쳐놓겠다면 몰라도 그럴 수 없다면 우선 그 그물부터 제거해야 하지 않겠어요. 신의 존재만 알려주고 나 몰라라 하고 있어서 될 일이 아닌 것 같은데요."

"신을 아는 이기주의자, 신을 아는 주기론자, 신을 아는 유물론자가 있겠습니까. 신을 알기만 하면 모두 이타주의자, 주리론자, 유신론자들로 자동으로 재세이화 하지 않겠습니까."

"이타주의자, 주리론자, 유신론자 중에서도 많이 가진 자, 적게 가진 자들이 있을 텐데 용화세계 만드는 데 문제가 되지 않을까요."

"배고픈 거지 A와 배고픈 부자 B가 있는데 가게에는 빵 한 개만 달랑 팔고 있다고 합시다. B는 똑같이 배고프지만, 배를 채울 기회가 A보다 더 많을 테고 영양상태도 더 좋아 한두 끼 정도는 굶어도 괜찮겠지만, A는 영양이 심각한 상태라고 합시다. 이럴 경우 B가 빵을 사서 A에게 주어야 하지 않겠습니까. 빵값도 B에게 있어서는 아무런 영향을 끼치지 않겠지만, A에게 있어서는 자기의 전 재산일 수 있을 테니 말입니다. 그러면 A는 그 빵을 반으로 잘라 B에게 되돌려주는 것이 양심 아니겠습니까. 정의는 반의반만 잘라서 주면 되겠지만, A의 고마운 마음이 반의반만큼 반영하여 돌려준 빵 반쪽이 양심 아니겠습니까. 정의 플러스 고마운 마음은 양심이다."

"정의가 양심의 부분집합이란 말인가요?"

"진보좌팝니까. 뭘 그리 따지십니까."

"알겠습니다. 까딱 잘못했다간 진보좌파로 몰릴 판이네요."

"그런 뜻이 아니라 구체적인 것은 그런 거 공부하고 연구하신 분들이 계시지 않겠습니까. 그러나저러나 자비라고 하는 공식으로 풀면 이 세상 모든 문제가 다 풀릴 것입니다. 알렉시스 드 토크빌이 말한 '셀프 인터레스트'는 제도적으로 자기에게 이익이 되는 동시에 타인에게 이익이 되게 하는 것으로 인간은 이기주의자라는 기초 아래에서 형성시킨 것으로 보입니다. 인간의 이기적인 의지가 제도에 얽혀 긍정적인 사회현상을 도출해내고 있는 형태입니다. B가 제도에 따라 빵을 A에게 사서 나눠주는 것과 양심에 따라 나눠 주는 것은 가라지와 알곡 차이이지 않겠습니다. 자비나 양심은 눈을 씻고 찾아봐도 찾을 수 없는 '셀프 인터레스트'는 인간의 존엄성을 단적으로 능욕하는 제도라고 보입니다. 타의적으로 긍정적인 사회를 만들어가는 것과 자의적으로 긍정적인 사회를 만들어가는 것은 그 근본이 다르지 않겠습니까. 이것만 봐도 세상은 자비와 양심이 제거된 이기심만 난무하는 곳임이 자명하지 않습니까. 어떻게 되겠습니다. 어떻게 되었습니까. 말세에 이르지 않았습니까. 인간들의 그 피눈물 나는 그 집요한 노력으로 인류는 드디어 말세에 이르렀습니다. 이제 어찌하면 좋겠습니까."

"어렵게 생각하면 한없이 어렵고 쉽게 생각하면 한없이 쉽겠지요. 마음 하나 바꾸면 다 되는데 그거 하나 못해서 세상을 이 지경으로 만들어 놓다니 생각할수록 어이가 없군요. 그 역할 하라고 종교가 있는 것인데 그거 하나 바꾸지 못하다니 이해할 수가 없어요."

"종교를 누가 운영하겠습니까. 인간은 누구겠습니까. 선악과 따먹는 자이지 않겠습니까. 종교가 그 마음 하나 쉽게 바꿀 수 있을 거라고 생각되십니까."

그와 두서없이 말을 주고받고 하니까 시간이 생각 밖으로 들락날락할 즘 공양을 마친 사람들이 주변으로 몰려들었다.

박태운 씨가 우리 쪽으로 다가오면서 말을 걸어왔다.

"공양하셨어요?"

"아예, 지금 하러 가려던 참이었어요. 공양간이 많이 빈 듯하니 가볼까요."

"산에 갔다 와서 그런지 시장합니다. 붙어 다니던 아가씨는 어디 갔나?"

"너와집 찻집에서 차 한잔하려고, 공양 끝나고 그리로 오십시오."

"우리가 왜 너 데이트를 방해해야겠냐. 마신 걸로 해둘게."

육육육은 무신론자들의 신이다

공양을 마치고 우리는 내가 묵고 있는 선방으로 갔다. 찻상을 마주하고 앉아 커피포트에 물을 끓였다. 티백 녹차밖에 없었다.

"스님의 그 보이차보다 낫습니다."

"아부하지 않아도 이 방에 재워줄 테니 염려 마세요."

"아부지 그럴 때 아부입니까. 부담이 전혀 없는 사람과 마시는 차와 처음 뵙는 분이셨잖아요. 부담이 좀 되는 분하고 마시는 차 맛이 같겠습니까. 잠도 참 잘 올 것 같습니다."

"산에 갔다 와서 피곤할 테니 오늘은 좀 일찍 잠자리에 드시죠."

"피곤하세요? 피곤할 법도 한데 말짱합니다. 어디에 머무르나의 차이가 이런 것이겠구나 싶습니다. 뭘 보고 계십니까?"

여느 때처럼 산등성이를 망연자실하게 바라보았다.

"어떤 시인은 산등성이를 보고 여체라고 하던데 산등성이는 여체만큼이나 신비스러운 것 같아서요. 저 산등성이는 여기가 아니면 그 산등성이가 아니잖아요. 여기서만큼은 하늘과 땅을 가르는 절대 선이 되니 여체만큼이나 신비롭지 않나요. 저 선은 영계와 속계를 가르는 지표인 듯싶어서 끝없이 보게 되네요."

"저 산등성이와 여기는 같은 입장인데 산등성이만 그럴 것으로 생각하십니까."

"저 산등성이에서 여기를 보면 여기가 그 산등성이가 되겠군요. 현상과 실체의 차이인 듯싶네요. 현상을 실체로 여기면서 사는 인간들의 모습이 채널을 틀어서 보는 듯이 훤하게 보이는군요. 정치 하는 자들, 비트코인 하는 자들, 사이비종교 하는 자들의 실체가 뽀록나듯이 드러나는군요. 개미보다도 더 열심히 그런 곳을 파고드는 모습이 꼭 제 무덤을 파고 있는 듯하네요. 잔머리 요리조리 굴리면서 쓸개에 붙었다가 간에 붙었다가 하면서 살다가 잘 안 되면 전쟁까지 터트리는 인간들을 보다가 개미들을 보니까 개미들이 너무 존경스럽네요."

"그렇더라도 입 밖으로 드러내지 마십시오. 그러다가 개미를 교주로 삼는 종교가 탄생할까 걱정입니다. 봉급이 제로면 어떻습니까. 이윤이 마이너스면 어떻습니까. 죽고 죽이는 저런 전쟁 같은 짓거리보다야 몇 배, 몇십 배, 몇백 배 더 낫지 않겠습니까. 봉급이 제로여도 이윤이 마이너스여도 더 열심히 일하는 그런 사람들이 홍익인간을 실천하는 사람들이 아니겠습니까. 알곡들이지 않겠습니까. 생각하고 느낄 수 있는 것만 방해받지 않는다면 인간에게 있어서 그 무엇이 더 필요하겠습니까."

"채널을 영계로 돌려서 보니 장차 이 땅에 임하게 될 하늘나라가 보이는군요. 속계로 틀어보니 뉴스가 조폭 영화네요."

"유물론자들의 해악질이 극에 달한 것 같습니다. 눈에 뵈는 게 없어서 그런지 막살아 재끼는 저런 것들이 바로 지옥의 발단인듯합니다. 전개 과정이 몹시 궁금합니다."

"불구덩이겠지요. 연기력이 하나 같이 천재라는 건 인정하지 않을 수 없겠어요. 특히 좌파들은 모두 오스카 남우주연상감인 듯한데, 볼거리 하나만큼은 끝내주는군요."

"정치한다는 놈이 어째서 연기자 노릇 하고 있을까요. 오스카상 받고 싶어서 그런 걸까요."

"하이에크의 예언에 따르면 좌경 저질문화에 어울리는 사회 속에서는 최악의 인간일수록 꼭대기에 올라가게 된다고 합니다. 최악의 인간이 꼭대기에 올라가기 위해서는 최악의 수단을 써야 하지 않겠습니까. 메이저 언론을 싸잡아서 매도하면 어떤 일이 벌어지겠습니까. 그 메이저 언론에 적개심을 품고 있는 자들이 모두 뭉쳐버리지 않겠습니까. 지주들에 대한 적개심을 부추긴 공산당과 같은 네거티브로 그들을 장악하게 되니까 꼭대기에 오를 수밖에 없지 않겠습니까. 보셨잖습니까."

"그래서 대놓고 '나는 잔머리다.'라고 떠들어대는 자들이 나타나게 된 것이로군요."

"하이에크 예언이 한국 사회에 적중하고 있습니다. 저 정치 연기자들이 어떻게 해서 저런 배역을 맡을 수 있었겠습니까. 좌경 저질문화에서 싹을 틔우고 무럭무럭 자라난 독초 아니겠습니까. 헤게모니 말고 아는 게 뭐겠습니까. 최악의 인간이 꼭대기에, 이제 뭐만 남았겠습니까."

"신의 심판만 남은 것이로군요."

"최악이 최상이다. 이것이 뭘 의미하겠습니까."

"……?"

"육육육입니다. 좌경 저질문화의 산물입니다. 좌경 저질문화는 어디에서 왔겠습니까. 선악과입니다. 결국 선악과를 따먹은 짐승들이 합심해서 만들어낸 찬란한 금자탑이 바로 육육육입니다."

"남의 금자탑을 깨부수기 뭐하지만, 깨부숴야 세상이 온전하게 될 텐데 무슨 방법이 있을까요?"

"저들이 활개 치고 노는 판을 없애버리면 저들이 무슨 수로 활개 치겠습니까."

"판이라고 하면……?"

"뭐긴 뭐겠습니까. 정치판이지. 정치, 그거 하나만 깨부숴도 이 세상은 천국이나 다름없을 텐데 그 쓰잘머리 없는 걸 왜 그렇게 붙들고 놓지 못하고 사는지 모를 일입니다."

"그거야 정치판은 정치하는 놈들이 만들어 놓았으니 그렇겠지요. 그놈들 하는 짓을 보세요. 고진감래 끝에 간신히 그 자리 차지했는데 그 면상들을 하나하나 뜯어보십시오. 그 기득권을 순순히 내려놓을 놈들이겠어요."

"우리가 어떻게 할 수는 없겠지만, 신께서 한 사람을 보내주실 것입니다."

"아! 전륜성왕이겠군요. 지금이 그 마지막 때니까."

"신께서는 우리에게 늘, 다 알려주고 있습니다. 무지몽매해서 알아차리지 못해서 그렇지, 이이와 신사임당을 통해서도, 채운을 통해서도, 불경을 통해서도 끊임없이 알려주고 있지 않습니까."

"정치가 없어지면, 육육육을 제거하면 좌파니, 우파니 이런 것들이 홍수가 쓸어버리듯이 쓸어버릴 수 있겠군요. 지상천국이 건설되겠군요. 그런데 나라이든 세상이든 효율적으로 운영하려면 이을 맡아서 하는 사람이 있어야 하지 않을까요."

"공무원들이 있지 않습니까. 정치하는 놈들에 비해 실력이 모자라겠습니까. 경륜이 모자라겠습니까. 인성이 모자라겠습니까. 등급이니 호봉이니 이런 것들로 대통령이든 국장이든 정당성이 생길 텐데, 9급 공무원도 못 되는 놈이 국회의원이라고 떵떵거리며 큰소리치는 꼬락서니를 언제까지 보고 있을 수는 없지 않습니까."

"더 뛰어난 사람 위에 더 모자라는 자들이 설쳐대는 걸까요?"

"마귀들의 세상이라서 그러지 않겠습니까. 선악과를 따먹는 자들은 짐승들이니까 그들은 스스로 자연인이, 독립인이, 자유인이 될 능력을 상실한 자들입니다. 그래서 대장이, 왕초가 있어야 제구실을 할 수 있는 자들입니다. 스스로, 주관적으로 살아가지 못하는 얼뜨기들은 왕초가 없으면, 정치가 없으면 큰일 날 줄 압니다. 최악의 인간들이 그런 얼뜨기들의 약점을 파고들어 가서 머리를 쳐들고 그들의 머리 위에 굴림하는 것이 이 시대의 정치라고 봅니다. 진짜 뛰어나고 잘난 사람들마저 덤터기로 그런 자들 밑에 깔려서 사는 실정 아닙니까. 초등학교 때 나쁜 짓만 골라서 해대서 선생님께 맨날 얻어터지며 자란 놈이 정치를 해서 권력을 잡게 된다면 무슨 짓을 하겠습니까. '세 살 버릇 여든 간다.'가 아니라 '태어나기 전 버릇이 죽어서도 간다.'입니다. 최선의 인간이라면, 군자라면, 꼭대기에 올라타려고 자기 잘났다고, 자기 찍어달라고 온 사방으로 돌아다니며 소리치겠습니까. 퇴계가 유세하며 돌아다니겠습니까. 대인배는 고사하고 소인배 주제에 어디라고 나선단 말입니까."

"선거 유세야말로 그 소인배의 표상이겠군요. 시켜준다고 해도 세 번은 사양하고 나서 그래도 부탁한다면 상대방의 입장을 봐서 받아주는 것이 군자 이전에 인간의 도리 아니겠어요."

"겸양지덕은커녕 눈에 불을 켜고 유세 대에 올라가서 핏대 올리며 소리 지르는 걸 보고 있자면 쌍스럽기 이전에 무서웠습니다. '이 나라 위해 이 한 몸 불사르겠습니다.' 진짜로 분신자살이라도 해서 이 나라 제발 좀 떠나줬으면 하는 생각까지 들지 뭡니까."

"최악의 인간이 여기가 어디라고 설치게 내버려 둔단 말입니까."

"왜 소리를 지르고 그러세요. 성질 없으신 줄 알았더니……."

"우리가 하는 얘기 이건 뭐 소 울음소리도 아니고 좀 답답해서 성질 한번 부려봤어요. 그런데 그런 거 하나 그냥 지나치지 못하는 걸 보니 아우야말로 성질 있나 봅니다."

"예, 전 뭐 한 성질 하는 놈입니다. 말투 보면 나오지 않습니까. 이젠 숨겨 놓고 은폐되어 있던 세상도, 인간도 그 실체가 하나하나 드러나고 있습니다. 신께서도 이제 우리를 찾아오시겠다고 하시지 않습니까. 그런데 이렇게 더럽고 지저분한 이런 정치판, 경제판, 교육판을 이대로 보여드려서야 말이 아니지 않겠습니까. 신께서 보시기가 불편해서야 되겠습니까. 학교에 장학사가 온다고 해도 쓸고 닦고 환경미화에다가 온갖 법석 다 떨지 않습니까. 신께서 우리를 처음 지어놓으시고 말씀하셨던 것처럼 '보기에 심히 좋더라.'라고 하실 수 있게 지금은 우리가, 모든 인류가 발 벗고 나서야 할 때라고 봅니다."

풀잎과 나뭇잎, 물소리와 풀벌레 소리, 시간 속으로 파고드는 기압, 온갖 물상과 모든 이치가 여름밤을 향해 깊이깊이 치닫고 있을 무렵, 초승달이 산등성이 위에서 생각 없이 우리를 내려다보고 있었다. 우리도 생각 없이 차를 마시고 있었다.

진리와 사랑으로 지은 집에서 차를 마신다

혼자서 잘 때는 내 집이다라는 느낌이 없었는데 둘이서 자고 나니 다른 그 어느 곳보다도 이 선방이 내 집인 것만 같았다. 진정한 집이란 건축물이 아니었다. 마음이었다. 이 세상을 진정한 우리의 집으로 만들기 위해서는 아파트를, 저택 같은 유물론자, 좌파들을 걷어내고 진리를, 사랑을 제각기 아름답게 지어가며 산다면 이 지구는 더이상 고해가, 사바세계가 아니지 않을까.

잠자리에서 일어나 앉은 자리에서 잘 잤다는 듯이 하늘 높이 치켜세우는 그의 양손이 하늘에 접속되었다. 순간 오케스트라 단원 수만큼의 천사들이 내려와 하늘과 땅의 서곡을 연주하였다. 불상을 비롯해서 석탑이니 석등, 대웅전들이 부동의 진리로 변하였다. 사람들을 비롯해서 스님들이 캣맘처럼 밥을 주고 있는 멧돼지와 그 새끼를, 나비들, 새들은 움직이는 진리로 변하였다. 그것들 하나하나에 눈길이 닿으니, 마음이 닿으니 하나하나 진리 아닌 것이 없고 하나하나 사랑 아닌 것이 없다.

마지막 공양 시간이었다.

"박형은 안 보이네요."

"저기 있잖습니까. 그 거래처 아가씨랑 깊어지나 본데 불륜의 현장으로 봐야 할지, 단순한 인간관계로 봐야 할지 모르겠습니다."

"아는 처지였는데 이런 곳에서 우연히 만난 것이니 반갑지 않겠어요. 몇 시에 출발합니까?"

"열한 시입니다. 동해 바닷가로 나갔다가 거기에서 점심으로 회를 먹고 고속도로로 해서 가려나 봅니다. 언제 가실 겁니까?"

"하루 더 묵었다가 가려고요. 회를 사주다니 회비도 얼마 내지 않았다면서……."

"무섭 스님께서 한턱 쏘신 거랍니다. 그분은 문인들 치다꺼리에 언제나 발 벗고 나서는 분이지 않습니까. 인사드릴 시간이 있을지 모르겠습니다."

"행사 관계자들과도 만나야 하실 테고 분주하실 겁니다. 서울에서 우리 셋이 식사 한번 하기로 했으니 그때 시간 정해지면 보는 걸로 하시죠."

"새벽에 정화수 떠 놓고 '비나이다. 비나이다.'하며 비는 우리 할머니 같은, 가슴에 인간들에 대한 간절한 염원을 품고 있는 분이신 듯하였습니다. '하나님도 돈 좋아합니다. 나도 돈 좋아합니다.'라며 침을 튀겨가며 설교하던 목사가 있었다고 하던데 알곡과 가라지가 어떤 것인지 섬찟할 정도로 선명하게 대비되는 것 같습니다. 그 목사 속에 숨겨 놓았던 마귀가 참지 못하고 뛰쳐나온 말인 듯합니다."

"인간 세상이 갈 데까지 다 갔다고 선포하는 말인 걸로 여겨지는군요"

"무섭 스님 같은, 정화수 같은 신앙심을 갖게 된다면 우리를 외면하고 계시던 신께서 돌아오지 않겠습니까. 신앙심이 그렇게 깊지도 않은 사촌 여동생이 기도하는데 바로 방언이 터졌다고 하였습니다. 신과 연결하기 위해선 셋톱박스가 필요하겠지만, 완전히 순수한 사람에게는 그런 거 필요 없이도 직통으로 연결된다는 증거였습니다. 정화수 같은 정신, 그런 순수하고 맑은 사람이라면 내일은 내일의 해가 떠오르지 않겠습니까."

"정화수가 되려면 땅속으로 깊이깊이 스며들고 스며들어 잡념, 상념 다 걸러내고 지하수에 합류하여 무념, 무상 상태로 흐르고 흐르다가 옹달샘으로 솟아나 운 좋게 할머니가 그것도 새벽에 종지나 대접에 떠간다면 모를까. 정화수 같은 사람, 쉽지 않겠군요."

"사촌처럼 타고난 사람들은 그런 지난한 과정 필요 없겠지만, 그렇지 못한 사람들은 면벽 수도하듯이 그런 과정을 통해 신께로 나아갈 수 있을 것입니다. 본질에, 신에게 도달하는 과정은, 회개하고 해탈하는 과정은 순수할수록 쉽고 불순할수록 어렵다고 여겨집니다. 이미 신에게 도달하여 있는 사람이 십사만 사천이고, 그 과정에 있는 사람이 흰옷 입은 무리, 천천만만이 있다고 계시록에서 말씀하고 있는 듯합니다."

"그들이 정화수 같은, 인 받은 알곡이라면 짐승의 표 받은 가라지는 바닷물 같은 물이겠군요. 그래서 바다에서 짐승이 올라온다고 했던가 보네요."

"바닷물에는 고기라도 살지만, 폐수이고 하수이고 오염수 아니겠습니까. 이런 것들이 정치계로, 경제계로 심지어 종교계를 비롯한 사회단체 구석구석까지 도도하게 파고들어 흐르고 있지 않습니까. 환경 파괴 문제가 아니라 신께서 공들여 창조하신 이 세상을 파괴하는 행위입니다. 신께서 어찌 손 놓고 가만히 보고만 있겠습니까.”

박형이 그 아가씨랑 우리 테이블로 와서 인사를 하였다.

“침실에도 없더니 여기 있었네. 어디서 잤었냐?”

“이 형하고, 덕분에 푹 잘 잤다.”

“나도 좀 끼워주시지, 코 고는 소리가 폭탄 터지는 줄 알았어. 새벽에 사람들이 다 깼지 뭐야.”

“찾아봤지만 없던데, 벌써 자나 했지. 그리고 셋이서 자기는 좀 좁아. 편하게 주무셨어요?”

“예, 공기가 너무 좋아서 그런지 너무 잘 잤어요.”

그들이 나가자 우리도 식판을 비우고 일어섰다.

“강좌가 하나 남아 있으시죠? 오늘도 들어가지 않으실 건가요?”

“들어가고는 싶지만, 선배님과 떨어져야잖습니까. 몇 시간 남지도 않았는데……”

“형제 맺기로 했으니 앞으로 쭉 만나게 될 텐데 그 몇 시간 갖고 왜 그러실까.”

“글쎄요, 왜 자꾸 조바심이 생기는 건지 모르겠습니다. 안즐바위에나 가보면 마음이 좀 진정되지 않을까 싶습니다.”

“그러죠.”

그 자세 그대로 일고의 흐트러짐도 없이 안즐바위는 우리를 환하게 반겨주었다.

아버지의 나라를 임하게 하소서

"물 선생님, 돌 선생님, 나무 선생님 모두 그대로 기다려주시다니 눈물이 나오려고 합니다. 자연은 이처럼 축복인데 인간은 어디에서 축복을 찾아야 한단 말입니까."

"인간을 자연처럼 축복이게 하기 위해 전쟁이 필요하겠군요."

"우리는 선택해야 할 것입니다. 신의 전사가 될 것인지, 사탄의 전사가 될 것인지 양자택일해야 합니다. 알곡이냐, 가라지냐. 죽느냐, 사느냐 그것이 문제 아니겠습니다. 저 늘어선 꽃다발의 함성이 진군가처럼 울려 퍼지고 있지 않습니까. 그리스도와 적그리스도의 진검 승부가 펼쳐지고 있지 않습니까."

"저들의 기세가 마만치 않던데 괜찮을까요?"

"전쟁은 시작도 하기 전에 끝났습니다. 요한계시록을 비롯한 모든 예언서에서 이미 낱낱이 보도하지 않았습니까."

"현실은 재방송인 셈이겠네요."

"다 지상천국에 거주시킬 인간들을 가려내기 위해 신께서 친 닻이 계엄 아니겠습니까. 세상 모든 것은 다 신의 섭리입니다."

"재방의 잘못으로 본방에 영향을 끼칠 수도 있으니 조심하고 주의해야겠군요."

"부자 몸조심하겠다는 걸 말리고 싶지는 않으나 그런 염려할 겨를에 재방을 충실하게 방영될 수 있도록 노력하는데 더 신경 쓰는 것이 옳지 않겠습니다. 예수님과 부처님께서 농사를 열심히 지어놓으셨으니 우리는 추수를 열심히 하는 것이 승리하는 길일 것입니다."

"추수도 방법이 있어야 하지 않을까요."

"K드라마나 K팝 같은 것을 보고 북한 동포들이 탈북하듯이, 플라톤의 동굴 속에서 스스로 동굴 밖으로 뛰쳐나오게 하면 됩니다. 신의 씨로 자란 사람들은 사탄의 소굴에서 모두 뛰쳐나올 것입니다. 북한으로부터, 동굴로부터, 사이비종교로부터, 돈과 권력으로부터 탈북자처럼, 해탈한 사람처럼, 회개한 사람처럼 그렇게 그냥 떨치고 뛰쳐나올 것입니다. 일제 시대가 무얼 의미하겠습니까. 사탄·마귀로부터 벗어나 8·15광복처럼 광복을 맞이하라고 신의 보여주신 계시이지 않겠습니까. 사탄의 나라로부터, 비진리로부터 탈출하여 진리로, 신의 나라로 귀순하라는 뜻이 아니겠습니까. 성경을 통해서도, 불경, 천부경, 삼일신고를 통해서도 다 그렇게 말씀하고 계시지 않습니까. 성경 말씀 초두에 왜 선악과 애기를 하셨겠습니까. 성적에 매달리지 말라는, 권력과 돈에 집착하지 말라는, 왜놈들처럼 남의 나라 쳐들어가지 말라는 신의 간절한 당부 아니었겠습니까."

"승리가 정해졌다고는 하지만, 우리가 추수하기도 전에 부정 선거를 통해서 언론과 각종 단체를 앞세워서 쳐들어오는데 이거 불감당이에요. 어쩌면 좋죠? 막다른 길목으로 내몰린 느낌이에요. 길목을 뚫고 나갈 수도 없고 이 노릇을 어쩌면 좋지요."

"하늘이 무너져도 솟아날 구멍은 있다고 하지 않습니까."

"구멍? 바늘구멍도 없는데요."

"돌아 나오면 될 거 아닙니까. 막힌 길을 뚫고 나가는 것보다야 돌아서서 적들을 정면 돌파하면 될 것이 아닙니까. 낮짝에다가 철판을 깐 저들을 쳐부술 방법은 용광로밖에 없습니다. 용광로를 갖고 올 테니까 저 철면피들을 모조리 녹여버립시다. 그러고 나서 거기에다가 그 셋톱박스 하나하나 설치해 주십시다."

"철공소 하세요?"

"제철소에 가서 좀 빌려오면 되지 않겠습니까."

"철면피만 녹인다고 될 일이겠어요. 금강석 같은 저 정신머리는 어떡하고요."

"아무리 금강석이라 할지라도 문제없습니다. 신의 말씀이 있는데 뭔들 못 녹이겠습니까. 이순신 장군도 그러지 않았습니까. '죽고자 하면 살 것'이라고, 죽음을 각오로 싸운다면 이순신 부대보다도 더 천하무적이 될 것입니다."

"신의 의지를 위해서, 이 세상을 위해서, 착하고 아름다운 사람들을 위해서라도 주저앉아서 넋 놓고 있을 수만은 없겠군요. 분연히 일어나 선전포고합시다. 제3차 세계대전이 되겠군요."

"신으로부터 명을 받은 전륜성왕이 이미 선전포고하였습니다. 세계대전뿐만 아니라 사탄·마귀들이 마구잡이로 엮어놓고 펼쳐놓은 역사나 종교, 학문까지도 쳐부숴야 합니다. 짐승에 맞춰 짜놓은 모든 제도나 체제도 다 쳐부수고 뜯어고쳐야 합니다, 정당제도라니, 기가 막힐 노릇이지 않습니까. 당파 싸움으로 수많은 인재를 그렇게 죽이고도 모자라 나라까지 말아먹은 그런 당파 싸움을 아직도 버젓이 하고 있다니 기가 막힐 노릇이 아닙니까. 선악과를 따먹어대는 짐승한테 권력을 맡기다니, 이런 머저리들을 때려잡는, 인간이 짐승을 때려잡는, 알곡이 가라지를 때려잡는, 바로 아마겟돈 아니겠습니까."

"만법귀일, 천부경의 그 하나로 돌아가기 위한 전쟁이겠군요."

"아마겟돈은 새 하늘 새 땅을 만들기 위해, 인간들에게 퍼져 있는 돈과 권력이라고 하는 팬데믹에서 벗어나기 위해 필요불가결합니다. 사탄에게 점령당한 세상을 되찾기 위해, 신의 세상을 이 땅에 건설하기 위해 치르지 않을 수 없는 전쟁입니다."

그가 두 손을 합장하고 기도하였다.

"하늘에 계신 우리 아버지, 아버지의 이름을 거룩하게 하오며. 아버지의 나라가 임하시어 아버지의 뜻이 하늘에서와같이 이 땅에서도 이루어지게 하소서. 아멘."

완벽하게 이해할 수 없어도 완벽하게 사랑할 수 있다

그가 떠났다. 나도 따라서 바로 돌아가려다가 계획한 대로 하룻밤 더 묵고 스님께 하직 인사드리니 용돈을 두둑하게 주셨다. 무언가에 쫓기듯이 서둘러서 집으로 돌아오니 그가 우리 집에 와 있는 것이 아닌가. 꼭 그럴 것만 같았다. 캣맘 집에 맡겨놓은 별이와 커피를 데리고 오니 새 하늘 새 땅이 이런 것이겠구나 싶었다. 별이와 커피가 자기들끼리 끌어안고 야단도 아니었다. 보수와 진보가 좋아서 서로 껴안고 야단도 아닌 곳이 그 어느 곳도 아니라 여기였다.

그렇지만 여기가 아니고 저기는 현실에 대한 사실이 장대하게 펼쳐져 있었다. 그 어디에서나 돈과 권력을 향한 무리가 장대하게 질주하고 있었다. 나도 그 무리 속에서 박사 학위를 향해 질주하고 있었다. 논문이 거의 마무리되어가고 있었지만, 포기하였다. 사탄을 향해 질주할 수는 없었다. 더더욱 사탄을 향해 질주하는 자들의 코치가 되고 싶지는 않았다. 신을 온전하게 알 수는 없지만, 신을 온전하게 사랑하기 위해 질주하는 선수가 되기로 하였다. 시를 지으며 사는 것이 그 방법 중의 하나라고 생각했다. 그를 잠시 잊고 그렇게 자리 잡아 가고 있을 무렵 무섭 스님께서 전화가 왔다. 우리 셋이 만날 날을 일러주셨다.

신이 나서 그에게 전화하였더니 인도에 출장 가 있다고 하였다. 추석 전에 힘들 것 같다고 해서 추석 지나고 나서 스님께 허락받아 날을 정해놓았다. 카톡으로 보내준 그의 사진은 물질의 극치와 정신의 극치를 극명하게 대비시켜 인간의 실체를 까발리듯이 보여주고 있었다. 하! 진정한 작가구나!

우리가 만나기로 한 전날 주혁이에게 상기시켜주려고 다시 전화하였다. 어떤 여자가 받았다. 누구시냐고 하니까. 주혁이 동생이라고 했다. 주혁이가 죽었다고 했다. 이 무슨 말 같지도 않은 말을 하냐고 길길이 날뛰었더니 지금 부검하고 있다고 했다. 작은오빠가 추석

음식을 싸 갔었는데 그 음식을 먹고 죽은 듯하다고 했다. 큰오빠와 올케가 그 음식에 독을 뿌려놓은 듯하다고 했다.

하늘이 내려오고 있었다. 압즙기로 눌러 짜듯이 지상을 눌러 짜는 듯 숨이 막혀 숨통이 터질 듯하였다. 하나님! 어떻게, 어떻게 이런 일이 있을 수 있단 말입니까. 어떻게!

오, 하나님! 하나님!

김유선 장편소설
두 증인

초 판 1 쇄 2024년 12월 31일

지 은 이 김유선
펴 낸 곳 **시지시**

등   록 제2002-8호(2002.2.22)
주   소 ㉾10364
          고양시 일산동구 호수로 688. A동 419호
전   화 050-5552-2222
팩   스 (031)812-5121
이 메 일 sijis@naver.com

값 17,000원

ⓒ 김유선, 2024

ISBN 978-89-91029-83-5 03810